La Princesse de Clèves

Europen Masterpieces
Molière&Co. French Classics Nº 3

General Editor:
Tom Lathrop

French Series Editor:
T. E. D. Braun

Madame de Lafayette

La Princesse de Clèves

Edition and Notes by
MELANIE E. GREGG

Molière & Co.

Table of Contents

Acknowledgments

I am much indebted to Wilson College and The Paul Swain Havens Research Scholars Award for the gifts of time and support that were so critical to the completion of this project. I would like to express my appreciation, too, to Sylvia S. Johnson and Melinda W. Schlitt for their careful readings and helpful suggestions for the introduction and notes that accompany this text. I would also like to thank Harriet Stone, Professor of French at Washington University in St. Louis, for first introducing me to *La Princesse de Clèves* sixteen years ago. This is the very literary work that decided my career, and I am profoundly grateful to Tom Lathrop and Ted Braun for granting me this opportunity to share it with a new generation of students of French.

For my mother

Introduction to Students

I. Purpose and Design of this Edition

THIS EDITION OF *La Princesse de Clèves* has been designed specifically for non-native speakers of French with the purpose of providing readers with historical and linguistic background that will facilitate fuller understanding and analysis of Madame de Lafayette's masterpiece. To this end, the volume includes a thorough introduction and explanatory notes containing information about the author, the historical and literary context of the work, and the language of the period. The annotations accompanying the text also serve to help readers with the numerous references to historical figures and events in the text. These and the other tools outlined below are intended to promote textual comprehension, leaving the task of interpretive analysis entirely up to the reader.

Words that third-year students of French are not likely to be familiar with, including archaic expressions and turns of phrase, are followed by ° and glossed in English in the margin. Expressions defined in the margin containing more than one word are introduced by the ˙ symbol and then followed by °. Definitions too lengthy for the marginal gloss can be found in the footnotes, opening with the beginning word or words of the phrase in **boldface**, followed by the translation in *italics*. Words are defined when they first appear in the text, and are glossed subsequently only in instances where the word denotes a different meaning or nuance. A complete glossary is also included at the back of the volume. These various lexical aids will assist readers in their efforts to grasp the subtleties of seventeenth-century French. Additional assistance is provided through the headlines included at the top of each page highlighting the primary actions or events taking place on that page. A selection of seventeenth-century reactions to the novel is included in an appendix, allowing students to explore in more depth the controversy the novel triggered at the time of its publication.

The text produced here is based on the original 1678 edition published by Claude Barbin in Paris. As is customary for modern editions of *La Princesse de Clèves*, this edition incorporates manuscript corrections known to have been made by Barbin himself, which are contained in a four-volume copy housed in the special collections of the Bibliothèque Nationale in Paris (Rés Y2 3286-3289). A digital copy of *La Princesse de Clèves* (transcribed by Joël Surcouf in 1995) produced by the Association de Bibliophiles Universels (©1999) was used in the preparation of this volume. Standard modernization of spelling has been applied, along wih a few grammatical corrections consistent with modern usage.[1] The syntax of the original, however, has been left intact. The paragraph divisions used here are typical of those found in other editions. One noteworthy change that has been made to punctuation that will allow for greater ease of reading is the insertion of quotation marks to mark dialogue, rather than a dash,, which is used to introduce spoken dialogue in the French editions. A few other minor changes to punctuation have been required as a result of adding quotation marks.

II. MADAME DE LAFAYETTE

The life and literary activity of the Comtesse de Lafayette, one of the most celebrated authors of the seventeenth century, continue to fascinate readers more than three centuries after her death. This self-possessed formidable woman, referred to by her friends as *"le brouillard"* (the fog), remains an enigmatic figure even today despite

---

1 See n. 65, p. xlv for information about specific changes that have been made.

the literary *oeuvre* and correspondence she left behind. Seventeenth-century editor and publicist Jean Donneau de Vizé (1638-1710) offers a revealing description of Madame de Lafayette (referred to in the passage below as Hypéride) in *L'Amour échapé* (1669), underscoring the intellectual acuity for which she was greatly admired. He also alludes to her modesty, specifically with regard to her literary production, a characteristic which was not a matter of diffidence, but of dignity, for she was horrified at the thought of being recognized as a professional writer.

> Hypéride a la taille agréable, et beaucoup d'agréments dans le visage, surtout lorsqu'elle se peut empêcher de rougir. Jamais on n'eut plus d'esprit, et plus de discernement qu'elle en a. Elle sait non seulement tout ce que les femmes d'esprit doivent savoir, mais encore tout ce qui peut faire passer les hommes pour galants et habiles. Outre sa langue où elle se fait admirer, elle en sait cinq ou six autres, et a lu tout ce qu'il y a de beaux Livres en toutes ces langues. Elle écrit parfaitement bien, et n'a nul empressement de montrer ses ouvrages. (III, 6-7)[2]

Marie-Madeleine Pioche de la Vergne was born in Paris on March 18, 1634, during the reign of Louis XIII.[3] Her father, Marc Pioche de La Vergne, was a squire of minor nobility and a military engineer who was a tutor for Cardinal Richelieu's nephew, the Marquis de Brézé. In 1633, he married Isabella Pena, who was a lady-in-waiting to the Duchess of Aiguillon. Marie-Madeleine was the first of her parents' three children, each born a year apart; her sisters Éléonore-Armande

---

2 It was Maurice Laugaa's *Lectures de Mme de Lafayette* that brought my attention to Jean Donneau de Vizé's three volume work entitled *L'amour échapé*.

3 Although Louis XIII was the king of France, his chief minister Cardinal Richelieu governed on his behalf. Louis XIV became king in 1643, with his mother Anne of Austria (Louis XIII's widow) acting as Regent and Cardinal Mazarin serving as Prime Minister.

and Isabelle-Louise were born in 1635 and 1636, respectively.[4]

Marie-Madeleine's position in the world was greatly enhanced through her parents' ambitious connections. Her good fortune was established very early when Richelieu's niece, the Duchess of Aiguillon (Madame Combalet), and his brother, the Maréchal-duc de Brézé, became her god-parents.

Marie-Madeleine grew up in high society, spending the greater part of her childhood in a house built close to the Petit Luxembourg on Rue Vaugirard. Her father bought this property and built the house that his daughter would later acquire and return to in 1658. Her parents hosted many esteemed visitors in their home, exposing their daughters to men and women of great distinction.[5]

Since female children of this period did not attend school or receive any formal instruction, girls and young women gained their education through the people they encountered in social circles. In her teenage years, Marie-Madeleine frequented some of the most famous literary salons, such as the Hôtel de Rambouillet and the salon hosted by Madame de Scudéry. At these salons she was exposed to the newly emerging aesthetic code known as *préciosité*, which would later manifest its influence in her writings.[6] The acquaintances and friendships she formed with renowned authors who regularly attended these salons

---

4 Her relationship with her Éléonore-Armande and Isabelle-Louise appears not to have continued into adulthood. As was traditional for the younger, and therefore undowried, females in the family, her sisters entered convents upon the death of their father in 1649.

5 The well-known poet Voiture visited their home, along with other famous writers and intellectuals of the period, such as Mademoiselle de Scudéry, Madame de Sablé, Jacques le Pailleur, and Étienne Pascal, among others.

6 *Préciosité* was a social and literary movement that grew out of the salons of the seventeenth-century. *Les précieuses*, the female proponents of the movement, sought greater autonomy and education for women. They cultivated refinement in manner and dress and extreme purity of expression, a pursuit highly criticized for its affectation, but which nonetheless had a profound impact on the language and culture of the period.

were essential to her education and allowed her to develop her interest in literature, which had been sparked at a very young age. She had always taken great pleasure in reading and enjoyed poetry, history, and the popular fiction of her time.

Her father died in 1649, when she was 14. A year later, her mother married the Chevalier de Sévigné.[7] Although this was a fortunate union in that it elevated her mother's rank, the alliance was risky given that her new husband, a supporter of the Fronde,[8] was considered an enemy of the crown, a fact that put her mother's favorable connections with Richelieu and Mazarin in jeopardy. The Chevalier's niece, the future Marquise de Sévigné, would soon become one of Marie-Madeleine's closest and most loyal friends.[9]

Soon after her mother's marriage, thanks to the influence of her godmother, the Duchess of Aguillon, Marie-Madeleine became maid of honor to the regent Queen Anne of Austria (Louis XIV's mother). Through this access to the royal palace at the Louvre, Marie-Madeleine began her attentive study of the royal household, fruitful scrutiny that would later supply material for her literary portrayals of life at court. In 1653, when her step-father the Chevalier de Sévigné, was exiled to Champiré for the role he played in the Fronde, Marie-Madeleine and her mother accompanied him. It was then that her friendship and correspondence with the Abbé Gilles Ménage began.[10] Despite

---

7 i.e. Renaud de Sévigné, the uncle of the Marquise de Sévigné. See n. 9.

8 The Fronde was the name given to the political rebellion organized by a party of insurgents opposed to Cardinal Mazarin and the regent Anne of Austria during the minority of Louis XIV and the civil war that broke out as a result of the uprising.

9 Marie de Rabutin-Chantal, Marquise de Sévigné (1626-1696) is best known for her volumes of correspondence that chronicle some of the most important events of her time.

10 Gilles Ménage (1613-1692), a French grammarian and lexicographer not held in high regard by his contemporaries, many of whom considered him nothing more than a cantankerous pedant.

his attentions and playful courtship, Ménage took his duties as her mentor seriously, instructing her in Latin and Italian, providing her with popular literary publications of the period, and exposing her to classic works, such as those by Virgil and Petrarch.[11]

After she had returned to Paris, in 1654, at the age of twenty, Marie-Madeleine began visiting the Convent of the Visitation in Chaillot, where she formed one of the most important friendships of her life with the ten-year-old daughter of Charles I and first cousin of Louis XIV, Henrietta of England.[12] Marie-Madeleine became like an older sister to the princess, and their close friendship furthered her access to the Court. Princess Henrietta invited her frequently to St. Cloud and to the *Palais Royal*. Marie-Madeleine's penetrating observations of the amorous follies and philanderings among the courtiers were perhaps what gave rise to the dignified reserve people saw in her. What she witnessed led her to avoid involving herself in the romance and reckless intrigues that had afflicted so many others.

Another momentous introduction that took place at Chaillot was to the mother superior of the convent, Louise Angélique de Lafayette (former mistress of Louis XIII), through whom she met her future husband, Louise Angélique's widowed brother. At twenty-one, Marie-Madeleine wed unusually late for a woman of her century. She and Jean-François Motier de Lafayette were married on February 15, 1655

---

11 Contrary to Jean Donneau de Vizé's generous assertion that she knew five or six languages beyond her own, Madame de Lafayette really only developed proficiency in Italian, along with a decent working knowledge of Latin.

12 She was living there in exile with her mother, Henriette-Marie, Charles I's widow, during the English civil war. In 1661, Henrietta married Philippe, the Duc d'Orleans, who was the king's brother. The king himself had fallen in love with Henrietta at one point, but their affair quickly came to an end. In *Histoire de Madame Hendriette d'Angleterre* (published posthumously in 1720), Madame de Lafayette recounts the life and tragic death of this young princess, who died in 1670. There was some suspicion that her husband's lover, the Chevalier de Lorraine, had poisoned her.

at Saint-Sulpice. Jean–François Motier was a provincial nobleman of impressive ancestry, but his family estates had become entrenched in never-ending litigation, incurring ever increasing debts. The union brought about a fortunate advancement in rank for Marie-Madeleine but her husband, too, profited from the marriage, thanks to Marie-Madeleine's handsome dowry. The Comte de Lafayette was thirty-nine years of age when they married, eighteen years his wife's senior. He had served in the army for a period but relinquished his military career to devote himself to the management of his estates and castles in Auvergne.

Madame de Lafayette found her days in the remote province of Auvergne in their château de Nades unpleasantly dull. The move, early in their marriage, took her away from the city and social circles she adored. She spent her time attending to the legal matters relating to her husband's property, and proved herself quite competent in handling his affairs. Nonetheless, she keenly felt her isolation from her Parisian friends and the social bustle to which she was accustomed. Throughout this period, she continued her correspondence with Ménage, who served as her primary connection to the outside world, sending her the latest installments of the popular multi-volume romances, such as Madame de Scudéry's *Le Grand Cyrus* and *La Clélie*.

The mid-1650s were marked by unhappy events. Madame de Lafayette had a miscarriage in 1655 and then lost her mother in 1656. After the birth of her sons (Louis de Lafayette in 1658 and René-Armand de Lafayette in 1659), Marie-Madeleine convinced her husband to allow her to return to Paris so that she would be better positioned (as a result of her good connections there) to work on the litigation involving his estates. The couple returned to Paris, and spent a year together in her family home on Rue Vaugirard. The move was the beginning of a new chapter in Madame de Lafayette's life, but one that would not be shared with her husband, who longed to go back to his quite life in the country. In 1661, he returned to Auvergne, leaving the boys with her in Paris. The Comte de Lafayette made occasional visits to Paris, coming and going without estrangement or resentment, and accepting that he and his wife simply had different interests.

In 1659, Madame de Lafayette met two men who would become central figures in her life for the coming years: Jean Regnault de Segrais and Pierre Daniel Huet .[13] It was thanks to Segrais and Huet that she made her literary debut. The two authors were preparing a volume of literary portraits for the Duchess of Montpensier and invited Madame de Lafayette's contribution.[14] Her portrait of Madame de Sévigné was to be her first of several publications and the only one to bear her name, as she sought to preserve her anonymity for all of her writings thereafter.[15]

As a wealthy, ambitious, well-established *comtesse*, Madame de Lafayette was free to pursue her interests in court life and high-society. She lived a life of comfort and ease. She became more and more involved with the literary scene, forging friendships with some of the century's most renowned authors. Some of her associations may have

---

13 The literary theorist Jean Regnault de Segrais (1624-1701) (under whose name *Zaïde* was published) and Pierre Daniel Huet (author of *De l'origine des romans*) soon were counted among Madame de Lafayette's closest friends at this time.

14 François, duc de La Rochefoucauld (1613-1680), future author of *Les Maximes* (1664), also contributed to this volume: he composed a self-portrait, which was also his own first publication. Over time, he and Madame de Lafayette grew to be profoundly devoted to one another and developed a very close friendship that lasted throughout their entire adult lives.

15 Madame de Lafayette took great pains to protect her identity as an author, and expected others to do the same on her behalf. On October 15, 1662, in a letter to Huet she writes about a copy of her manuscript she had sent to his sister (Madame de de Plenneville, here referred to as Araminte): "Je vous avois bien donné une *Princesse de Monpensier pour* Araminte, mais je ne vous l'avois pas remise pour la luy donner comme une de mes œuvres. Elle croira que je suis un vray auteur de profession, de donner comme cela de mes livres. Je vous prie, raccomodez un peu ce que cette imaginative pourroit avoir gasté à l'opinion que je souhaite qu'elle ait de moy" (*Correspondance I* 175).

put at risk her reputation at Court as certain of her cohorts, such as
La Rochefoucauld, a former *frondeur*, were not favorites of the king.
Crafty, distant, and yet a loyal ally to those with whom she developed
intimate friendships, Madame de Lafayette managed to protect her
ties on all fronts and maintain her good standing.[16]

The next several years were filled with social and literary activity.
Madame de Lafayette frequently visited the Hôtel de Nevers, an
important gathering place at the time. This was where her friendship
with La Rochefoucauld took root but then was interrupted temporarily
when he started spending more time at Madame de Sablé's.

Her novella, *La Princesse de Montpensier*, was published in 1662,
the year after her husband had left her in Paris. In 1665, she began her
work on *Histoire d'Henriette d'Angleterre*. Four years later, she was at
work with La Rochefoucauld and Segrais on *Zaïde*, the first volume
of which was published in 1670 under Segrais's name.[17] The second
volume of *Zaïde* was published later that year.[18]

After Princess Henrietta's death in June of 1670, Madame de
Lafayette, no longer so closely connected with the court, furthered her
efforts to surround herself with people of distinction. She regularly
hosted a Saturday gathering at her home on Rue Vaugirard. Segrais,
Huet, Sévigné, and La Rochefoucauld were among the usual guests.
Other well-known authors, including La Fontaine and Boileau,
attended on occasion. Political figures, such as the Cardinal de Retz

---

16 Bernard Pingaud observes an agreeable sort of despotim in her behavior and
captures her irrepressible desire to take command of everyone around her, describing
the relations she develops in society as "une série de campagnes militaires: elle ne
séduit pas, elle conquiert" (*Mme de La Fayette par elle-même* 17).

17 Huet's essay on the origins of the novel was included as an appendix to the
first edition of *Zaïde*.

18 It was at this time, too, that research for *La Princesse de Clèves* commenced,
and that Ménage broke off his friendship with Madame de Lafayette in a fit of jealousy over what he perceived to be her preference for her new literary companions.

and the Prince de Condé, made appearances as well.

In 1675, her good connections in Paris once again were put to use. Madame de Lafayette entered into diplomatic service on behalf of Madame Royale, the Duchess of Savoy.[19] Once her friend became regent of Savoy, Madame de Lafayette attended to various matters in Paris on her behalf. As soon as the Regent's son came of age and assumed his role as Duke, Madame de Lafayette collaborated with Madame Royale against her son, who sought greater independence from France and risked damaging his mother's ties with the French court. Madame de Lafayette served as her intermediary, exchanging information about transactions and activity in Paris. Her work for the Duchess gave her still further glimpses into the various political intrigues of the Court.

Upon her husband's death in 1683, Madame de Lafayette doubled her efforts to manage the family properties and estate. She had been active in procuring good positions for her sons—the older in the Church, the younger in the military—writing letters on their behalf to people in power to assure and advance their careers, especially that of her recalcitrant younger son on whose behalf she was constantly having to intervene.

It was around this time that Madame de Lafayette entered a dark period in her life. La Rochefoucauld, who had been her closest companion for almost two decades, had died a few years earlier in 1680, two years after the publication of *La Princesse de Clèves*. His death had left her inconsolably grief-stricken, marking the beginning of her own prolonged decline. Despite the loyalty and companionship offered by her friend Madame de Sévigné and her active correspondence, Madame

---

19 Her ties to the Court of Savoy had developed out of earlier family connections (her stepfather was friends with the former duchess of Savoy), but the new duchess (Jeanne-Baptiste de Nemours) had befriended her decades prior, since she was raised at the same convent in Chaillot where Madame de Lafayette had visited her friend Henriette d'Angleterre.

de Lafayette was often lonely and suffered a great deal of physical pain. Her health had always been fragile, and she had endured frequent fevers and migraines throughout her life. Spiritually weakened by her ill-health, she fell prey to frequent bouts of depression.

In her later years Madame de Lafayette turned her attention to historical writing and drafted her *Mémoires de la Cour de France pour les années 1688 and 1689* (published in 1731). Her interest in politics, diplomacy, and court life persisted even as she was withdrawing from the social life she had enjoyed over so many years. During this period she also wrote *La Comtesse de Tende*, which was published posthumously in 1724.

Madame de Lafayette's granddaughter was born at the beginning of September 1691, bringing a brief reprieve to the gloom that had overtaken her. She writes: "Mlle de La Fayette est une plaisante demoiselle. Je suis si esloignée de me fascher que je ne suis pas mesme faschée d'avoir cette belle demoiselle plutost qu'un garçon" (*Correspondance II* 187).

Another event that helped to soften the last years of her life was her decision to reconnect with her friend and mentor Ménage, who was by this time in very poor health. It had been almost twenty years since he had broken off his friendship with her, at the time when she was just beginning her work on *La Princesse de Clèves*. In the summer of 1684, she had composed a brief but tender inquiry about his health. After signing it with her maiden name, a gesture that surely did not go unnoticed, she attached the following postscript: "Je vous prie de me mander de qui est un mot italien que je tiens de vous: *Ardo si, ma non t'amo*. Je tiens de vous tout ce que je sçay" (*Correspondance II* 120). There is no record of a response from Ménage to this letter, but with much prompting on the part of Madame de Lafayette, their friendship was eventually rekindled and her letters to him during these last years are filled with expressions of gratitude, especially in the months preceding his death and during periods when she was sure her own health was failing her.[20] This reconnection meant a great deal to them both. Their correspondence occasionally exposes moments of doubt and defense regarding forgotten friendship, but on the whole their letters reveal deep tenderness and respect for one another.

In a letter she wrote to Ménage just a few months before his death, she offers a lengthy description of the health problems she had developed, emphasizing the emotional despair that plagued her: "J'ay des obstructions dans les entrailles, des vapeurs tristes quy ne se peuvent représenter. Je n'ay plus du tout d'esprits, n'y desprits, ny de forces. Je ne puis lire ny m'appliquer. La plus petite chose du monde m'afflige, une mouche me paroît un éléphant..." (*Correspondance II* 178). The detailed account continues and then closes with an uncharacteristic spiritual rumination:

> Voilà, monsieur, l'estat de cette personne que vous avéz tant célébrée; voilà ce que le temps sçait faire. Je ne croy pas pouvoir vivre longtemps en cet estat. Ma vie est trop désagréable pour en craindre la fin. Je me soumets sans peine à la volonté de Dieu. C'est le Tout-Puissant et, de tous côtés, il faut enfin venir à luy. (179)

It was not until the final few years of her life that she expressed any interest in spiritual matters. In acute physical discomfort and in her isolation, she sought out the advice of spiritual advisors Abbé de Rancé and Abbé Du Guet, but did not take much solace in her work with them. A woman of forceful mind and rationality, she found it

---

20 At the end of August 1691, she writes:

J'ay esté si mal depuis quelques jours, Monsieur, que je n'ay peu respondre à vostre billet ny vous dire à quel point les marques de vostre souvenir me sont toujours chères. Je n'espère pas en recevoir encore lomtemps [sic]; non pas à cause que vous avez soixante-dix-neuf ans, mais parce que ma santé j'en ay tout au moins quatre-vingt-dix. Je ne puis pas me flatter d'aller loing (*Correspondance II* 176-77).

difficult to submit to the rigor and austerity of their prescriptions.

Her good friend Ménage died in 1692. Her final letter to him in the spring of 1692 is the last that remains of her correspondence. Despite her withdrawal and deteriorating health, she managed to draw on her old craftiness to arrange a marriage for her son Armand, failing in the first attempt, but succeeded finally in making a very good match for him with Anne-Madeleine de Marillac.

Madame de Lafayette died on May 25, 1693 at the age of 59. She was buried two days later at Saint-Sulpice, leaving behind one of the great literary masterpieces of her century.

III. Authorship and Publication

The anonymous publication of *La Princesse de Clèves* in 1678 roused the literary scene in ways that could never have been expected. Within two years of its appearance, this simple story had provoked the publication of two books (in reaction to the novel) and a flood of letters published in the monthly literary magazine *Le Mercure Galant*. An English translation of the novel appeared soon after.[21]

Suspicions about who could have written the novel spread like wildfire. The names of Madame de Lafayette and her intimate circle of friends were mentioned on more than one occasion, but she and her literary companions were steadfast in their denial of any involvement in or knowledge of its authorship. In the first of the letters that remain from Madame de Lafayette's correspondence with the Chevalier de Lescheraine, Madame Royale's secretary, she comments on the rumors that had been circulating and offers her own critical review of the novel:

---

21 *The Princess of Cleves. The Most Famed Romance. Written in French by the Greatest Wits of France. Rendered into English by a Person of Quality, at the Request of Some Friends.* London: R. Bentley and H. Magnes, 1679.

Un petit livre qui a couru il y a quinze ans[22] où il plut au public de me donner part, a fait qu'on m'en donne encore à *La P. de Clèves*. Mais je vous asseure que je n'y en ay aucune et que M^r de La Rochefoucauld, à qui on l'a voulu donner aussi, y en a aussi peu que moi. Il en fait tant de serments qu'il est impossible de ne le pas croire, surtout pour une chose qui peut estre avouée sans honte. Pour moy, je suis flattée que l'on me soupçonne et je crois que j'avoûrais le livre si j'estois asseurée que l'autheur ne vînt jamais me le redemander. Je le trouve très agréable, bien escrit sans estre extrêmmement châtié, plein de choses d'une délicatesse admirable et qu'il faut mesme relire plus d'une fois. Et surtout, ce que j'y trouve, c'est une parfaite imitation du monde de la cour et de la manière dont on y vit. Il n'y a rien de romanesque et de grimpé; aussi n'est-ce pas un roman: c'est proprement des mémoires et c'estoit, à ce que l'on m'a dit, le titre du livre, mais on l'a changé.

Voilà, monsieur, mon jugement sur *Mme de Clèves*. Je vous demande aussi le vostre. On est partagé, sur ce livre-là, à se manger; les uns en condamnent ce que les autres en admirent. Ainsi, quoy que vous disiéz, ne craignéz point d'estre seul de vostre party. [April 13, 1678] (*Correspondance II 62-3*)

It was only thirteen years later, in a letter to her mentor, Gilles Ménage, that she finally she admitted her authorship, albeit in the most veiled of terms.[23] In this missive, dated September 1691, she also acknowledges the help of La Rochefoucauld and Segrais, who offered minor assistance. She seems intent on clarifying, despite her obliqueness, that she was the true and only author of the work: "Je croy pas que les deux personnes que vous me nomméz y ayent nulle part, qu'un peu de correction. Les personnes qui sont de vos amis

---

22 She is referring here to *La Princesse de Montpensier*, published in 1662.

23 She was too ill at the time to pen this letter herself, and perhaps did not wish to ſpeak openly about her authorship of the book in the presence of her secretary.

n'advouent point y en avoir; mais à vous que n'advoueroient-elles point?" (*Correspondance II* 182).

The idea for the novel came into being early in 1671.[24] It took six years to complete the work, once begun in 1672. Madame de Lafayette worked closely with her friends Segrais and Huet, but it was thanks to the help of La Rochefoucauld that she managed to finish the novel.[25]

The assistance Madame de Lafayette received from La Rochefoucauld and Segrais appears to have been primarily with the historical research required to offer the proper setting for the story. But the writing of the tale was interrupted by a series of events. La Rochefoucauld lost two of his sons, and his oldest son suffered grave wounds in the war against Holland. Monsieur de Lafayette made a visit to Paris in 1673, which was followed by a visit from Madame de Sévigné. Then, in 1675, Madame de La Rochefoucauld died. The following year, Madame de Lafayette's stepfather died, and there ensued a lawsuit over his will. Segrais moved to Caen and was married on September 9, 1676 to his cousin Claude Acher. Furthermore, Madame de Lafayette and La Rochefoucauld succumbed to various illnesses. It was also around this time that Madame Royale's husband died, and Madame de Lafayette became more involved with her friend's efforts to bolster the relationship between the Duchy of Savoy and France.

During six years of delay and development, Madame de Lafayette and La Rochefoucauld continued their research and documentation. Their primary sources included such works as Brantôme's memoirs,

---

24 Some literary historians have mentioned Barbin's December 8, 1661 receipt of a royal license and copyright for several titles. Among the books for which he had the *privilège* was *Prince de Clèves*, which could have been the provisional title for Lafayette's masterpiece.

25 The actual circumstances for this collaboration will forever remain unknown. It is important to keep in mind, however, that authorship in the seventeenth century had a somewhat different connotation than it does now. Writing was often a collaborative effort. Stories were frequently composed orally and were later recorded in writing. Drafts were exchanged among members of literary circles and then revised.

R. P. Anselme de Sainte-Marie's *Histoire généalogique et chronologique de la maison royale de France*, Mézeray's *Histoire de France depuis Faramond jusqu'à maintenant*, Pierre Matthieu's *Histoire de France*, Gilbert Saulnier Du Verdier's *Abrégé de l'Histoire d'Angleterre, d'Escosse et d'Irlande* and *Abrégé de l'Histoire de France*, and Théodore Godefroy's, *Le Cérémonial français*.

The book was presented at readings to circles of friends in 1677, with the first published edition appearing in March of 1678 by Claude Barbin.[26] The book sold out immediately, and new editions were printed. Madame de Lafayette and La Rochefoucauld denied authorship, although their friends and acquaintances suspected with good reason that they had collaborated on the project. Madame de Scudéry wrote in December 1677: "M. de La Rochefoucauld et Mme de Lafayette ont fait un roman des galanteries de la cour d'Henri second qu'on dit être admirablement bien écrit" (*Correspondance*, de Bussy, III, 431-2).

That the work appeared without the author's name was not unusual at the time: the writing profession was not highly esteemed in the upper echelons of society, and literary endeavors were intended to serve simply as a leisurely diversion. As a woman and member of this high society, Madame de Lafayette's preference not to be associated with her literary output may have fueled her refutation of the rumors attributing the work to her. But it is possible, too, considering her shrewd and savvy ways, that Madame de Lafayette intentionally manufactured the mystery surrounding the text, hoping to draw more readers to it, and secretly taking pleasure in observing the uproar and controversy her story would provoke.

The success of the work was enormous and drew the attention of fans and critics alike.[27] An anonymous and critical analysis of the

---

26 *La Princesse de Clèves*, à Paris, Chez Claude Barbin, au Palais, sur le second Perron de la Sainte Chapelle, M.DC. LXXVIII, Avec Privilège du Roy.

27 Six editions of the book itself were published by the end of the seventeenth

work, titled *Lettres à la Marquise*** sur le sujet de "La Princesse de Clèves,"* came out late in the summer of 1678. Madame de Lafayette thought Bouhours had written it, but Jean-Baptiste Henri du Trousset de Valincour was later identified as its author.[28] Just six months after the appearance of Valincour's *Lettres*, Jean-Antoine de Charnes wrote in defense of the text: *Conversations sur la critique de "La Princesse de Clèves"* came out in May of 1679.

As a result of the impassioned debate provoked by the work, Donneau de Visé created a forum in *Le Mercure Galant*, where readers could share their views. Since that time, an inordinate number of critical studies have been devoted to the novel. Many modern literary historians have deemed it the first masterpiece in the history of the French novel.

IV. Genre

More than six hundred novels were published between 1660 and 1680, and *La Princesse de Clèves* is one of the few among them still available in print today. Madame de Lafayette's novel shifted the course of literary history, bringing new meaning to the term used for the genre itself, and pushing the novel away from the fantastical, anachronistic "romances" of the past to a narrative rooted in psychological realism and emotional drama.

The form, content, and themes of *La Princesse de Clèves* grew out of the literary traditions of the period: the pastoral romances and novels of chivalry of the early seventeenth century and the *nouvelles*

---

century, twenty more during the eighteenth century, and then another twenty during the nineteenth century. Many more editions were published during twentieth century, as well as a number of translations.

28 Valincour's main critical points related to the structural elements of the narrative, the style of writing in certain sections, and what he considers the story's lack of *vraisemblance* (plausibility), but he also praised the author's insightfulness into the complexities of the human heart.

that had garnered favor by readers of the author's own time.[29] Notable precursors include Honoré d'Urfé's *roman sentimental* entitled *l'Astrée* (1607-1625) and the *roman héroique* by La Calprenède, *Cléopâtre* (1647-1658).[30] These predecessors had developed out of a long tradition of medieval love romances. Many scholars have traced the literary movements and influences of the period in order to situate Madame de Lafayette's masterpiece within the traditions of the period. *La Princesse de Clèves* has been classified as *une histoire*,[31] *une nouvelle historique, un roman historique, des mémoires*,[32] *une nouvelle galante*,[33] *des mémoires fictifs*,[34] and the list goes on.

There are a number of outstanding sources to consult for an in-depth study of works leading up to *La Princesse de Clèves*, such as Coulet's *Le Roman jusqu'à la Révolution*, Dallas's *Le Roman français de 1660 à 1680*, Deloffre's *La Nouvelle en France à l'âge classique*, Godenne's *Histoire de la nouvelle française au dix-septième siècle*, Reynier's *Le Roman sentimental avant l'Astrée*, and Magendie's *Le Roman français au XVIIe siècle* just to name a few.[35] Today, *La Princesse de Clèves* is regularly referred to as a *roman*, and it also fits the definition of the

---

29 From 1670s to the end of the century, readers favored *les nouvelles historiques*, which had undergone significant transformation, primarily in length, but also in locale; readers wanted to read about worlds temporally closer to their own. Plausibility became increasingly important as well.

30 Many of the dramatic events such as kidnappings and pirate attacks that filled historical novels were abandoned by authors writing later in the century. However, authors, including Madame de Lafayette, continued to use some of the narrative devices found in the earlier works, such as lost letters and eavesdropping.

31 Valincourt and the original publisher of the volume identified it this way.

32 The author herself referred to it this way in her letter to Lescheraine from April 13, 1678 (*Correspondance II* 63).

33 Fontenelle in the *Mercure Galant* [May 1678] 56.

34 Francillon 94.

35 See also Francillon, Raitt, and Haig, all of whom offer fascinating and accessible accounts of the evolution of fiction in France, specifically to situate *La Princesse de Clèves* historically with regard to the development of the novel as a genre.

novel as given by Madame de Lafayette's literary associate, Huet, who defines the genre in *Traité de l'origine des romans* (1671):

> ... ce qu'on appelle proprement Romans sont des fictions d'aventures amoureuses, écrites en prose avec art, pour le plaisir et l'instruction des Lecteurs Je dis fictions pour les distinguer des histoires véritables, j'ajoute d'aventures amoureuses, parce que l'amour doit être le sujet principal du roman. Il faut qu'elles soient écrites en prose pour être conformes à l'usage de ce siècle; il faut qu'elles soient écrites avec art et sous de certaines règles, autrement ce sera un amas confus, sans ordre et sans beauté. (4-5)

While conforming to these prescriptions, Madame de Lafayette also succeeded in bringing about a veritable revolution in narrative technique by incorporating analysis of sentiment and psychology into the action of her story. The method Madame de Lafayette applied in *La Princesse de Clèves* transformed her narrative into what is now commonly called a *roman d'analyse*.

V. Form

Seventeenth-century authors were inspired by the great Greek tragedians such as Euripides and Sophocles. Madame de Lafayette's novel shares many of the characteristics of a classical play, from its small number of main characters to its structural unity and symmetry, focused plot, use of dialogue and monologue, and adherence to *bienséances*.[36]

---

36 The plot of the novel follows the schema of a five act classical play, its parts corresponding, as Raitt has suggested, to the dramatic conventions known as exposition, complication, crisis, catastrophe, and resolution. See Raitt 172- 73. The term *bienséances* refers to a notion of decorum that dictated proper manners in speech and action. Additionally, as the notion was originally conceived by Aristotle in *Poetics, bienséances* extended to literary production, requiring that authors respect their audience by avoiding "on-stage" realism (e.g. scenes of violence or death) that might shock or offend the sensibilities of the time.

Madame de Lafayette's illustrious contemporary Jean Racine (1639-1699) identifies the principles for a tragedy in his preface to *Bérénice* (1671): "une action simple, soutenue de la violence des passions, de la beauté des sentiments et de l'élégance de l'expression" (466).[37] One would be hard-pressed to find a more concise description of Madame de Lafayette's novel or a work that better exemplifies Racine's definition. *La Princesse de Clèves* offers, moreover, exactly what readers of novels in the latter half of the seventeenth-century were looking for: characters with psychological depth existing in a plausible time and place. The simplicity of the formula belies the skill and craft required to carry it out effectively. Racine writes elsewhere in his preface to *Bérénice*: "Il y en a qui pensent que cette simplicité est une marque de peu d'invention. Ils ne songent pas qu'au contraire toute l'invention consiste à faire quelque chose de rien" (466).

VI. STRUCTURE

Structurally, Madame de Lafayette has accomplished an impressive feat in *La Princesse de Clèves*. It is a compact and rigorously constructed tale whose efficacy lies in its symmetry and disciplined plot development. The foundation of the narrative itself provides the building blocks for this symmetry as important scenes in the novel echo other important scenes, fostering an equilibrium whose complex dimensions manifest themselves more with each reading.

There is also a deliberate pattern that propels this *roman d'analyse* and reinforces its structural foundation: actions are not what move the plot forward, but rather emotions are its driving force. This use of emotion as the base of the narrative structure is one the most significant innovations that Madame de Lafayette brought to the genre. Emotions lead to self-reflection and analysis, which in turn prompt the heroine

---

37 In situating Madame de Lafayette's work historically, it is important to note that *Phèdre*, one of Racine's most important and well-known tragedies, was published in 1677, just one year before the appearance of *La Princesse de Clèves*.

to make decisions and take action. Using the historical chronicle of events unfolding at the court of Henri II as its backdrop, the storyline has a linear plot borne of the psychological development of its main characters. Nothing is marginal or superfluous to the central plot. The backdrop itself is integral to the inner workings of the story. Every episode and every anecdote is directly linked to the main story line, even the so-called "digressive episodes," whose significance and symbolic relation to the plot often go unrecognized.

The four digressive episodes woven into the narrative are part of what makes this text difficult for modern readers since they appear at first to stall the main action and interrupt the development of the plot. But these tales—all illustrations of the dangers of illicit love—serve as thematic counterpoints to the story, demonstrating the very lessons the young princess must learn if she is going to protect herself.[38] These digressions also broaden the scope of the story, putting on display the perils of life at court, adding another dimension to the analytical objective of the novel as well as to the development of the princess's skills of reasoning. The digressive episodes set the stage for the action to come, providing the princess with the information she needs to carry out future decisions and readers with the information needed to justify those decisions.

The four episodes along with the historical setting provide the framework for what is actually a very simple plot: it is the story of the moral struggle of a married woman in love with another man. The structure of the novel is clear, beginning with the exposition of the court of Henri II with all its grandeur and intrigue. This exposition provides the setting for the subsequent drama of the heroine's *prise*

---

38 The first of these intercalated tales is an account of the the tumultuous affairs of Madame de Valentinois, told to the princess by her mother, Madame de Chartres. In the second digression, Monsieur de Clèves relates the infidelities of Madame de Tournon. In third episode, *la reine dauphine* recounts the tragic tale of Anne Boleyn. The final episode involves the story of the vidame des Chartres, the princess's uncle, and his affairs with Catherine de Medici and Madame de Thémine.

de conscience and recognition of her love for Nemours, followed by her dilemma and struggle, and concludes with the resolution of the conflict through the Princess's final decision.

VII. STYLE

The originality of Madame de Lafayette's novel lies in its focus. The external circumstances of the story give way to internal drama and observation. The substance of the story resides in the psychic development of its characters. In fact, the descriptions of the external setting we are offered are quite sparse; there are no pretensions of realism.[39] Details of the physical appearance and dress of the characters, for example, are almost entirely left out, although there are a few exceptions. Exceedingly selective in her concrete descriptions, the author includes only the most essential and suggestive details, leaving a great deal to the reader's imagination.[40] The exclusion of the mundane details of daily life reinforces the intensity of the characters' passions

---

39 In his introduction to H. Ashton's 1943 edition of *La Princesse de Clèves*, Jean Cocteau comments on Madame de Lafayette's stylistic innovation with great enthusiasm, claiming that in her works

> ...[she] was purely and simply inventing a new technique, a form of poetic psychology hitherto unknown. She was telling a 'straight' story, as the phrase goes: a narrative with a beginning, development and end—without the purple passage or irrelevant description. Nothing is left but the skeleton, the 'clockwork' of the story. And so effective is this technique that the brief glimpse of a landscape, lake or forest, given in a single line, is quite as telling as a full page of description; breath-taking in its brevity. (v-vi)

40 Mesnard describes the effect of this approach:

> L'abstraction et la généralité ôtent au récit une sorte d'épaisseur qui empêcherait d'atteindre ce domaine de l'impalpable auquel appartient le fond des cœurs et une sorte d'essence des choses, cachée par l'apparence. La poésie naît de cette quête de l'invisible, dans laquelle l'imagination est sollicitée, mais pour aller au-delà de l'image. (*La Princesse de Clèves* 54)

and ambitions, as they are consumed by their emotional intrigues, and attentive to nothing else.

There is no pursuit of eloquent expression. There is not one metaphor to be found in this text. The author pours her artistic effort into precise and tempered prose. She avoids poetic imagery and flowery rhetoric, drawing instead on conspicuously plain vocabulary, which she charges with extraordinary depth and intensity.[41] Madame de Lafayette's intricate and cadenced sentences flow with ease (periods are rationed with parsimony), achieving an unexpected balance in spite of their convolution and repetition. While the story is one of passion and emotional drama, the author's language itself is free of emotion, firmly rooted in rational analysis. The author's sober expression and simplicity of language capture and counter the emotional disorder, allowing for deeper penetration into the minds of the characters.

Although highly judicious in her employment of literary devices, Madame de Lafayette makes masterful use of the litotes, ironic understatements (presented in the negative form of a word or phrase) that outwardly serve to attenuate the meaning of an expression (often to express modesty) but in effect intensify its opposite.[42] The imprecision of the litotes lends a certain force and tension to the language, evoking powerful experiences with negative expressions that spare the characters' integrity.

While litotes, hyperbole, and euphemism are favored for the intensifying effect of their imprecision, the author turns to silence and body language when she wants to capture her characters' experiences most directly. Tears, gestures, and blushing betray most effectively the inner turmoil of her characters.

---

41 Although the story opens with hyperbolic, ideal descriptions of the court, the author does not continue in this vein, seeking only in the introductory pages to convey the opulence and splendor of the setting.

42 See page 45, line 22, for a textual example of a litotes ("...qu'il ne me haïssait pas"). The litotes was a figure of speech common to the language of the *précieux*.

The author skillfully manipulates sentence structures to bolster the vigor and efficiency of her narrative. She strives for lucidity and linguistic restraint, an approach favored by some of her contemporaries, such as La Rochefoucauld and La Fontaine.[43] However, her sentence structures are varied according to their intended effect and range from the briefest of descriptions to the most complex and poignant of analyses, overflowing with subordinate clauses. The rhythm of the more complicated sentences is interrupted by abrupt exclamations that quicken the pace and intensify the drama.

The author's innovative maneuvering of perspective also invigorates the narrative. These fictional memoirs open with an omniscient and sympathetic (i.e. non-neutral) narrator who orients the entire tale with descriptions of magnificence and *galanterie*. But the narrator sometimes relinquishes control of the viewpoint, shifting the perspective to the characters. Such a technique, a "delegation of view point" (212) as Francillon refers to it, offers unique angles through which to observe character and plot development.

Changes in rhythm and perspective render the emotional shocks the princess endures more real to the reader. These shifts allows us, in effect, to experience the heroine's efforts to grasp what is going on around her and gain footing on unstable and morally ambiguous ground. Furthermore, interlacing the psychological development and emotional awakenings of the main characters with external historical events promotes a narrative balance that is founded, ironically, on the instability of the characters and the world they inhabit.

Another remarkable component of the author's narrative methodology is her combination of *style indirect* (*conjonctionnel*) and *style direct*.[44] Madame de Lafayette makes frequent use of *style direct*.

---

43 As Raitt has pointed out "... this linguistic control is doubly meaningful in *La Princesse de Clèves*, since self-control is of the essence of its plot" (179).

44 With *style direct*, the narrator quotes thoughts and words exactly as the characters utter them. The utterances in this case are surrounded by quotation marks. The

It is when she uses *style indirect,* however, that the author's narrative dexterity is most evident. She plunges directly into the character's thought-processes, allowing readers to enter into a certain intimacy with them. We experience what they experience, witnessing not only their actions, but the mental deliberation that drives those actions.

The narrative moves seamlessly in and out of *style indirect* and *direct*, relentlessly propelling the action forward. The author is careful to assure, as well, that the dialogue always contributes to the narrative momentum. There are never any empty conversations to stall the plot development. The same is true for the monologues, which reveal the inner-turmoil of the characters, elucidating their motives, and instigating their actions.

VIII. THEMES

Love is the central theme of *La Princesse de Clèves*; it is the force that drives every aspect of the narrative.[45] Other major themes of the work— fidelity, false appearances, duty, death, virtue, self-mastery, and *repos*—are all directly linked to the theme of love. The author, intent on analyzing the effects of love in all its varying degrees and nuances, subjects every character to its sway: everyone in the story (from D'anville to Catherine de Medici) is in love in one way or another, either actively in pursuit or being pursued or suffering in silent longing.[46]

---

quotes are preceded by an introductory verb. For example: "Elle dit..." The words are quoted. With indirect discourse, *style indirect conjonctionnel*, on the other hand, the words are inserted in a subordinate clause preceded by an introductory expression. For example: "Elle a dit que..." Or: "Elle pensait que..." Or: "Elle se demandait si..." *Style indirect libre*, a more modern technique, associated with "stream of consciousness," eliminates the conjunctional phrase altogether.

45 For Antoine Adam it is precisely the representation of love that has led this work to be ranked among the great French masterpieces: "Si *La Princesse de Clèves* mérite d'être rangé parmi les plus hauts chefs-d'oeuvre de notre littérature, c'est par la peinture bouleversante qu'elle nous donne de trois vies ravagées par l'amour" (Brunsvick and Ginestier, *La Princesse de Clèves* 8).

46 Madame de Lafayette's fluctuating terminology for love and its various

In a society where appearances are deceptive and self-interest motivates every action, the author finds fertile ground for her study of the human heart: the dark forces of human nature—jealousy, hatred, and ambition— all expose themselves in what are, in each case, unhappy affairs of the heart, reflecting Madame de Lafayette's own pessimism with regard to love.[47] She was obstinate in her wariness, but, nonetheless, enthralled by the power of love, and, like many of her contemporaries, fascinated by the destructive forces of passion.

With the assorted amorous intrigues at court serving as both stage set and training ground, the narrative traces the emotional awakening of an innocent young princess, not uneducated, but unpracticed in the ways of the world. Unlike most novels of the period, such as L'Astrée and La Clélie, which end with wedding celebrations, La Princesse de Clèves begins with a marriage, marking a notable shift in literary portrayals of love and matrimony.[48] At the beginning of the seventeenth century, love was considered a conquest: lovers in romances were tested, overcame virtually insurmountable obstacles,

manifestations in La Princesse de Clèves is fascinating in and of itself. The shades of meaning integral to terms such as amitié, inclination, amour, passion, penchant, for example, to which readers of the period would have been very sensitive, demand close attention from readers today. For an intriguing study of the novel's love-vocabulary, see Chapter 1 "Questions of Love" in Campbell 14-71.

47 The beginnings of her cynical views of love can be traced to a letter she wrote in 1653 to Ménage (when she was just nineteen years of age): "Je suis si persuadée que l'amour est une chose incommode que j'ay de la joie que mes amis et moi en soyons exempts" (Correspondance I 34). It was an attitude she maintained throughout her life, writing even sixteen years later to Lescheraine of the woes that forever afflict the willfully unsuspecting victims of love: "Car à quel âge et dans quel temps est-on à couvert de l'amour, surtout quand on a senty le charme d'en estre occupé? On oublie les maux qui le suivent, on ne se souvient que des plaisirs, et les résolutions s'évanouissent" (Correspondance II 68-9).

48 Marriage in the real world of the seventeenth century, as opposed to nuptial unions portrayed in fictional romances, was negotiated by parents. Girls were married off at a very young age (12 or 13). Love rarely resulted from these unions, and it was common, in fact, for men and women to seek love outside of marriage.

and were rewarded in the end with marriage. Under Louis XIV, in a much more rigid and closed society, love was viewed more as a threat to status and security. Love represented a menace to the very facade of this society where order (or at least the appearance of order) was of prime importance. Such views of love brought about a transformation in the literary heroine herself, who was no longer the young girl to be pursued and married, but rather the young newly-wed to be preyed upon and dishonored. Just a few years before the appearance of *La Princesse de Clèves*, Charles Sorel wrote in *Des histoires et des romans* (1671): "Vous ne verrez presque plus dans les romans d'aujourd'huy des amours de Garçons et de Filles, ce sont partout des Hommes qui tournent leurs desseins vers des femmes mariées et les importunent de leurs poursuites pour tascher de les corrompre" (167-68).

IX. SOURCES AND INFLUENCES

Although Madame de Lafayette was certainly exposed to *precious* sensibilities cultivated in salons of the period, her artistic motivation and focus stemmed from a variety of cultural, literary, and philosophical trends. Literary historians have identified two seventeenth-century works that may have inspired certain plot-related elements and character development found in Madame de Lafayette's masterpiece: Corneille's *Polyeucte* (1642-43) and Madame de Villedieu's *Désordres de l'amour* (1675). As a *roman d'analyse*, however, it is the major philosophies of the period that bear the most significant influence on the thematic focus of the work. Although Madame de Lafayette never submits entirely to the theories and philosophies of others, always keeping her critical distance, she enjoys putting the ideas of her contemporaries to the test.

It is, therefore, imperative to consider *La Princesse de Clèves* in light of Cartesian rationalism.[49] Humans, Descartes asserted,

---

49 The philosopher René Descartes (1596-1650) published his monumental *Discours de la Méthode* in 1637. His later publication *Les passions de l'âme* (1649) also

possessed the power to dominate Passions through reason. The self-mastery achieved by such domination was among the feats most highly prized by the intellectual elite of this period. Rational thinking was the key to one's very survival in this society. The heroine in Madame de Lafayette's novel strives for this self-mastery with every fiber of her being, relying on her power of reason to guide her every action in response to the overwhelming circumstances of life at court and the potentially devastating forces of passion. Madame de Lafayette, drawn to the moral heroism that could be achieved through the triumph of reason and the human will, but aware at the same time of human failings, provides us a compelling account of her protagonist's struggle to overcome the invading weakness borne of her passion.

The influence of Descartes is certainly evident in Madame de Lafayette's experiment in rationalism. However, unlike Descartes, Madame de Lafayette's characters are unable to free themselves from the yoke of human nature. Indeed, it is their human frailty that makes them so compelling, and their drama so real. It is in her probing into their flaws and weaknesses that the influence of Madame de Lafayette's friend and collaborator La Rochefoucauld is most strongly pronounced.[50] Although she resists Descartes's confidence in the all-powerful human will, she defies, too, the total pessimism of La Rochefoucauld, allowing her heroine to find some solace in religion (where she herself, at the time, ironically found none). It is perhaps for the philosophy and Jansensist thought of Pascal, by contrast, that

---

yields particularly interesting points of analysis in light the principal themes of *La Princesse de Clèves.*

50 The ever-glum La Rochefoucauld certainly shared Madame de Lafayette's cynicism. For him, reason has no chance against the forces of the heart: "L'esprit est toujours la dupe du cœur. (Maxim102, 417). In Maxim 43, he suggests that humans are unaware of their powerlessness: "L'homme croit souvent se conduire lorsqu'il est conduit, et pendant que par son esprit il tend à un but, son cœur l'entraîne insensiblement à un autre" (408).

Madame de Lafayette shows the greatest affinity.[51] Her novel explores and brings to light the duality of human nature in much the same way that Pascal does, demonstrating the powers of reason *and* its limits. The princess's fate does not lie entirely in her own hands; weakened by her battle, she relinquishes control in the end and surrenders to her God.

Pascal and La Rochefoucauld focus not on the heroic moral potential of humankind and the ideal of self-mastery extolled by Descartes, but seek instead to illuminate the dark underbelly of human behavior, the violent impulses and uncontrolled passions that lie beneath the ordered exterior.[52] It is this area of the psyche, beyond the reach of the will, that Madame de Lafayette explores in her work as well. For her, love opens the doors to that darker domain. In "L'Intelligence et l'échafaud," Camus captures with perfect concision Madame de Lafayette's solemn conception of passionate love: "Son postulat singulier est que passion met l'être en péril" *(Théâtre, Récits, Nouvelles* 1898).

X. SETTING

The story takes place in 1558-1559 toward the end of Henri II's reign, at the height of its glory—a period of splendor and luxury greatly admired by the elite at the court of Louis XIV—beginning soon after

51 Blaise Pascal (1623-1662) did not publish under his own name during his lifetime. The first edition of his most important work, *Les pensées de M. Pascal sur la religion et sur quelques autres sujets, qui ont été trouvées après sa mort parmi ses papiers,* appeared in 1670.

Named for the Flemish theologian Cornelius Otto Jansen (1585-1638), Jansenism refers to a religious movement within the Catholic church that emphasized the sinfulness and corruption of human beings who are powerless to overcome their innate depravity without divine intervention.

52 La Rochefoucauld encapsulates the irrepressibilty of love in the following comparison: "La plus juste comparaison que l'on puisse faire de l'amour c'est celle de la fièvre: nous n'avons pas non plus de pouvoir sur l'un que sur l'autre, soit pour sa violence, soit pour sa durée" (Maxime 638, 497).

Marie Stuart's marriage in April of 1558 and ending less than two years later under the brief reign of Francis II.[53] The heroine herself appears at the court during the late fall of 1558.

Madame de Lafayette carried out meticulous historical research in order to provide authentic events, characters, and details for the historical setting of her story.[54]

A brief overview of the primary historical events around which the author builds the chronology of the narrative will be helpful in getting a handle on the framework for the story.[55] The novel opens during the period when initial peace negotiations are underway between France and Spain at Cercamp in October, 1558. The peace-talks are suspended after Mary Tudor's death in November, when Elizabeth I accedes to the throne of England. A few months later, the marriage celebration for the King's daughter Claude de France and the duke of Lorraine takes place in February, 1559. The negotiations of Cercamp are renewed toward the end of February, and the peace treaty is signed in Cateau-Cambrésis on April 3, 1559. During the summer of 1559, a tournament is organized (the event during which Henri II is mortally wounded), as part of the festivities celebrating the Peace Treaty and to honor Elisabeth of France's marriage to Philippe II, King of Spain, as well as the marriage of the King's sister, Marguerite. The King dies on July 10, 1559, immediately transferring power to the royal House of Guise, and stripping the *princes de sang* and the constable de Montmorency of all authority. The king's mistress, Diane de Poitiers,

---

53 Henri II reigned from 1547 to 1559. His son Francis II reigned from 1559-1560. Henri II's father, Francis I, who reigned from 1515 to 1547 was a great supporter of the arts and of the literary production of the period, and set the tone for much of the rest of the century, giving rise to the splendors of the period in question.

54 See section III, pp. xxv-vi for a list of some of Madame de Lafayette's sources. For a comprehensive analysis, see Chamard and Rudler. See also Malandain ("L'écriture de l'histoire").

55 Madame de Lafayette makes some adjustments to the dates here and there to accommodate her narrative. Such changes are identified in the notes to the text.

was also deposed. The consecration and coronation of Francis II takes place at the cathedral in Reims in September, 1559. The court spends the summer of 1559 in Chambord, and then in Blois. Toward the end of the year, Francis II and the court accompany Elisabeth de France, now Queen of Spain, to Poitou, from where she takes her leave for Spain.

These primary events provide the setting for the story, but some literary historians have explored the idea that the novel might be a *roman à clé*, suggesting that the characters may be based not on historic personages of the Renaissance, but on aristocrats of the seventeenth century.[56] While it would be inappropriate to assume that the court of Louis XIV could simply be superimposed on the court represented in this novel, the atmosphere and attitudes of the court of Louis XIV and the king himself are certainly captured in this portrayal.[57] Madame de Lafayette herself marvels at the accurate representation of the Court and court life in the novel: "Cest une parfaite imitation du monde de la cour, et de la manière dont on y vit," (*Correspondance II* 3).[58] Although the author situates her story at the court of Henri II, it is clear she intends it to serve as reflection of her own times. She is attempting to recreate the environment of the Court of Louis XIV,

---

56 Similarities exist between Princess de Clèves's circumstances and those of actual historical figures (of the seventeenth century), such as Madame de Lafayette's friend Henriette d'Angleterre (married to the duc d'Orléans, whom she did not love, and pursued in vain by the count de Guiche). Other women who may have inspired Madame de Lafayette's story include her sister-in-law, Louise Angélique de La Fayette (pursued by Louis XIII), Françoise de Sévigné (married to the count de Grignan, but loved by his younger brother, le Chevalier de Grigan), and Madame de Combalet, Richelieu's niece, who rejected M. de Béthune, even after her husband's death.

57 The aristocracy was still going strong at the time Madame de Lafayette began her work on this novel. Louis XIV had been governing in person since 1661.

58 This comment is found in the letter she wrote to Lescheraine, firmly denying the rumors in circulation that she had contributed to the writing of *La Princesse de Clèves*.

without revealing the identities of the real individuals who may have inspired some of the characters involved in the story.

Thus, we are offered a detailed look at court life, seeing not only through the eyes of the narrator, but also through those of certain characters viewing it from the outside (such as the heroine's mother, Madame de Chartres). Readers witness directly the daily activities and gatherings that take place in the various royal circles. The court of the Valois, with its many intrigues and regal occupations, offers not only a lavish stage for the human drama to be played out but also the perfect setting for the initiation of the novel's heroine. The historical characters are not mere figures in the background; their intrigues and jealousies mirror those of the main characters. The rivalries and political factions that divide the court are symptomatic of its underlying disorder, as two different clans, the Guises and the Montmorencys, vie for favor in cut-throat competition.[59] "L'ambition et la galanterie était l'âme de cette cour... Il y avait tant d'intérêts et tant de cabales différentes..." (19). This majestic façade conceals private realities of instability and inner torment.

Such an atmosphere requires heroic self-control and dissimulation.[60] Every aspect of one's manner and speech is motivated by self-preservation. Everything is suspect; every word, every gesture. And every relationship, platonic or passionate, is, in the end, a political

---

59 The Montmorency clan, supported by Madame de Valentinois (Henry II's mistress) maintain power until the king's death. When Francis II accedes to the throne, the Guise family takes control of the government.

60 A contemporary of Madame de Lafayette, La Bruyere writes in *Caractères*:

Un homme qui sait la cour est maître de son geste, de ses yeux et de son visage; il est profond, impénétrable; il dissimule les mauvais offices, sourit à ses ennemis, contraint son humeur, déguise ses passions, dément son cœur, parle, agit contre ses sentiments; tout ce grand raffinement n'est qu'un vice, que l'on appelle fausseté, quelquefois aussi inutile au courtisan pour sa fortune que la franchise, la sincérité et la vertu (254)

one. Madame de Lafayette's critical look at the Court reveals above all that it is a world of *appearances*. Madame de Chartres captures this best when she says to her daughter: "Si vous jugez sur les apparences en ce lieu-ci... vous serez souvent trompée: ce qui paraît n'est presque jamais la vérité" (32).

XI. CHARACTERS

Over ninety characters appear in the novel, although the great majority of these are only mentioned in passing or figure in the intercalated tales. Such a large cast seems to conflict with the brevity of the novel, but many of the characters serve simply to add texture and breadth to the narrative. Approximately twenty characters rise to some prominence in the text, but even of these, Madame de Lafayette provides only a modicum of detail. [61] There are three main characters: the princess, her husband, and the duke of Nemours. Madame de Chartres, the princess's mother, also plays a primary role.

XII. VOCABULARY

Madame de Lafayette's aesthetic of suggestion and abstraction is achieved through a remarkably ordinary and monotonous vocabulary. She employs non-figurative, broad-spectrum nouns ("magnificence," "grandeur," "vertu"), and indistinct adjectives ("parfait", "beau" "extraordinaire"). For modern readers, accustomed to a privileging of action, the author's avoidance of concrete verbs of action may also prove somewhat perplexing: she often chooses to evoke action indirectly by means of abstract nouns rather than showing it in force.

These characteristics of Madame de Lafayette's prose, combined with the semantic and lexical complexities of seventeenth-century

---

61 The author does not offer lengthy descriptions of her characters; their hearts and minds are revealed through their actions. We know very little even of the heroine, simply that she is fifteen-years-old, blonde, pale-complexioned, and surpasses all of the women of the court.

French, and more specifically the language of *honnêteté, politesse,* and *galanterie* (multifaceted notions in themselves),[62] make it difficult to grasp the linguistic subtleties of the text. The simplicity of Madame de Lafayette's diction is deceptive because of its apparent vagueness. Seventeenth-century *salonniers* reveled in lexical meticulousness, a precision that risks being lost on initiates to the literature of the period today. The vocabulary of *La Princesse de Clèves* is not the language of sixteenth-century France, but the language cultivated by seventeenth-century salon society in service of the aesthetic notions popular at that time.[63] It is therefore critical to verify one's understanding of terms. The vocabulary glossed in the margin and the glossary provided at the back of this edition will assist significantly in this endeavor.

XIII. Syntax and Grammar

There are several seventeenth-century syntactical and grammatical standards to mention.[64] Examples of these standards will be presented

---

62 Cognates such as these are problematic for anglophones in particular because the words used to represent these concepts are so tightly bound to the society of which they are a part, that students of French have a tendency to overlook, and therefore misread them (since meanings have evolved over time). They are accorded special attention in the notes as they appear in the text.

63 In his *Petite histoire de la langue française: des origines à la Révolution* (Librairie Armand Colin, 1962), linguistic historian Charles Bruneau identifies Madame de Lafayette's novel as the work that represents best the courtly occupations and attitudes of the period: "*La Princesse de Clèves* est sans doute, durant la période la plus féconde du règne de Louis XIV, l'œuvre qui nous permet le mieux de pénétrer l'esprit et les moeurs de cette Court et de la société polie qui la fréquentait" (211).

64 Peter Nurse's edition of *La Princesse de Clèves* (George Harrap & Co., 1970) has been particularly helpful in identifying areas that may pose difficulty for students. In the back of his edition, he offers a section devoted entirely to seventeenth-century French syntax and includes examples from the text to illustrate them, many of which are the same as those I have selected. Astor's recent edition of *La Princesse de Clèves* has also been a useful resource.

See the list of sources consulted for the glossary (p. liv) for further study of seventeenth-century French grammar and syntax. Peter Rickard's fascinating collec-

here in the order that they appear for the first time in the text, but readers should be aware that they will encounter the cases illustrated by these examples repeatedly throughout the novel.[65]

(1) In addition to use of the *passé simple* and the past subjunctive, readers should be prepared for frequent use of the imperfect subjunctive, required for proper agreement of verb tenses (*la concordance des temps*), a practice strictly observed in the seventeenth century. The first case of the imperfect subjunctive is found in the fourth paragraph of the text: "… il semblait qu'elle <u>souffrît</u> sans peine l'attachement du roi pour la duchesse de Valentinois…" (4). When an independent clause is in the past tense and requires that the subordinate be in the subjunctive mood, the author consistently employs the requisite imperfect subjunctive. A review of the formation and usage of the imperfect is recommended. Knowledge of the proper endings used for the imperfect subjunctive will be helpful for recognition of the tense: **-sse, -sses, -ˆt, -ssions, -ssiez, and -ssent.**

---

tion of sixty seventeenth-century French commentaries on the French language is also recommended. In *The French Language in the Seventeenth Century* [Cambridge, D.S. Brewer, 1992], he has assembled primary sources that allow for closer analysis of the linguistic evolution of the period.

65 One correction that has been made for this edition concerns subject-verb agreement in cases where there is a compound subject. Compound subjects in classical French were sometimes (but not uniformly) treated as a singular unit, and therefore followed by a verb conjugated in the third-person singular. In the interest of consistency, editors over time have opted to comply with modern usage. See pages 118, line 20, and 127, line 15, for examples.

Another variation found in the original, but corrected by later editors (again, possibly because of its inconsistency) was the *lack* of agreement between the past participle and a direct object preceding the verb (where today, appropriate agreement is always made). Originally, the past participle in the following sentence, corrected in the version provided here, did not end in "es"; no addition was made to the ending at all: "Mais ce qu'elle pouvait moins supporter que tout le reste, était le souvenir de l'état où elle avait passé la nuit, et les cuisantes douleurs que lui avait caus<u>ées</u> la pensée que monsieur de Nemours aimait ailleurs et qu'elle était trompée" (102).

(2) In seventeenth-century French, object pronouns, reflexive pronouns, and the pronoun *y* often (but not always) *precede* the modal auxiliary, such as *pouvoir, vouloir,* and *devoir,* as well as the verb *aller* when used as an auxiliary for the *futur proche.* For example: "... enfin, il était seul digne d'être comparé au duc de Nemours, si quelqu'un lui eût pu être comparable" (8).[66] On the same page is another example, this one showing the position of the reflexive pronoun before the modal verb: "...peu de celles à qui il s'était attaché se pouvaient vanter de lui avoir résister..."

(3) Occasionally, nouns take on a passive connotation. In such cases, the nouns often appear in combination with a possessive adjective. For example: "Il était un des favoris, et sa faveur ne tenait qu'à sa personne... (11)." The appropriate translation here would be "the favor in which he was held" (rather than the literal rendering "his favor"). Another example occurs on page 26: "....vous ne sauriez douter aussi que *votre vue* ne me donne du trouble." The underlined expression here means not "your sight" but "the sight of you."

(4) The subjunctive mood was treated slightly differently in classical French in comparison to its usage today. The very rules students spend a great deal of time learning in order to know when and when not to use the subjunctive will be contradicted with some frequency in this work. Cases involving verbs such as *croire, savoir, trouver* are likely to stand out most for students who have mastered the rules for modern usage,[67] but there are other instances that

---

66 In modern French, the object pronoun normally precedes the verb of which it is the object, which, in cases like the one presented here, is the infinitive.

67 While the verb *croire,* for example, requires the indicative mood when used in the affirmative in modern French, it will sometimes be followed by the subjunctive in classical French, as in the following example from the text: "...la reine Marie s'est trop mal trouvée du joug de l'Espagne, pour croire que sa sœur le veuille reprendre..."

may not be anticipated, but which can be understood logically in context, especially when the phrasing promotes an intentional ambiguity or sense of uncertainty.[68] For example: "Elle voulait savoir si j'étais amoureux; et en ne me demandant point de qui je l'étais, et en ne me laissant voir que la seule intention de me faire plaisir, elle m'ôtait la pensée qu'elle me <u>parlât</u> par curiosité ou par dessein" (88). Variants such as this one make sense when they appear and should not pose any difficulties. In fact, being attentive to these departures from standard usage will allow students to observe the graceful subtlety the use of the subjunctive adds to the expression.

(5) There are a few instances where the author makes use of a double genitive, employing, in the same phrase, both the preposition *de* and the relative pronoun *dont*, as in the following example: "...il la persuadait aisément que ce n'était pas <u>de</u> madame la dauphine <u>dont</u> il était amoureux" (46).

(6) Another notable difference in usage is in cases where the demonstrative pronouns "ce qui" and "ce que" are used where the pronouns "celui qui" and "celui que" would be used today. For example: "Madame de Clèves demeura seule, et sitôt qu'elle ne fut plus soutenue par cette joie que donne la présence de <u>ce que</u> l'on aime, elle revint comme d'un songe..." (101).

(7) The expression "devant que" is used on several occasions in the text

---

(60).

68 The use of the subjunctive in one clause may also occasion its use in one that follows it, as in this example: "Monsieur de Nemours était trop amoureux pour avouer son amour; il l'avait toujours caché au vidame, quoique ce <u>fût</u> l'homme de la cour qu'il <u>aimât</u> le mieux" (110). Nurse aptly refers to this phenonmenon (when the subjunctive mood is continued after being used in a preceding phrase) as "attraction" (146).

and is the seventeenth-century equivalent the modern expression "avant que." For example: "Devant que d'y aller..." (45).

(8) The word order for expressions involving the verb *faire semblant* can be confusing. For example, "sans faire semblant de le voir," (80) in modern French would be written "en faisant semblant de ne pas le voir." When "faire semblant" is used in the negative, the infinitive that follows the expression should be what is understood in the negative instead of the introductory verb "faire semblant." Another example should clarify this point: "Madame de Clèves ne faisait pas semblant d'entendre ce que disait le prince de Condé" (40). It should not be understood here that Madame de Clèves was not pretending. On the contrary, she *was* pretending *not* to hear what the Prince of Condé was saying.

(9) In seventeenth-century French, the verb *entrer* often took *avoir* as its auxiliary in compound tenses (along with several other verbs that usually require *être* today). The first example of this appears in Part IV: "Je ne crois pourtant pas que monsieur de Nemours y <u>ait</u> jamais entré" (147).

XIV. EDITIONS OF *LA PRINCESSE DE CLÈVES*
Below is a list of the editions of *La Princesse de Clèves* consulted in the preparation of this volume:

La Princesse de Clèves. Ed. Antoine Adam. Paris: Garnier-Flammarion, 1966.
La Princesse de Clèves. Ed. Dorian Astor. Paris: Éditions Gallimard, 2005.
La Princesse de Clèves. Ed. Albert Cazes. Paris: Société Les Belles Lettres, 1934.
La Princesse de Clèves. Ed. Peter H. Nurse. London: George G. Harrap & Co, 1970.
La Princesse de Clèves. Eds. Christian Biet and Pierre Ronzeaud. Paris: Magnard, 1989.
La Princeses de Clèves. Eds. Yves Brunsvick and Paul Ginestier. Bruxelles: Librairie Marcel Didier, 1966.
La Princesse de Clèves. Extraits. Ed. Jean Borie. Librairie Larousse, 1972.

The Princesse de Clèves. Trans. Robin Buss. London: Penguin, 1992.

La Princesse de Clèves. Ed. Jean Mesnard. Paris: Garnier, 1996.

La Princesse de Clèves. Roman et Nouvelles. Ed. Alain Niderst. Paris: Classiques Garnier,

La Princesse de Clèves. Ed. Bernard Pinguad. Paris: Gallimard, 1972.

The Princesse de Clèves. Trans. Terence Cave. Oxford: Oxford UP, 1992.

La Princesse de Clèves. In *Oeuvres complètes*. Ed. Roger Duchêne. Paris: Bourin, 1990.

La Princesse de Clèves. Ed. Émile Magne. Geneva: Droz, 1950.

La Princesse de Clèves. Ed. Alain Seznec. Cambridge, MA: Integral Editions, 1969.

La Princesse de Clèves. E-text transcribed by Joël Surcouf in 1995. Association de Bibliophiles Universels (http://abu.cnam.fr), 1999.

The Princess of Clèves. Trans. Harry Ashton. London: The Nonesuch Press, 1943.

The Princess of Clèves. Trans. Walter J. Cobb. New York: NAL, 1989.

The Princess of Clèves. Trans. John D. Lyons. New York: Norton, 1994.

The Princess of Clèves. Trans. Nancy Mitford. New York: Penguin, 1978.

XV. WORKS CITED

Anselme de Sainte-Marie, R.P. *Histoire généalogique et chronologique de la maison royale de France*. Paris: La Compagnie des Librairies, 1726.

Bussy-Rabutin, Roger de, comte de. *Correspondance 1666-1693*. Vol. 3. Paris: Charpentier, 1858-1859.

Campbell, John. *Questions of Interpretation in* La Princesse de Clèves. Atlanta: Editions Rodopi B.V., 1996.

Camus, Albert. "L'intelligence et l'échafaud." In *Théâtre, récits, nouvelles*. Paris: Gallimard, 1962. 1895-1902.

Chamard, Henri, and Gustave Rudler. "Les sources historiques de *La Princesse de Clèves*." *Revue du XVIe siècle* 1 (1814): 92-131, 289-321; 5 (1917): 1-20, 231-43.

Charnes, Jean-Antoine, Abbé de. *Conversations sur la critique de* La Princesse de Clèves. 1679. Ed. François Weil et al. Tours: U de Tours, 1973.

Corneille, Pierre. *Polyeucte*. Ed. Jacques Tomsin. Paris: Larousse, 1971.

Coulet, Henri. *Le roman jusqu'à la révolution*. Paris: Colin, 1967.

Dallas, Dorothy. *Le roman français de 1660 à 1680*. Paris: Gamber, 1932.

Deloffre, Frédéric. *La nouvelle en France à l'âge classique*. Paris: Didier, 1968.

Descartes, René. *Discours de la méthode*. Paris: Garnier, 1960.

———. *Les passions de l'âme*. Paris: Gallimard, 1969.

Godefroy, Théodore. *Le cérémonial françois* Paris: S. Cramoisy, 1649.

Godenne, René. *Histoire de la nouvelle française au dix-septième siècle.* Geneva: Droz, 1970.

Haig, Stirling. *Mme de Lafayette.* New York, Twayne, 1970.

Huet, Daniel. *Traité de l'origine des romans.* 1670. Stuttgart: J. B. Metzlersche Verlagsbuchhandlung, 1966.

La Bruyère, Jean de. *Les caractères.* Paris: Garnier-Flammarion, 1965.

La Calprenède, Gauthier de Costes, sieur de. *Cléopâtre.* 1652-1658. 12 vols. Geneva: Slatkine, 1979.

Lafayette, Marie-Madeleine Pioche de la Vergne. *Correspondance.* Ed. André Beaunier. 2 vols. Paris: Gallimard, 1942.

La Rochefoucauld, François, duc de. *Oeuvres complètes.* Paris: Gallimard, 1964.

Laugaa, Maurice. *Lectures de Madame de Lafayette.* Paris: Colin, 1971.

Magendie, M. *Le roman français au XVIIe siècle.* Paris: Droz, 1932.

Malandain, Pierre. "L'écriture de l'histoire dans *La Princesse de Clèves. Littérature* 36 (1979): 19-36.

Matthieu, Pierre. *Histoire de France soubs les règnes François I, Henry II, François II, Charles IX, Henry III, Henry IV....* Paris: Chez la Veuve N. Buon, 1631.

Le Mercure Galant. Paris: Chez Claude Barbin, 1678.

Mézeray, François de. *Histoire de France depuis Faramond jusqu'à maintenant.* Paris: M. Mathieu Guillemot, 1643-1651.

Pascal, Blaise. *Oeuvres complètes.* Ed. Louis Lafuma. Paris: Seuil, 1963.

Pingaud, Bernard. *Mme de Lafayette par elle-même.* Paris Seuil, 1959. Rpt. as *Mme de Lafayette.* Paris: Seuil, 1978.

Racine, Jean Baptiste. *Oeuvres complètes. Théâtre-Poésies.* Paris: Gallimard, 1950.

Raitt, Janet. *Madame de Lafayette and* La Princesse de Clèves. London: George G. Harrap & Co., 1971.

Reynier, G. *Le roman sentimental avant l'Astrée.* Paris: Colin, 1971.

Saulnier du Verdier, Gilbert. *Abbrégé de l'histoire d'Angleterre, d'Escosse et d'Irlande.* Lyon: E. Baritel, 1679.

———. *Abbrégé de l'histoire de France.* 1652. Paris: Chez Jean Guignard, 1666.

Scudéry, Madeleine de. *Clélie, Histoire romaine.* 1654-1660. Ed. Chantal Morlet-Chantalat. Paris: Champion, 2001-2005.

———. *Artamène; ou Le Grand Cyrus.* 1656. Geneva: Slatkine, 1972.

Segrais. *Les nouvelles françoises ou Les divertissemens de la Princesse Aurélie.* La Haye: Pierre Paupie, 1741.

Sorel, Charles. *Des histoires et des romans: Second traité.* In *De la connaissance de bons livres.* 1671. Geneva: Slatkine, 1981. 65-182.

Urfé, Honoré d'. *L'astrée.* 1607-1625. Paris: Gallimard, 1984.

Valincour, Jean Trouset de. *Lettres à Madame la marquise de *** sur le sujet de* La

Princesse de Cleves. 1678. Ed. Christine Montalbetti. Paris: GF Flammarion, 2001.

Villedieu, Madame de. *Les désordres de l'amour.* Ed. M. Cuénin. Geneva: Droz, 1970.

Vizé, Donneau de. *L'amour échapé, ou les Diverses manieres d'aymer, contenüe en quarante histoires, avec le Parlement d'Amour. Divisés en trois tomes.* Paris: T. Jolly, 1669.

XVI. Works Consulted and Suggested Reading

Adam, Antoine. *Histoire de la littérature française au XVIIe siècle.* Vol 4. Paris: Domat, 1954.

Ashton, Harry. *Lettres de Marie-Madeleine Pioche et de Gilles Ménage.* London: Hodder and Stoughton, 1924.

———. *Mme de Lafayette, sa vie et ses oeuvres.* Cambridge: Cambridge UP, 1922.

Autour de Madame de Lafayette. Special issue of *Dix-septième siècle* 181.4 (1993): 607-746.

Backer, Dorothy. *Precious Women.* New York: Basic, 1974.

Barine, Arvède. "Madame de Lafayette d'après les documents nouveaux." *Revue des deux mondes* (September 1880): 384-412.

Bazin, Jean de. *Index du vocabulaire de* La princesse de Clèves. Paris: Nizet, 1967.

Beasely, Faith E. "Lafayette H/historienne: Rescripting Plausibility." Beasely, *Revising* 190-243.

———. "Marie-Madeleine Pioche de la Vergne, comtesse de Lafayette (1634-1693)."

In *French Women Writers: A Bio-bibliographical Source Book.* Eds. Eva Martin Sartori and Dorothy Wynne Zimmerman. Westport: Greenwood, 1991. 272-84.

———. *Revising Memory: Women's Fiction and Memoirs in Seventeenth-Century France.* New Brunswick: Rutgers UP, 1990.

Beasely, Faith, and Katharine Anne Jensen, eds. *Approaches to Teaching Lafayete's* The Princess of Clèves. New York: MLA, 1998.

Beaunier, André. *L'amie de la Rochefoucauld.* Paris: Flammarion, 1927.

———. *La jeunesse de Mme de Lafayette.* Paris: Flammarion, 1926.

Burke, Peter. *The Fabrication of Louis XIV.* New Haven: Yale UP, 1992.

Butor, Michel. "Sur *La Princesse de Clèves.*" *Répertoire I.* Paris: Minuit, 1960. 74-78.

Danahy, Michael. *The feminization of the Novel.* Gainesville: U of Florida P, 1991.

Dédeyan, Charles. *Mme de Lafayette.* Paris: SEDES, 1956.

DeJean, Joan. "Lafayette's Ellipses: The Privileges of Anonymity." *PMLA* 99 (1984): 884-900.

———. *Tender Geographies: Women and the Origins of the Novel in France*. New York: Columbia UP, 1991.

Doyle, William. *Old Regime France*. Oxford: Oxford UP, 2001.

Dubrovsky, Serge. "*La Princesse de Clèves*: une interprétation existentielle." *La Table Ronde* (June 1959): 36-51.

Duchêne, Roger. *Mme de Lafayette, la romancière aux cent bras*. Paris: Fayard, 1988.

Elias, Norbert. *La société de cour*. Paris: Calmann-Lévy, 1969.

Fabre, Jean. *L'art de l'analyse dans* la Princesse de Clèves. Strasbourg: Presses Universitaires de Strasbourg, 1989.

Francillon, Roger. *L'oeuvre romanesque de Mme de Lafayette*. Paris: Corti, 1973.

Genette, Gérard. "Vraisemblance and motivation." *Figures II*. Paris: Seuil, 1969. 71-99.

Goldsmith, Elizabeth C. *Exclusive Conversations: The Art of Interaction in Seventeenth-Century France*. Philadelphia: U of Pennsylvania P, 1988.

Grande, Nathalie. *Stratégies de romancières: De* Clélie *à* La Princesse de Clèves *(1654-1678)*. Paris: Champion, 1999.

Green, Anne. *Privileged Anonymity: The Writings of Madame de Lafayette*. Oxford: European Humanities Research Centre, 1997.

Gregorio, Laurence. *Order in the Court: History and Society in* La Princesse de Clèves. Stanford: Stanford French and Italian Studies, 1986.

Harth, Erica. *Cartesian Women: Versions and Subversions of Rational Discourse in the Old Regime*. Ithaca: Cornell UP, 1992.

Haussonvile, Gabriel d'. *Madame de Lafayette*. Paris: Hachette, 1891.

———. *Madame de Lafayette en Ménage*. Paris: Hachette, 1891.

Holt, Mack P. *Renaissance and Reformation France: 1500-1648*. Oxford: Oxford UP, 2002.

Kreiter, Janine Anseaume. *Le problème du paraître dans l'oeuvre de Mme de Lafayette*. Paris; A. G. Nizet, 1977.

Lalanne, Ludovic. *Brantôme, sa vie et ses écrits*. Paris: Renouard, 1891.

Lewis, W. H. *The Splendid Century*. New York: Morrow-Quill, 1978.

Lever, Maurice. *Le roman français au dix-septième siècle*. Paris: PUF, 1983.

Lougee, Carolyn C. Le Paradis des Femmes: *Women, Salons, and Social Stratification in Seventeenth-Century France*. Princeton: Princeton UP, 1976.

Lough, J. *An Introduction do Seventeenth Century France*. London: Longmans, 1960.

Lyons, John D. *Exemplum: The Rhetoric of Example in Early Modern France and Italy*. Princeton: Princeton UP, 1989.

———.. "Narration, Interpretation and Paradox: *La Princesse de Clèves*." *Romanic Review* 72 (1981): 383-400.

Magne, Émile. *Le cœur et l'esprit de Madame de Lafayette*. Paris: Émile-Paul Frères, 1927.

———. *Mme de Lafayette en ménage*. Paris: Émile-Paul frères, 1926.

Magny, Claude-Edmonde. *Histoire du roman français*. Paris: Seuil, 1948.

Pierre Malandain. *Madame de Lafayette*: La Princesse de Clèves. Paris: PUF, 1985.

Matoré, G. "Introduction à l'étude du vocabulaire de *La Princesse de Clèves*." In *La Princesse de Clèves*. Ed. Emile Magne. Paris: Droz, 1950. 240-47.

Mercier, Michel. *Le roman féminin*. Paris: PUF, 1976.

Merlin, Hélène. *Public et littérature en France au XVIIe siècle*. Paris: Belles Lettres, 1994.

Miller, Nancy K. "Emphasis Added: Plots and Plausibilities in Women's Fiction." *PMLA* 96 (1981): 36-48.

———. *Subject to Change: Reading Feminist Writing*. New York: Columbia UP, 1988.

Mongrédien, G. *La vie littéraire en France au XVIIe siècle*. Paris: Tallandier, 1947.

Mornet, Daniel. *Histoire de la littérature française classique, 1660-1700, ses caractères vértiables, ses aspects inconnus*. Paris: Colin, 1947.

Niderst, Alain. La Princesse de Clèves: *Le roman paradoxal*. Paris: Larousse, 1973.

Peyre, H. *Le classicisme français*. New York: La Maison Française, 1942.

Picard, Roger. *Les salons littéraires et la société française, 1610-1789*. New York: Brentano's, 1943.

Poizat, Valentine. *La véritable Princesse de Clèves*. Paris: La Renaissance du Livre, 1920.

Poulet, Georges. "Madame de Lafayette." *Études sur le temps humain*. Paris: Plong, 1950. 122-32.

Rousset, Jean. *Forme et signification*. Paris: Corti, 1962.

Scott, J. W. "'Digressions' of *The Princesse de Clèves*." *French Studies* 11 (1957): 315-22.

———. *Madame de Lafayette*: La Princesse de Clèves. London: Grant, 1983.

Showalter, English. *The Evolution of the French Novel, 1641-1782*. Princeton: Princeton UP, 1972.

Stone, Harriet. *The Classical Model: Literature and Knowledge in Seventeenth-Century France*. Ithaca: Cornell UP, 1996.

———. "Exemplary Teaching in *La Princesse de Clèves*." *French Review* 62 (1988): 248-58.

Virmaux, Odette. *Les héroïnes romanesques de Madame de Lafayette*. Paris: Éditions Klincksieck, 1981.

XVII. Dictionaries and Other Sources Consulted in Preparation of the Glossary and Notes

Baumgartner, Emmanuèle, and Philippe Ménard. *Dictionnaire étymologique et historique de la langue française*. Paris: Librairie Générale Française, 1996.

Bouhours, R. P. *Remarques nouvelles sur la langue françoise*. Paris: Sébastien Mabre-Cramoisy, 1675.

Bruneau, Charles. *Petite histoire de la langue française*. Paris: Colin, 1958.

Brunot, Ferdinand. *Histoire de la langue française des origines à 1900*. Vol 3: *La formation de la langue classique (1600-1660)*; Vol. 4: *La langue classique (1660-1715)*. Paris: Colin, 1905.

Brunot, Ferdinand and Charles Bruneau. *Précis de grammaire historique de la langue française*. Paris, 1949.

Cayrou, Gaston. *Dictionnaire du français classique: La langue du XVIIe siècle*. 2nd Edition. Paris: Klincksieck, 1924.

Dictionnaire historique de la langue française. Paris: Dictionnaires le Robert, 1993.

Dubois, J. *Dictionnaire du français classique*. Paris: Larousse, 1992.

Furetière, Antoine. *Dictionnaire universel*, 1690. Paris: Robert, 1978.

Haase, A. *Syntaxe française du XVIIe Siècle*. Paris, 1965.

Huguet, Edmond. *Petit glossaire des classiques français du XVIIe siècle*. Paris: Hachete, 1919.

Nyrop, Kr. *Grammaire historique de la langue française*. 4th edition. Copenhagen: Gyldendals Forlagstrykkeri, 1935.

Wagner, R. L. and J. Pinchon. *Grammaire du français, classique et moderne*. Paris, 1962.

Wartburg, W. V. *Évolution et structure de la langue française*. 10th edition. Paris: Editions A. Francke S. A. Berne, 1971.

Le Libraire au Lecteur[1]

5   QUELQUE APPROBATION QU'AIT EUE cette Histoire dans les
lectures qu'on en a faites, l'auteur n'a pu se résoudre à se déclarer;
il a craint que son nom ne diminuât le succès de son livre. Il
sait par expérience que l'on condamne quelquefois les ouvrages
sur la médiocre opinion qu'on a de l'auteur et il sait aussi que la
10   réputation de l'auteur donne souvent du prix aux ouvrages. Il
demeure donc dans l'obscurité où il est, pour laisser les jugements
plus libres et plus équitables, et il se montrera néanmoins si cette
Histoire est aussi agréable au public que je l'espère.

---

1 This publisher's note to the reader was included in the original edition
of the text and offers an explanation for the author's wish to remain anonymous. See the Introduction, pages xiii, xviii, and xxiv for more on Madame de
Lafayette's efforts to maintain her anonymity.

1

Première Partie[1]

LA MAGNIFICENCE ET LA galanterie[2] n'ont jamais paru en France
avec tant d'éclat° que dans les dernières années du règne de Henri   brilliance
second.[3] Ce prince était galant, bien fait° et amoureux; quoique   well-built
5   sa passion pour Diane de Poitiers,[4] duchesse de Valentinois, eût *(past tense avoir)*
commencé il y avait plus de vingt ans, elle n'en était pas moins
violente, et il n'en donnait pas des témoignages moins éclatants.
      Comme il réussissait admirablement dans tous les exercices
du corps, il en faisait une de ses plus grandes occupations.
10   C'étaient tous les jours des parties de chasse° et de paume,[5] des   hunting

---

1 The story begins in late spring or early summer of 1558. See the section
entitled "Setting" in the Introduction for information about the historical
context of the story.

2 The term *galanterie* had multiple connotations in the seventeenth century. Beyond its more obvious meanings related to amorous affairs and chivalry, the word also connoted the elegance, refined manners, nobility of spirit,
and sophistication associated with court life. Its use in the opening sentence
not only signals the primary theme of the novel (love), but also promises to
delight the seventeenth-century reader with a splendid setting.

3 Henry II of France (1518-1559), son of Francis I and Queen Claude,
reigned 1547-1559. He married Catherine de Medici in 1533.

4 Diane de Poitiers (1499-1566), duchess of Valentinois, oldest daughter
of Jean de Poitiers, Seigneur de Saint-Vallier, and Jeanne de Batarnay. She was
married to Louis de Brézé, count of Maulevrier, grand seneschal of Norman-
dy, in 1514. They had two daughters (Françoise and Louise). She was widowed in 1531 and became the mistress of the future Henri II. She was made
duchess in 1548. Although twenty years Henri II's senior, their relationship,
which began when he was dauphin, lasted until his death. Despite his union
with the queen of France, Catherine of Medici, Diane de Poitiers wielded
great political power and virtually ruled the country of France.

5 *Paume*, a game similar to tennis, except players used the palm of their
hand instead of a racket.

ballets, des courses de bagues,[6] ou de semblables divertissements;°   diversions
les couleurs et les chiffres° de madame de Valentinois[7] paraissaient   monogram
partout, et elle paraissait elle-même avec tous les ajustements° que   finery
pouvait avoir mademoiselle de La Marck,[8] sa petite-fille, qui était
5   alors à marier. *granddaughter*

La présence de la reine[9] autorisait la sienne. Cette princesse
était belle, quoiqu'elle eût passé la première jeunesse; elle aimait
la grandeur, la magnificence et les plaisirs. Le roi l'avait épousée
second son lorsqu'il était encore duc d'Orléans, et qu'il avait pour aîné le
10   dauphin, qui mourut à Tournon,[10] prince que sa naissance et ses
grandes qualités destinaient à remplir dignement la place du roi
François premier,[11] son père.

L'humeur ambitieuse de la reine lui faisait trouver une
grande douceur à régner; il semblait qu'elle souffrît sans peine
15   l'attachement du roi pour la duchesse de Valentinois, et elle

---

6 **des courses...** *tilting at the ring.* This was an equestrian game of skill
that required horsemen to remove rings suspended from a post with their
lances while on the gallop.

7 In order that their identities be known to onlookers during tourna-
ments, knights adorned their armor with ribbons in colors preferred by the
women they admired. As a widow, Diane de Poitiers had a preference for black
and white. The monogram refers to two interlaced Ds, which were incorpo-
rated into artistic works and architectural designs of the period in honor of
Diane de Poitiers.

8 Most likely Antoinette de la Marck, one of the six daughters born to
Diane de Poitier's older daughter, Françoise de Brézé, and Robert de la Marck,
the duke of Bouillon. In 1558, she married the duke of Anville, son of the
constable of Montmorency.

9 Catherine de Medici (1519-1589), daughter of Laurent II de Medici,
duke of Urbin, and Madeleine de La Tour d'Auvergne. She married the future
king Henry II in 1533, when he was still the duke of Orléans. Her political
influence increased greatly after the death of the king in 1547. She was mother
to three kings of France: François II, Charles IX, and Henri III.

10 Henri de Valois (the future Henri II) first held the title of duke of
Orléans, and then after the death of his older brother François in 1536, he
became Dauphin (heir to the throne).

11 Francis I (1494-1547), King of France from 1515 to 1547. He was the
son of Charles d'Orléans, count of Angoulême, and Louise de Savoie. He was
married to Claude de France, daughter of Louis XII and Anne de Bretagne, in
1514. He is often referred to in this text as "le feu roi" (the late king).

n'en témoignait aucune jalousie; mais elle avait une si profonde dissimulation, qu'il était difficile de juger de ses sentiments, et la politique l'obligeait d'approcher cette duchesse de sa personne, afin d'en approcher aussi le roi. Ce prince aimait le commerce° company

5 des femmes, même de celles dont il n'était pas amoureux: il demeurait tous les jours chez la reine à l'heure du cercle,[12] où tout ce qu'il y avait de plus beau et de mieux fait, de l'un et de l'autre sexe, ne manquait pas de se trouver.

Jamais cour n'a eu tant de belles personnes et d'hommes

10 admirablement bien faits; et il semblait que la nature eût pris plaisir à placer ce qu'elle donne de plus beau, dans les plus grandes princesses et dans les plus grands princes. Madame Élisabeth de France,[13] qui fut depuis reine d'Espagne, commençait à faire paraître un esprit surprenant et cette incomparable beauté qui lui

15 a été si funeste. Marie Stuart,[14] reine d'Écosse, qui venait d'épouser monsieur le dauphin, et qu'on appelait la reine Dauphine, était une personne parfaite pour l'esprit et pour le corps: elle avait été élevée à la cour de France, elle en avait pris toute la politesse,[15] et elle était née avec tant de dispositions pour toutes les belles choses,

20 que, malgré sa grande jeunesse, elle les aimait et s'y connaissait mieux que personne. La reine, sa belle-mère, et Madame, sœur du roi,[16] aimaient aussi les vers, la comédie° et la musique. Le goût que theater

---

12 **L'heure du cercle** refers to a daily gathering of court ladies in the Queen's private suite.

13 Elisabeth de France (1545-1568), daughter of Henri II and Catherine de Medici. She was married on June 22, 1559 to Philip II of Spain. She died at the age of 23. Madame de Lafayette frequently refers to her as "Madame."

14 Mary Stuart (1542-1587), Queen of Scots, married in 1558 to François de Valois, dauphin of France, who became king of France, Francis II, in 1559. She is referred to in the text as "la Reine Dauphine" or "Madame la Dauphine." After the death of her husband in 1560, she returned to Scotland, where, eight years later, she was defeated by Scottish rebels and imprisoned by Elizabeth I until her beheading on February 8, 1587.

15 The term **politesse** signifies more than just refined manners; it represents a broader notion of civility and sophistication cultivated by high society.

16 Marguerite de France (1523-1574), duchess of Barry, daughter of Francis I and Claude de France, and sister to Henri II (hence Madame de Lafayette's reference to her as "Madame, sœur du roi."). She was married in 1559

le roi François premier avait eu pour la poésie et pour les lettres
régnait encore en France; et le roi son fils aimant les exercices
du corps, tous les plaisirs étaient à la cour. Mais ce qui rendait
cette cour belle et majestueuse était le nombre infini de princes
et de grands seigneurs d'un mérite extraordinaire. Ceux que je
vais nommer étaient, en des manières différentes, l'ornement et
l'admiration° de leur siècle.   wonder

Le roi de Navarre[17] attirait le respect de tout le monde par la
grandeur de son rang et par celle qui paraissait en sa personne.
Il excellait dans la guerre, et le duc de Guise[18] lui donnait une
émulation° qui l'avait porté plusieurs fois à quitter sa place de   rivalry
général, pour aller combattre auprès de lui comme un simple
soldat, dans les lieux les plus périlleux. Il est vrai aussi que ce duc
avait donné des marques d'une valeur si admirable et avait eu de si
heureux succès,° qu'il n'y avait point de grand capitaine qui ne dût   victories
le regarder avec envie. Sa valeur était soutenue de toutes les autres
grandes qualités: il avait un esprit vaste et profond, une âme noble
et élevée, et une égale capacité pour la guerre et pour les affaires.
Le cardinal de Lorraine, son frère,[19] était né avec une ambition
démesurée,° avec un esprit vif et une éloquence admirable, et il   uninhibited
avait acquis une science profonde, dont il se servait pour se rendre
considérable en défendant la religion catholique qui commençait

to Emmanuel-Philibert, duke of Savoie.

17 Antoine de Bourbon (1518-1562), son of Charles de Bourbon, duke
of Vendôme, and Françoise d'Alençon. He was married to Jeanne d'Albret and
became the king of Navarre in 1555 after the death of his father-in-law, Henri
d'Albret, at which time his wife Jeanne inherited the Kingdom. He was the
father of Henri IV of France.

18 François de Lorraine (1519-1563), second duke of Guise, son of
Claude de Lorraine and Antoinette de Bourbon. In 1549, he married Anne
d'Este, daughter of the duke of Ferrara and Renée de France. He was a military
commander and prominent leader of the militant Catholic party known as
the Holy League. He was assassinated in 1563 by Huguenot Poltrot de Méré.
His widow eventually married the duke of Nemours.

19 Charles de Guise (1524-1574), younger brother of the duke, became
cardinal in 1547.

d'être attaquée.[20] Le chevalier de Guise,[21] que l'on appela depuis le grand prieur,° était un prince aimé de tout le monde, bien fait, plein d'esprit,° plein d'adresse,° et d'une valeur célèbre par toute l'Europe. Le prince de Condé,[22] dans un petit corps peu favorisé de la nature, avait une âme grande et hautaine,° et un esprit qui le rendait aimable aux yeux même des plus belles femmes. Le duc de Nevers,[23] dont la vie était glorieuse par la guerre et par les grands emplois qu'il avait eus, quoique dans un âge un peu avancé, faisait les délices de la cour.[24] Il avait trois fils parfaitement bien faits: le second, qu'on appelait le prince de Clèves,[25] était digne de soutenir° la gloire de son nom; il était brave et magnifique, et il avait une prudence qui ne se trouve guère avec la jeunesse. Le vidame de Chartres,[26] descendu de cette ancienne maison de

prior

wit, cleverness

noble

upholding

---

20 Counter Reformation efforts had gained significant ground and the Wars of Religion (1562-1598) were in the making.

21 François de Lorraine (1534-1563), younger brother of the duke of Guise and the cardinal of Lorraine. He became a Knight of Malta, the military religious order of which he eventually became the grand prior.

22 Louis of Bourbon (1530-1569), prince of Condé, son of Charles de Bourbon, duke of Vendôme, and Francois d'Alençon, leader of the Protestants during the Wars of Religion. He was the brother of the King of Navarre and an enemy of the Guise family. He was assassinated in 1569, after his capture at the battle of Jarnac.

23 François de Clèves (1516-1562), duke of Nevers, father of the Prince of Clèves, son of Charles de Clèves, count of Nevers, and Marie d'Albret. He was married in 1538 to Marguerite de Bourbon, daughter of Charles de Bourbon and Françoise d'Alençon. The date of his death is adjusted (advanced by two years) in the novel to accomodate the story development.

24 **faisait les délices...** *was the delight of the court.*

25 Jacques de Clèves (1544-1564), second son of François de Clèves. The real Prince of Clèves was married to Diane de la Marck, granddaughter of Madame de Valentinois. His death occured five years later than the date Madame de Lafayette indicates for the the Prince of Clèves in the novel. He and his wife had no children.

26 Francois de Vendôme (1522-1562), vidame of Chartres, son of Louis de Vendôme, prince of Chabanois, and Hélène de Hangest-Genlis. He married Jeanne d'Estissac, who is not mentioned in the novel. The term "vidame" designates a bishop-appointed lay official and representative who took care of certain estate-related and legal matters of the church. The vidame also led the Bishop's troops in battle.

Vendôme, dont les princes du sang[27] n'ont point dédaigné de
porter le nom, était également distingué dans la guerre et dans la
galanterie. Il était beau, de ˙bonne mine,° vaillant,° hardi,° libéral;° handsome, brave, bold,
toutes ces bonnes qualités étaient vives et éclatantes; enfin, il était generous
5   seul digne d'être comparé au duc de Nemours,[28] si quelqu'un lui
eût pu être comparable. Mais ce prince était un chef-d'œuvre de la
nature; ce qu'il avait de moins admirable était d'être l'homme du
monde le mieux fait et le plus beau. Ce qui le mettait au-dessus
des autres était une valeur° incomparable, et un agrément° dans valor, charm
10 son esprit, dans son visage et dans ses actions, que l'on n'a jamais
vu qu'à lui seul; il avait un enjouement° qui plaisait également gaiety
aux hommes et aux femmes, une adresse extraordinaire dans tous
ses exercices, une manière de s'habiller qui était toujours suivie
de tout le monde, sans pouvoir être imitée, et enfin, un air dans
15 toute sa personne, qui faisait qu'on ne pouvait regarder que lui
dans tous les lieux où il paraissait. Il n'y avait aucune dame dans la
cour, dont la gloire° n'eût été flattée de le voir attaché à elle; peu pride
de celles à qui il s'était attaché se pouvaient vanter° de lui avoir boast
résisté, et même plusieurs à qui il n'avait point témoigné de passion
20 n'avaient pas laissé d'en avoir pour lui.[29] Il avait tant de douceur
et tant de disposition à la galanterie,[30] qu'il ne pouvait refuser
quelques soins° à celles qui tâchaient° de lui plaire: ainsi il avait gallant attentions, tried
plusieurs maîtresses,[31] mais il était difficile de deviner celle qu'il

---

27 **Princes du sang** refers to the line of legitimate male descendants of a
French monarch.

28 Jacques de Savoie (1531-1585), duke of Nemours, son of Philippe
de Savoie and Charlotte d'Orléans-Longueville. He was married in 1566, to
Anne d'Este, the widow of François de Lorraine, who, according to Brantôme
had been his mistress while her husband had been alive (IX, 226). His marriage to her required that he break his engagement with Françoise de Rohan,
the mother of his son. As Niderst mentions (n. 22 in *Roman et Nouvelles*
446), Brantôme refers to the duke of Nemours as the "paragon of all chivalry"
(*Œuvres complètes* IV, 164 and IX, 502). Valincour argues in his second letter
that the sexual prowess of the character is significantly attenuated in the novel
compared to the actual figure on whom he is based (96).

29 **et même...** *and several of them to whom he had not indicated the slight-
est interest persisted in their affection for him.*

30 Here **galanterie** refers to amorous intrigue.

31 The term **maîtresse**, as it is used here, simply refers to a woman a man

aimait véritablement. Il allait souvent chez la reine dauphine;[32] la
beauté de cette princesse, sa douceur, le soin qu'elle avait de plaire
à tout le monde, et l'estime particulière qu'elle témoignait à ce
prince, avaient souvent donné lieu de croire qu'il levait les yeux
5   jusqu'à elle. Messieurs de Guise,[33] dont elle était nièce, avaient
beaucoup augmenté leur crédit° et leur considération° par son   influence, importance
mariage; leur ambition les faisait aspirer à s'égaler aux princes du
sang, et à partager le pouvoir du connétable[34] de Montmorency.[35]
Le roi se reposait sur lui de la plus grande partie du gouvernement
10   des affaires, et traitait le duc de Guise et le maréchal de Saint-
André[36] comme ses favoris. Mais ceux que la faveur ou les affaires
approchaient de sa personne ne s'y pouvaient maintenir qu'en
se soumettant à la duchesse de Valentinois;[37] et quoiqu'elle n'eût
plus de jeunesse ni de beauté, elle le gouvernait avec un empire si
15   absolu, que l'on peut dire qu'elle était maîtresse de sa personne et
de l'État.

Le roi avait toujours aimé le connétable, et sitôt qu'il avait
commencé à régner, il l'avait rappelé de l'exil où le roi François
premier l'avait envoyé.[38] La cour était partagée entre messieurs
20   de Guise et le connétable, qui était soutenu des princes du sang.

---

is attracted to, either emotionally or physically, or both. It does not necessarily
imply a sexual relationship.

32 Mary Stuart. See note 13, page 5.

33 Mary Stuart was the niece of the duke of Guise, the cardinal of Lorraine, the duke of Aumale, and the chevalier of Guise.

34 The title "constable" referred to the highest ranking official of the
court and commander of the royal armies.

35 Anne, duke of Montmorency (1492-1567), son of Guillaume and Anne
Pot, married to Madeleine de Savoie. He became constable in 1538 and duke
in 1551. He died as a result of wounds suffered at the Battle of Saint-Denis.

36 Jacques d'Albon (1512-1562), marshal of Saint-André, marquis of
Fronsac, son of Jean d'Albon and Charlotte de la Roche. He was married to
Marguerite de Lustrac. He became marshal of France in 1547. He was very
influential during the reign of Henri II. He was taken prisoner at the battle of
Dreux and assassinated by Jean Perdriel de Bobigny.

37 Diane de Poitiers. See note 4, page 3.

38 The constable de Montmorency had been temporarily banished to his
family's estates in Chantilly by Francis I in 1541 for what was considered his
misguided counsel in dealings with the Holy Roman Emperor Charles V.

> consider [handwritten]

Cardinal married her daughter [handwritten]

L'un et l'autre parti avait toujours songé à gagner la duchesse de
Valentinois. Le duc d'Aumale,[39] frère du duc de Guise, avait épousé
une de ses filles; le connétable aspirait à la même alliance. Il ne se
contentait pas d'avoir marié son fils aîné avec madame Diane,[40]
5   fille du roi et d'une dame de Piémont, qui se fit religieuse aussitôt
qu'elle fut accouchée.[41] Ce mariage avait eu beaucoup d'obstacles,
par les promesses que monsieur de Montmorency avait faites à
mademoiselle de Piennes,[42] une des filles d'honneur de la reine; et
bien que le roi les eût surmontés avec une patience et une bonté
10 extrême, ce connétable ne se trouvait pas encore assez appuyé,°   secure
s'il ne s'assurait de madame de Valentinois, et s'il ne la séparait
de messieurs de Guise, dont la grandeur commençait à donner
de l'inquiétude à cette duchesse. Elle avait retardé, autant qu'elle
avait pu, le mariage du dauphin avec la reine d'Écosse: la beauté et
15 l'esprit capable et avancé° de cette jeune reine, et l'élévation que ce   precocious
mariage donnait à messieurs de Guise, lui étaient insupportables.
Elle haïssait particulièrement le cardinal de Lorraine; il lui
avait parlé avec aigreur,° et même avec mépris.° Elle voyait qu'il   bitterness, contempt
prenait des liaisons avec la reine; de sorte que le connétable la
20 trouva disposée à s'unir avec lui, et à entrer dans son alliance,
par le mariage de mademoiselle de La Marck, sa petite fille, avec
monsieur d'Anville,[43] son second fils, qui succéda depuis à sa

connétable wants son to marry her gbaby he wont – inst w mary [handwritten]

---

39 Claude de Lorraine (1526-1573), brother of the duke of Guise and the
cardinal of Lorraine. In 1547, he married Louise de Brézé, Diane de Poitier's
daughter.

40 François de Montmorency (1530-1579), eldest son of the constable
of Montmorency. In 1557, he married Diane (1538-1619), the illegitimate
daughter of Henri II and Philippe Duc, a woman from Piémont. He became
marshal of France in 1559 and duke of Montmorency in 1567.

41 **aussitôt qu'elle...** *as soon as she had given birth.*

42 François de Montmorency had secretly promised marriage to Jeanne
Halluyn (de Hallwin), here referred to as Mademoiselle de Pienne, a lady-in-
waiting to Catherine de Medici. After the Pope refused to annul this union
(which had only been a verbal agreement), Henri II issued an edict in 1556
against clandestine marriages, which then made it possible for François to
marry his daughter Diane.

43 Henri de Montmorency (1534-1614), Lord of Anville, second son of
the constable, Anne de Montmorency, and Madeleine de Savoie. He later became duke of Montmorency. He was married in 1558 to Diane de Poitiers's

charge sous le règne de Charles IX.[44] Le connétable ne crut pas trouver d'obstacles dans l'esprit de monsieur d'Anville pour un mariage, comme il en avait trouvé dans l'esprit de monsieur de Montmorency; mais, quoique les raisons lui en fussent cachées, les difficultés n'en furent ˙guère moindres.° Monsieur d'Anville était éperdument° amoureux de la reine dauphine, et, quelque peu d'espérance qu'il eût dans cette passion, il ne pouvait se résoudre° à ˙prendre un engagement° qui partagerait ses soins.[45] Le maréchal de Saint-André était le seul dans la cour qui n'eût point pris de parti. Il était un des favoris, et sa faveur ne tenait qu'à sa personne: le roi l'avait aimé dès le temps qu'il était dauphin; et depuis, il l'avait fait maréchal de France, dans un âge où l'on n'a pas encore accoutumé de prétendre aux moindres dignités.[46] Sa faveur lui donnait un éclat˙ qu'il soutenait par son mérite et par l'agrément de sa personne, par une grande délicatesse° pour sa table et pour ses meubles, et par la plus grande magnificence qu'on eût jamais vue en un particulier. La libéralité° du roi fournissait à cette dépense; ce prince allait jusqu'à la prodigalité° pour ceux qu'il aimait; il n'avait pas toutes les grandes qualités, mais il en avait plusieurs, et surtout celle d'aimer la guerre et de l'entendre; aussi avait-il eu d'heureux succès et si on en excepte la bataille de Saint-Quentin,[47] son règne n'avait été qu'une suite de victoires. Il avait gagné en personne la bataille de Renty;[48] le Piémont[49] avait été conquis; les Anglais avaient été chassés de France,[50] et

Margin glosses:
- scarcely less
- desperately
- make up his mind, to
- make a commitment
- ·brightness
- refinement
- generosity
- extravagance

Line numbers: 5, 10, 15, 20

---

granddaughter, Antoinette de La Marck, daughter of the duke of Bouillon.

44 Charles IX (1550-1574), son of Henri II and Catherine de Medici. He became king in 1560, at the age of ten, and reigned until his death in 1574.

45 **partagerait ses...** *would divide his attentions.*

46 **l'on n'a pas...** *one has not yet grown accustomed to aspiring to lesser honors.*

47 This battle was lost by the constable of Montmorency during the summer of 1557. This and subsequent battles mentioned represent the final struggles between France and the Holy Roman Empire to impose hegemony over Europe.

48 The battle of Renty was won on August 13, 1554.

49 Piedmont had been conquered in 1555.

50 The English were driven from Calais in 1558.

l'empereur Charles-Quint[51] avait vu finir sa bonne fortune devant
la ville de Metz,[52] qu'il avait assiégée inutilement avec toutes les
forces de l'Empire et de l'Espagne. Néanmoins, comme le malheur
de Saint-Quentin avait diminué l'espérance de nos conquêtes, et
5   que, depuis, la fortune avait semblé se partager entre les deux rois,
ils se trouvèrent insensiblement disposés à la paix.[53]

La duchesse douairière° de Lorraine[54] avait commencé à en   dowager
faire des propositions dans le temps du mariage de monsieur le
dauphin; il y avait toujours eu depuis quelque négociation secrète.
10   Enfin, Cercamp, dans le pays d'Artois, fut choisi pour le lieu où
l'on devait s'assembler. Le cardinal de Lorraine, le connétable de
Montmorency et le maréchal de Saint-André s'y trouvèrent pour
le roi; le duc d'Albe[55] et le prince d'Orange,[56] pour Philippe II;[57]
et le duc et la duchesse de Lorraine[58] furent les médiateurs. Les
15   principaux articles° étaient le mariage de madame Élisabeth de   (treaty) clauses
France avec Don Carlos,[59] infant d'Espagne, et celui de Madame

---

51 Charles V (1500-1558), king of Spain (1516-1558) and Holy Roman
Emperor (1519-1558). He was the son of Philippe le Beau, archduke of Austria and Jeanne la Folle, queen of Castille. He married Isabella of Portugal in
1526.

52 Metz was taken on October 13, 1552.

53 **insensiblement disposés...** *imperceptibly well-disposed toward peace.*

54 Christina of Denmark (1522-1590), daughter of Christian II, king of
Denmark, widow of François Sforza, duke of Milan, married François de Lorraine, in 1540.

55 Ferdinand Alvarez de Tolède (1508-1582), duke of Alva, statesman
and general of the Spanish armies under Charles V and Philip II.

56 Guillaume de Nassau (1533-1584), prince of Orange, son of Guillaume de Nassau and Julienne de Stolberg.

57 King of Spain (1527-1598), son of Charles V and Isabella of Portugal.
First he married Marie of Portugal, with whom he had his son Don Carlos.
Then a year after the death of his second wife, Mary Tudor, queen of England,
he married Elisabeth de France (1559).

58 Charles de Lorraine (1543-1608), son of François de Lorraine and
Christina of Denmark. He became duke in 1545 upon the death of his father.
In 1558, he married Claude de France, daughter of Henri II and Catherine de
Medici.

59 As indicated in note 13, page5, Elisabeth of France did not marry Don
Carlos, but his father, Philip II. However she had been engaged to Don Carlos
as a child, before Philip opted to marry her himself.

sœur du roi, avec monsieur de Savoie.[60]

Le roi demeura cependant sur la frontière, et il y reçut la nouvelle de la mort de Marie, reine d'Angleterre.[61] Il envoya le comte de Randan[62] à Élisabeth, pour la complimenter sur son avènement à la couronne;[63] elle le reçut avec joie. Ses droits étaient si mal établis, qu'il lui était avantageux de se voir reconnue par le roi. Ce comte la trouva instruite des intérêts de la cour de France, et du mérite de ceux qui la composaient; mais surtout il la trouva si remplie de la réputation du duc de Nemours, elle lui parla tant de fois de ce prince, et avec tant d'empressement,° que, quand *eagerness* monsieur de Randan fut revenu, et qu'il rendit compte au roi de son voyage, il lui dit qu'il n'y avait rien que monsieur de Nemours ne pût prétendre auprès de cette princesse, et qu'il ne doutait point qu'elle ne fût capable de l'épouser. Le roi en parla à ce prince dès le soir même; il lui fit conter par monsieur de Randan toutes ses conversations avec Élisabeth, et lui conseilla de tenter cette grande fortune. Monsieur de Nemours crut d'abord que le roi ne lui parlait pas sérieusement; mais comme il vit le contraire:

"Au moins, Sire," lui dit-il, "si je m'embarque dans une entreprise chimérique,° par le conseil et pour le service de Votre *fanciful* Majesté, je la supplie de me garder le secret, jusqu'à ce que le succès me justifie vers[64] le public, et de vouloir bien ne me pas faire paraître rempli d'une assez grande vanité, pour prétendre qu'une reine, qui ne m'a jamais vu, me veuille épouser par amour."

Le roi lui promit de ne parler qu'au connétable de ce dessein, et il jugea même le secret nécessaire pour le succès. Monsieur de Randan conseillait à monsieur de Nemours d'aller en Angleterre

---

60 Emmanuel Philibert (1528-1580), duke of Savoie, married to Marguerite de France in 1559.

61 Mary Tudor (1516-1558), queen of England, daughter of Henry VIII and Catherine of Aragon. She was married to Philip II of Spain in 1554.

62 Charles de la Rochefoucauld (1525-1562), count of Randan, second son of François de la Rochefoucauld and Anne de Polignac. He became commander of the French infantry in 1559.

63 Elizabeth Tudor (1533-1603), daughter of Henry VIII and Anne Boleyn. She became queen of England on November 17 1558, upon the death of her half-sister Mary.

64 Here and elsewhere *vers* is used where *envers* would be used today.

sur le simple prétexte de voyager; mais ce prince ne put s'y résoudre.
Il envoya Lignerolles[65] qui était un jeune homme d'esprit, son
favori, pour voir les sentiments de la reine, et pour tâcher de
commencer quelque liaison.° En attendant l'événement° de ce   relationship, outcome
voyage, il alla voir le duc de Savoie, qui était alors à Bruxelles avec
le roi d'Espagne. La mort de Marie d'Angleterre apporta de grands
obstacles à la paix; l'assemblée se rompit à la fin de novembre, et
le roi revint à Paris.

    Il parut alors une beauté à la cour, qui attira les yeux de
tout le monde, et l'on doit croire que c'était une beauté parfaite,
puisqu'elle donna de l'admiration dans un lieu où l'on était si
accoutumé à voir de belles personnes. Elle était de la même
maison que le vidame de Chartres, et une des plus grandes
héritières de France. Son père était mort jeune, et l'avait laissée
sous la conduite de madame de Chartres, sa femme, dont le bien,°   wealth
la vertu et le mérite étaient extraordinaires. Après avoir perdu
son mari, elle avait passé plusieurs années sans revenir à la cour.
Pendant cette absence, elle avait donné ses soins à l'éducation de
sa fille; mais elle ne travailla pas seulement à cultiver son esprit
et sa beauté; elle songea aussi à lui donner de la vertu et à la lui
rendre aimable. La plupart des mères s'imaginent qu'il suffit de ne
parler jamais de galanterie devant les jeunes personnes pour les en
éloigner. Madame de Chartres[66] avait une opinion opposée; elle
faisait souvent à sa fille des peintures de l'amour; elle lui montrait
ce qu'il a d'agréable pour la persuader plus aisément sur ce qu'elle
lui en apprenait de dangereux; elle lui contait le peu de sincérité
des hommes, leurs tromperies et leur infidélité, les malheurs
domestiques où plongent les engagements;° et elle lui faisait voir,   love affairs
d'un autre côté, quelle tranquillité suivait la vie d'une honnête[67]
femme, et combien la vertu donnait d'éclat et d'élévation à une

---

65 Philibert de Lignerolles (?-1571), friend of the duke of Nemours. He
was assassinated in 1571.

66 There is no known historical figure by this name. Madame de Chartres
is a fictional character, as is her daughter, Mademoiselle de Chartres.

67 In addition to meaning "honorable" and "courteous," the term **honnête**, when used to describe a woman, is also associated with chastity and
virtue.

personne qui avait de la beauté et de la naissance. Mais elle lui
faisait voir aussi combien il était difficile de conserver cette vertu,
que par une extrême défiance de soi-même, et par un grand soin
de s'attacher à ce qui seul peut faire le bonheur d'une femme, qui
5   est d'aimer son mari et d'en être aimée.

Cette héritière était alors un des grands partis[68] qu'il y eût en
France; et quoiqu'elle fût dans une extrême jeunesse, l'on avait
déjà proposé plusieurs mariages. Madame de Chartres, qui était
extrêmement glorieuse,° ne trouvait presque rien digne de sa fille;   proud
10   la voyant dans sa seizième année, elle voulut la mener à la cour.
Lorsqu'elle arriva, le vidame alla au-devant d'elle; il fut surpris de
la grande beauté de mademoiselle de Chartres, et il en fut surpris
avec raison. La blancheur de son teint et ses cheveux blonds lui
donnaient un éclat que l'on n'a jamais vu qu'à elle; tous ses traits
15   étaient réguliers, et son visage et sa personne étaient pleins de
grâce et de charmes. Le lendemain qu'elle fut arrivée, elle alla pour
assortir des pierreries[69] chez un Italien qui en trafiquait° par tout   traded in jewels
le monde. Cet homme était venu de Florence avec la reine, et
s'était tellement enrichi dans son trafic,° que sa maison paraissait   trade
20   plutôt celle d'un grand seigneur que d'un marchand. Comme
elle y était, le prince de Clèves[70] y arriva. Il fut tellement surpris
de sa beauté, qu'il ne put cacher sa surprise; et mademoiselle de
Chartres ne put s'empêcher de rougir en voyant l'étonnement
qu'elle lui avait donné. Elle se remit[71] néanmoins, sans témoigner
25   d'autre attention aux actions de ce prince que celle que la civilité
lui devait donner pour un homme tel qu'il paraissait. Monsieur de
Clèves la regardait avec admiration, et il ne pouvait comprendre
qui était cette belle personne qu'il ne connaissait point. Il voyait
bien par son air, et par tout ce qui était à sa suite, qu'elle devait
30   être d'une grande qualité.[72] Sa jeunesse lui faisait croire que c'était
une fille; mais ne lui voyant point de mère, et l'Italien qui ne

---

68 **un des grands…** *one of the most desirable matches.*

69 **assortir des…** *match some precious stones.*

70 The Prince de Clèves is based on a real figure: Jacques de Clèves. See
note 25, page 7.

71 **se remit…** *regained her composure.*

72 *Grande qualité* is an expression that suggests she is of noble ancestry.

la connaissait point l'appelant madame, il ne savait que penser, et il la regardait toujours avec étonnement. Il s'aperçut que ses regards l'embarrassaient, contre l'ordinaire des jeunes personnes qui voient toujours avec plaisir l'effet de leur beauté; il lui parut
5   même ˙qu'il était cause° qu'elle avait de l'impatience de s'en aller,   that he was the reason
et en effet elle sortit assez promptement. Monsieur de Clèves se consola de la perdre de vue, dans l'espérance de savoir qui elle était; mais il fut bien surpris quand il sut qu'on ne la connaissait point. Il demeura si touché de sa beauté, et de l'air modeste qu'il
10   avait remarqué dans ses actions, qu'on peut dire qu'il conçut pour elle dès ce moment une passion et une estime[73] extraordinaires. Il alla le soir chez Madame,[74] sœur du roi.

     Cette princesse était ˙dans une grande considération,° par le   held in high esteem
crédit qu'elle avait sur le roi, son frère; et ce crédit était si grand,
15   que le roi, en faisant la paix, consentait à rendre le Piémont, pour lui faire épouser le duc de Savoie. Quoiqu'elle eût désiré toute sa vie de se marier, elle n'avait jamais voulu épouser qu'un souverain, et elle avait refusé pour cette raison le roi de Navarre lorsqu'il était duc de Vendôme, et avait toujours souhaité monsieur de
20   Savoie; elle avait conservé de l'inclination[75] pour lui depuis qu'elle l'avait vu à Nice, à l'entrevue du roi François premier et du pape Paul troisième.[76] Comme elle avait beaucoup d'esprit, et un grand discernement pour les belles choses, elle attirait tous les honnêtes gens, et il y avait de certaines heures où toute la cour était chez
25   elle.

     Monsieur de Clèves y vint ˙à son ordinaire;° il était si rempli   as usual

---

73 The use of the "precious" term ***estime*** here reveals the influence that Madame de Scudéry's "Carte de Tendre" (from *Clélie*) had on the amorous vocabulary and sentiment of the period.

74 The title "madame" was used for noble women, even if they were not married.

75 Madame de Lafayette endows the term ***inclination***, another term favored by the *précieux*, with multiple meanings, ranging from friendship and affection to passionate love.

76 This meeting between Francis I and Pope Paul III (Alessandro Farnese, 1468-1549) was held in 1538 and concluded with the Truce of Nice between the French king and Charles V, bringing about a decade of peace between France and the Holy Roman Empire.

de l'esprit et de la beauté de mademoiselle de Chartres, qu'il ne pouvait parler d'autre chose. Il conta tout haut son aventure, et ne pouvait se lasser de donner des louanges à[77] cette personne qu'il avait vue, qu'il ne connaissait point. Madame lui dit qu'il n'y avait

5 point de personne comme celle qu'il dépeignait,° et que s'il y en avait quelqu'une, elle serait connue de tout le monde. Madame de Dampierre,[78] qui était sa dame d'honneur° et amie de madame de Chartres, entendant cette conversation, s'approcha de cette princesse, et lui dit tout bas que c'était sans doute mademoiselle de

10 Chartres que monsieur de Clèves avait vue. Madame se retourna vers lui, et lui dit que s'il voulait revenir chez elle le lendemain, elle lui ferait voir cette beauté dont il était si touché. Mademoiselle de Chartres parut en effet le jour suivant; elle fut reçue des reines avec tous les agréments° qu'on peut s'imaginer, et avec une telle

15 admiration de tout le monde, qu'elle n'entendait autour d'elle que des louanges. Elle les recevait avec une modestie si noble, qu'il ne semblait pas qu'elle les entendît, ou du moins qu'elle en fût touchée. Elle alla ensuite chez Madame, sœur du roi. Cette princesse, après avoir loué sa beauté, lui conta l'étonnement qu'elle avait donné à

20 monsieur de Clèves. Ce prince entra un moment après.

"Venez," lui dit-elle, "voyez si je ne vous tiens pas ma parole, et si en vous montrant mademoiselle de Chartres, je ne vous fais pas voir cette beauté que vous cherchiez; remerciez-moi au moins de lui avoir appris l'admiration que vous aviez déjà pour elle."

25 Monsieur de Clèves sentit de la joie de voir que cette personne qu'il avait trouvée si aimable était d'une qualité proportionnée à sa beauté; il s'approcha d'elle, et il la supplia de se souvenir qu'il avait été le premier à l'admirer, et que, sans la connaître, il avait eu pour elle tous les sentiments de respect et d'estime qui lui étaient

30 dus.

Le chevalier de Guise et lui, qui étaient amis, sortirent ensemble de chez Madame. Ils louèrent d'abord mademoiselle

was describing

lady-in-waiting

courtesy

---

77 **ne pouvait...** *never grew weary of praising.*

78 Jeanne de Vivonne (?-1583), daughter of André de Vivonne, baron of La Chastaigneraie, and Louise de Daillon du Lude. She married Claude de Clermont, baron of Dampierre. She was a lady-in-waiting to Marguerite de France.

de Chartres sans ˙se contraindre.° Ils trouvèrent enfin qu'ils   restraint
la louaient trop, et ils cessèrent l'un et l'autre de dire ce qu'ils
en pensaient; mais ils furent contraints d'en parler les jours
suivants, partout où ils se rencontrèrent. Cette nouvelle beauté
5 fut longtemps le sujet de toutes les conversations. La reine lui
donna de grandes louanges, et eut pour elle une considération
extraordinaire; la reine dauphine en fit une de ses favorites,
et pria° madame de Chartres de la mener souvent chez elle.   asked
Mesdames, filles du roi, l'envoyaient chercher pour être de tous
10 leurs divertissements. Enfin, elle était aimée et admirée de toute
la cour, excepté de madame de Valentinois. Ce n'est pas que cette
beauté lui ˙donnât de l'ombrage:° une trop longue expérience   stirred resentment
lui avait appris qu'elle n'avait rien à craindre auprès du roi; mais
elle avait tant de haine pour le vidame de Chartres, qu'elle avait
15 souhaité d'attacher à elle par le mariage d'une de ses filles, et qui
s'était attaché à la reine, qu'elle ne pouvait regarder favorablement
une personne qui portait son nom, et pour qui il faisait paraître
une grande amitié.°   affection

    Le prince de Clèves devint passionnément amoureux de
20 mademoiselle de Chartres, et souhaitait ardemment de l'épouser;
mais il craignait que l'orgueil de madame de Chartres ne fût blessé
de donner sa fille à un homme qui n'était pas l'aîné° de sa maison.   eldest son
Cependant cette maison était si grande, et le comte d'Eu,[79] qui
en était l'aîné, venait d'épouser une personne si proche de la
25 maison royale, que c'était plutôt la timidité que donne l'amour,
que de véritables raisons, qui causaient les craintes de monsieur
de Clèves. Il avait un grand nombre de rivaux: le chevalier de
Guise lui paraissait le plus redoutable par sa naissance, par son
mérite, et par l'éclat que la faveur donnait à sa maison. Ce prince
30 était devenu amoureux de mademoiselle de Chartres le premier
jour qu'il l'avait vue; il s'était aperçu de la passion de monsieur
de Clèves, comme monsieur de Clèves s'était aperçu de la sienne.

---

79 François de Clèves (1539-1562), count of Eu, later became the duke
of Nevers, eldest son of François de Clèves, duke of Nevers, and Marguerite
de Bourbon. He did not marry under Henry II, as Madame de Lafayette indicates, but under Charles IX. In 1561, he married Anne de Bourbon, daughter
of Louis de Bourbon, duke of Montpensier.

Quoiqu'ils fussent amis, l'éloignement° que donnent les mêmes   *estrangement*
prétentions° ne leur avait pas permis de s'expliquer ensemble;   *ambition*
et leur amitié s'était refroidie, sans qu'ils eussent eu la force° de   *courage*
s'éclaircir. L'aventure° qui était arrivée à monsieur de Clèves,   *chance*
5 d'avoir vu le premier mademoiselle de Chartres, lui paraissait un
heureux présage,° et semblait lui donner quelque avantage sur ses   *omen*
rivaux; mais il prévoyait de grands obstacles par le duc de Nevers
son père. Ce duc avait d'étroites liaisons° avec la duchesse de   *close ties*
Valentinois: elle était ennemie du vidame, et cette raison était
10 suffisante pour empêcher le duc de Nevers de consentir que son
fils pensât à sa nièce.

Madame de Chartres, qui avait eu tant d'application[80] pour
inspirer la vertu à sa fille, ne discontinua pas de prendre les mêmes
soins dans un lieu où ils étaient si nécessaires, et où il y avait
15 tant d'exemples si dangereux. L'ambition et la galanterie étaient
l'âme de cette cour, et occupaient également les hommes et les
femmes. Il y avait tant d'intérêts et tant de cabales° différentes, et   *factions*
les dames y avaient tant de part, que l'amour était toujours mêlé
aux affaires, et les affaires à l'amour. Personne n'était tranquille, ni
20 indifférent; on songeait à s'élever, à plaire, à servir ou à nuire;° on   *harming*
ne connaissait ni l'ennui, ni l'oisiveté,° et on était toujours occupé   *idleness*
des plaisirs ou des intrigues. Les dames avaient des attachements
particuliers pour la reine, pour la reine dauphine, pour la reine
de Navarre,[81] pour Madame, sœur du roi, ou pour la duchesse de
25 Valentinois. Les inclinations, les raisons de bienséance,° ou le   *convention*
rapport d'humeur° faisaient ces différents attachements. Celles   *temperament*
qui avaient passé la première jeunesse et qui faisaient profession°   *professed*
d'une vertu plus austère étaient attachées à la reine. Celles qui
étaient plus jeunes et qui cherchaient la joie et la galanterie
30 faisaient leur cour à la reine dauphine. La reine de Navarre avait
ses favorites; elle était jeune et elle avait du pouvoir sur le roi
son mari: il était joint au connétable, et avait par là beaucoup de

---

80 **qui avait...** *who had made great efforts.*

81 Jeanne d'Albret (1528-1572), daughter of Henri d'Albret, King of
Navarre, and Marguerite d'Orléans. She was married in 1548 to Antoine de
Bourbon, duke of Vendôme, in 1572. She was the mother of the future Henri
IV.

crédit. Madame, sœur du roi, conservait encore de la beauté, et attirait plusieurs dames auprès d'elle. La duchesse de Valentinois avait toutes celles qu'elle daignait° regarder; mais peu de femmes   deigned
lui étaient agréables; et excepté quelques-unes qui avaient sa
5   familiarité et sa confiance, et dont l'humeur avait du rapport avec la sienne, elle n'en recevait chez elle que les jours où elle prenait plaisir à avoir une cour comme celle de la reine.

Toutes ces différentes cabales avaient de l'émulation et de l'envie les unes contre les autres: les dames qui les composaient
10   avaient aussi de la jalousie entre elles, ou pour la faveur, ou pour les amants; les intérêts de grandeur et d'élévation se trouvaient souvent joints à ces autres intérêts moins importants, mais qui n'étaient pas moins sensibles. Ainsi il y avait une sorte d'agitation sans désordre dans cette cour, qui la rendait très agréable, mais aussi
15   très dangereuse pour une jeune personne. Madame de Chartres voyait ce péril, et ne songeait qu'aux moyens d'en garantir° sa fille.   protecting
Elle la pria, non pas comme sa mère, mais comme son amie, de lui faire confidence de toutes les galanteries qu'on lui dirait, et elle lui promit de lui aider à se conduire dans des choses où l'on était
20   souvent embarrassée quand on était jeune. *appear*
Le chevalier de Guise fit tellement paraître les sentiments et les desseins qu'il avait pour mademoiselle de Chartres, qu'ils ne furent ignorés de personne. Il ne voyait néanmoins que de l'impossibilité dans ce qu'il désirait; il savait bien qu'il n'était
25   point un parti qui convînt à mademoiselle de Chartres, par le peu de biens qu'il avait pour soutenir son rang;° et il savait bien aussi   rank
que ses frères n'approuveraient pas qu'il se mariât, par la crainte de l'abaissement[82] que les mariages des cadets° apportent d'ordinaire   younger sons
dans les grandes maisons.[83] Le cardinal de Lorraine lui fit bientôt
30   voir qu'il ne se trompait pas; il condamna l'attachement qu'il témoignait pour mademoiselle de Chartres, avec une chaleur°   fervor
extraordinaire; mais il ne lui en dit pas les véritables raisons. Ce cardinal avait une haine pour le vidame, qui était secrète alors,

Cardinal hates Vidame

---

82 **l'abaissement** *the lowering of social status.*

83 As Cave has noted, aristocratic families preferred their wealth to be transferred from eldest son to eldest son rather than dividing it among several children (*The Princesse de Clèves* 208).

et qui éclata depuis. Il eût plutôt consenti à voir son frère entrer
dans tout autre alliance que dans celle de ce vidame; et il déclara
si publiquement combien il en était éloigné,° que madame de   opposed
Chartres en fut sensiblement° offensée. Elle prit de grands soins   deeply
5 de faire voir que le cardinal de Lorraine n'avait rien à craindre, *fear*
et qu'elle ne songeait pas à ce mariage. Le vidame prit la même
conduite, et sentit, encore plus que madame de Chartres, celle du
cardinal de Lorraine, parce qu'il en savait mieux la cause.

    Le prince de Clèves n'avait pas donné des marques moins
10 publiques de sa passion, qu'avait fait le chevalier de Guise. Le duc
de Nevers apprit cet attachement avec chagrin. Il crut néanmoins
qu'il n'avait qu'à parler à son fils, pour le faire changer de conduite;
mais il fut bien surpris de trouver en lui le dessein formé d'épouser
mademoiselle de Chartres. Il blâma° ce dessein; il s'emporta° et   objected to, lost his tem-
15 cacha si peu son emportement,° que le sujet s'en répandit bientôt   per; anger
à la cour, et alla jusqu'à madame de Chartres. Elle n'avait pas mis
en doute que monsieur de Nevers ne regardât le mariage de sa
fille comme un avantage pour son fils; elle fut bien étonnée que
la maison de Clèves et celle de Guise craignissent son alliance, au
20 lieu de la souhaiter. Le dépit° qu'elle eut lui fit penser à trouver un   deep resentment
parti pour sa fille, qui la mît au-dessus de ceux qui se croyaient
au-dessus d'elle. Après avoir tout examiné, elle s'arrêta au prince
dauphin,[84] fils du duc de Montpensier. Il était lors à marier,[85] et
c'était ce qu'il y avait de plus grand à la cour. Comme madame de
25 Chartres avait beaucoup d'esprit, qu'elle était aidée du vidame qui
était dans une grande considération, et qu'en effet sa fille était un
parti considérable, elle agit avec tant d'adresse et tant de succès,
que monsieur de Montpensier parut souhaiter ce mariage, et il
semblait qu'il ne s'y pouvait trouver de difficultés.

30   Le vidame, qui savait l'attachement de monsieur d'Anville
pour la reine dauphine, crut néanmoins qu'il fallait employer le

---

84 François de Bourbon (c. 1542-1592), son of Louis de Bourbon, duke
of Montpensier, and Jacqueline de Longwic (Longwy). He married Renée
d'Anjou in 1566. He became duke of Montpensier in 1582 upon the death of
his father. François de Bourbon was the hero of Madame de Lafayette's first
novel, *La princesse de Montpensier* (1662).
    85 **lors à...** *eligible to be married.*

pouvoir que cette princesse avait sur lui, pour l'engager à servir mademoiselle de Chartres auprès du roi et auprès du prince de Montpensier, dont il était ami intime. Il en parla à cette reine, et elle entra avec joie dans une affaire où il s'agissait de l'élévation

5   d'une personne qu'elle aimait beaucoup; elle le témoigna au vidame, et l'assura que, quoiqu'elle sût bien qu'elle ferait une chose désagréable au cardinal de Lorraine, son oncle, elle passerait avec joie par-dessus cette considération, parce qu'elle avait sujet de se plaindre de lui, et qu'il prenait tous les jours les intérêts de la reine

10   contre les siens propres.

Les personnes galantes sont toujours bien aises° qu'un prétexte   pleased
leur donne lieu de parler à ceux qui les aiment. Sitôt que le vidame
eut quitté madame la dauphine, elle ordonna à Châtelart,[86] qui
était favori de monsieur d'Anville, et qui savait la passion qu'il

15   avait pour elle, de lui aller dire, de sa part, de se trouver le soir
chez la reine. Châtelart reçut cette commission° avec beaucoup   mission
de joie et de respect. Ce gentilhomme était d'une bonne maison
de Dauphiné; mais son mérite et son esprit le mettaient au-
dessus de sa naissance. Il était reçu et bien traité de tout ce qu'il

20   y avait de grands seigneurs à la cour, et la faveur de la maison
de Montmorency l'avait particulièrement attaché à monsieur
d'Anville. Il était bien fait de sa personne, adroit à toutes sortes
d'exercices; il chantait agréablement, il faisait des vers, et avait un
esprit galant et passionné qui plut si fort à monsieur d'Anville,

25   qu'il le fit confident de l'amour qu'il avait pour la reine dauphine.
Cette confidence l'approchait de cette princesse, et ce fut en la
voyant souvent qu'il prit le commencement de cette malheureuse
passion qui lui ôta° la raison, et qui lui coûta enfin la vie.   deprived

Monsieur d'Anville ne manqua pas d'être le soir chez la reine;

30   il se trouva heureux que madame la dauphine l'eût choisi pour
travailler à une chose qu'elle désirait, et il lui promit d'obéir
exactement à ses ordres; mais madame de Valentinois, ayant été

---

86 Pierre de Boscosel de Chastelart, French nobleman from Dauphiné, grandson of Pierre Terrail de Bayard. He was madly in love with Mary Stuart, the wife of Francis II. After the death of her husband in 1560, he traveled with her to Scotland. She had him beheaded in 1561, after he was discovered hiding in her room.

avertie° du dessein de ce mariage, l'avait traversé[87] avec tant de soin, et avait tellement prévenu° le roi que, lorsque monsieur d'Anville lui en parla, il lui fit paraître qu'il ne l'approuvait pas, et lui ordonna même de le dire au prince de Montpensier. L'on

5 peut juger ce que sentit madame de Chartres par la rupture d'une chose qu'elle avait tant désirée, dont le ˙mauvais succès° donnait un si grand avantage à ses ennemis, et faisait un si grand tort à sa fille.

    La reine dauphine témoigna à mademoiselle de Chartres,

10 avec beaucoup d'amitié, le déplaisir qu'elle avait de lui avoir été inutile:

    "Vous voyez," lui dit-elle, "que j'ai un médiocre pouvoir; je suis si haïe de la reine et de la duchesse de Valentinois, qu'il est difficile que par elles, ou par ceux qui sont dans leur dépendance,

15 elles ne traversent toujours toutes les choses que je désire. Cependant," ajouta-t-elle, "je n'ai jamais pensé qu'à leur plaire; aussi elles ne me haïssent qu'à cause de la reine ma mère,[88] qui leur a donné autrefois de l'inquiétude et de la jalousie. Le roi en avait été amoureux avant qu'il le fût de madame de Valentinois;

20 et dans les premières années de son mariage, qu'il n'avait point encore d'enfants, quoiqu'il aimât cette duchesse, il parut quasi résolu de se démarier pour épouser la reine ma mère. Madame de Valentinois qui craignait une femme qu'il avait déjà aimée, et dont la beauté et l'esprit pouvaient diminuer sa faveur, s'unit au

25 connétable, qui ne souhaitait pas aussi que le roi épousât une sœur de messieurs de Guise. Ils mirent ˙le feu roi° dans leurs sentiments, et quoiqu'il haït mortellement la duchesse de Valentinois, comme il aimait la reine, il travailla avec eux pour empêcher le roi de se démarier; mais pour lui ôter absolument la pensée d'épouser la

30 reine ma mère, ils firent son mariage avec le roi d'Écosse, qui était veuf de madame Magdeleine,[89] sœur du roi, et ils le firent parce

Margin notes:
informed
influenced
failure
the late king

---

87 **l'avait traversait** *had endeavored to thwart it.*

88 Marie de Lorraine (1515-1560), daughter of Claude de Lorraine, duke of Guise, and Antoinette de Bourbon. She married Louis, duke of Longueville, in 1534 and then in 1538, James V, king of Scotland, who was the widower of Madeleine de France. She was the mother of Mary Stuart.

89 Madeleine de France (1520-1536), daughter of Francis I and Claude

qu'il était le plus prêt à conclure, et manquèrent aux engagements qu'on avait avec le roi d'Angleterre, qui la souhaitait ardemment. Il s'en fallait peu même que ce manquement ne fît une rupture entre les deux rois. Henri VIII[90] ne pouvait se consoler de n'avoir

5 pas épousé la reine ma mère; et, quelque autre princesse française qu'on lui proposât, il disait toujours qu'elle ne remplacerait jamais celle qu'on lui avait ôtée. Il est vrai aussi que la reine ma mère était une parfaite beauté, et que c'est une chose remarquable que, veuve d'un duc de Longueville, trois rois[91] aient souhaité de l'épouser;

10 son malheur l'a donnée au moindre, et l'a mise dans un royaume où elle ne trouve que des peines. On dit que je lui ressemble: je crains de lui ressembler aussi par sa malheureuse destinée, et, quelque bonheur qui semble se préparer pour moi, je ne saurais croire que j'en jouisse."

15 Mademoiselle de Chartres dit à la reine que ces tristes pressentiments étaient si ˙mal fondés,° qu'elle ne les conserverait   unfounded pas longtemps, et qu'elle ne devait point douter que son bonheur ne répondît aux apparences.

Personne n'osait plus penser à mademoiselle de Chartres, par la *afraid to*
20 crainte de déplaire au roi, ou par la pensée de ne pas réussir auprès *upset the*
d'une personne qui avait espéré un prince du sang. Monsieur de   *king*
Clèves ne fut retenu par aucune de ces considérations. La mort du duc de Nevers, son père, qui arriva alors,[92] le mit dans une entière liberté de suivre son inclination, et, sitôt que le temps de

25 la bienséance du deuil fut passé, il ne songea plus qu'aux moyens d'épouser mademoiselle de Chartres. Il se trouvait heureux d'en faire la proposition dans un temps où ce qui s'était passé avait éloigné les autres partis, et où il était quasi assuré qu'on ne la lui refuserait pas. Ce qui troublait sa joie, était la crainte de ne lui

---

de France. She died the same year of her marriage to James V.

90 Henry Tudor (1491-1547), king of England (1509-1547).

91 The three kings were Henri II of France, James V of Scotland, and Henry VIII of England.

92 The duke of Nevers died on February 15, 1562, not in 1558 as the author indicates. Madame de Lafayette has changed the date of his death to fit her narrative. By taking the father out of the picture, she removes any opposition he might have expressed concerning his son's choice for a wife.

être pas agréable, et il eût préféré le bonheur de lui plaire à la
certitude de l'épouser sans en être aimé.

Le chevalier de Guise lui avait donné quelque sorte de
jalousie; mais comme elle était plutôt fondée sur le mérite de ce
prince que sur aucune des actions de mademoiselle de Chartres,
il songea seulement à tâcher de découvrir qu'il était assez heureux
pour qu'elle approuvât la pensée qu'il avait pour elle. Il ne la
voyait que chez les reines, ou aux assemblées; il était difficile
d'avoir une conversation particulière.° Il en trouva pourtant les   private
moyens, et il lui parla de son dessein et de sa passion avec tout le
respect imaginable; il la pressa de lui faire connaître quels étaient
les sentiments qu'elle avait pour lui, et il lui dit que ceux qu'il
avait pour elle étaient d'une nature qui le rendrait éternellement
malheureux, si elle n'obéissait que par devoir aux volontés de
madame sa mère.

Comme mademoiselle de Chartres avait le cœur très noble
et très bien fait, elle fut véritablement touchée de reconnaissance
du procédé° du prince de Clèves. Cette reconnaissance donna à   manner
ses réponses et à ses paroles un certain air de douceur qui suffisait
pour donner de l'espérance à un homme aussi éperdument
amoureux que l'était ce prince: de sorte qu'il se flatta d'une partie
de ce qu'il souhaitait.

Elle rendit compte à sa mère de cette conversation, et madame
de Chartres lui dit qu'il y avait tant de grandeur et de bonnes
qualités dans monsieur de Clèves, et qu'il faisait paraître tant de
sagesse pour son âge, que, si elle sentait son inclination portée à
l'épouser, elle y consentirait avec joie. Mademoiselle de Chartres
répondit qu'elle lui remarquait les mêmes bonnes qualités, qu'elle
l'épouserait même avec moins de répugnance° qu'un autre, mais   reluctance
qu'elle n'avait aucune inclination particulière pour sa personne.

Dès le lendemain, ce prince fit parler à madame de Chartres;
elle reçut la proposition qu'on lui faisait, et elle ne craignit point
de donner à sa fille un mari qu'elle ne pût aimer, en lui donnant le
prince de Clèves. Les articles° furent conclus; on parla au roi, et   marriage contract
ce mariage fut su de tout le monde.

Monsieur de Clèves se trouvait heureux, sans être néanmoins
entièrement content. Il voyait avec beaucoup de peine que les

sentiments de mademoiselle de Chartres ˙ne passaient pas° ceux

did not go beyond

de l'estime et de la reconnaissance,° et il ne pouvait se flatter

gratitude

qu'elle en cachât de plus obligeants,° puisque l'état où ils étaient

satisfying

lui permettait de les faire paraître sans choquer son extrême

5 modestie. Il ne se passait guère de jours qu'il ne lui en fît ses

plaintes.

"Est-il possible," lui disait-il, "que je puisse n'être pas heureux

en vous épousant? Cependant il est vrai que je ne le suis pas. Vous

n'avez pour moi qu'une sorte de bonté qui ne peut me satisfaire;

10 vous n'avez ni impatience, ni inquiétude, ni chagrin; vous n'êtes

pas plus touchée de ma passion que vous le seriez d'un attachement

qui ne serait fondé que sur les avantages de votre fortune, et non

pas sur les charmes de votre personne."

"Il y a de l'injustice à vous plaindre," lui répondit-elle; "je

15 ne sais ce que vous pouvez souhaiter au-delà de ce que je fais,

et il me semble que la bienséance° ne permet pas que j'en fasse

decorum

davantage."

"Il est vrai," lui répliqua-t-il, "que vous me donnez de

certaines apparences dont je serais content, s'il y avait quelque

20 chose au-delà; mais au lieu que la bienséance vous retienne, c'est

elle seule qui vous fait faire ce que vous faites. Je ne touche ni

votre inclination ni votre cœur, et ma présence ne vous donne ni

de plaisir ni de trouble."

"Vous ne sauriez douter," reprit-elle, "que je n'aie de la joie

25 de vous voir, et je rougis si souvent en vous voyant, que vous ne

sauriez douter aussi que votre vue ne me donne du trouble."

"Je ne me trompe pas à votre rougeur," répondit-il. "C'est un

sentiment de modestie, et non pas un mouvement de votre cœur,

et je n'en tire que l'avantage que j'en dois tirer." Mademoiselle

30 de Chartres ne savait que répondre, et ces distinctions étaient au-

dessus de ses connaissances. Monsieur de Clèves ne voyait que

trop ˙combien elle était éloignée° d'avoir pour lui des sentiments

how far she was

qui le pouvaient satisfaire, puisqu'il lui paraissait même qu'elle ne

les entendait pas.

35 Le chevalier de Guise revint d'un voyage peu de jours avant

les noces. Il avait vu tant d'obstacles insurmontables au dessein

qu'il avait eu d'épouser mademoiselle de Chartres, qu'il n'avait pu se flatter d'y réussir; et néanmoins il fut sensiblement affligé de la voir devenir la femme d'un autre. Cette douleur n'éteignit pas sa passion, et il ne demeura pas moins amoureux. Mademoiselle de Chartres n'avait pas ignoré les sentiments que ce prince avait eus pour elle. Il lui fit connaître, à son retour, qu'elle était cause de l'extrême tristesse qui paraissait sur son visage, et il avait tant de mérite et tant d'agréments, qu'il était difficile de le rendre malheureux sans en avoir quelque pitié. Aussi ne se pouvait-elle défendre d'en avoir; mais cette pitié ne la conduisait pas à d'autres sentiments: elle contait à sa mère la peine que lui donnait l'affection de ce prince.

Madame de Chartres admirait la sincérité de sa fille, et elle l'admirait avec raison, car jamais personne n'en a eu une si grande et si naturelle; mais elle n'admirait pas moins que son cœur ne fût point touché, et d'autant plus, qu'elle voyait bien que le prince de Clèves ne l'avait pas touchée, non plus que les autres. Cela fut cause qu'elle prit de grands soins de l'attacher à son mari, et de lui faire comprendre ce qu'elle devait à l'inclination qu'il avait eue pour elle, avant que de la connaître, et à la passion qu'il lui avait témoignée en la préférant à tous les autres partis, dans un temps où personne n'osait plus penser à elle.

Ce mariage s'acheva, la cérémonie s'en fit au Louvre; et le soir, le roi et les reines vinrent souper chez madame de Chartres avec toute la cour, où ils furent reçus avec une magnificence admirable. Le chevalier de Guise n'osa se distinguer des autres, et ne pas assister à cette cérémonie; mais il y fut si peu maître de sa tristesse, qu'il était aisé de la remarquer.

Monsieur de Clèves ne trouva pas que mademoiselle de Chartres eût changé de sentiment en changeant de nom. La qualité de son mari lui donna de plus grands privilèges; mais elle ne lui donna pas une autre place dans le cœur de sa femme. Cela fit aussi que pour être son mari, il ne laissa pas d'être son amant, parce qu'il avait toujours quelque chose à souhaiter au-delà de sa possession; et, quoiqu'elle vécût parfaitement bien avec lui, il n'était pas entièrement heureux. Il conservait pour elle une passion violente et inquiète qui troublait sa joie; la jalousie n'avait point de part à ce trouble: jamais mari n'a été si loin d'en prendre, et jamais femme n'a été si loin d'en donner. Elle était néanmoins exposée au milieu de la cour; elle allait tous les jours chez les reines et chez Madame. Tout ce qu'il y avait d'hommes jeunes et galants la voyaient chez elle et chez le duc de Nevers, son

5 beau-frère,[93] dont la maison était ouverte à tout le monde; mais elle avait un air qui inspirait un si grand respect, et qui paraissait si éloigné de la galanterie, que le maréchal de Saint-André, quoique audacieux et soutenu de la faveur du roi, était touché de sa beauté, sans oser le lui faire paraître que par des soins et des

10 devoirs. Plusieurs autres étaient dans le même état; et madame de Chartres joignait à la sagesse de sa fille une conduite si exacte°   perfect pour toutes les bienséances, qu'elle achevait de la faire paraître une personne ˙où l'on ne pouvait atteindre.°   untouchable

La duchesse de Lorraine, en travaillant à la paix, avait aussi

15 travaillé pour le mariage du duc de Lorraine, son fils. Il avait été conclu avec madame Claude de France,[94] seconde fille du roi. Les noces en furent résolues pour le mois de février.

Cependant le duc de Nemours était demeuré à Bruxelles, entièrement rempli et occupé de ses desseins pour l'Angleterre.

20 Il en recevait ou y envoyait continuellement des courriers: ses espérances augmentaient tous les jours, et enfin Lignerolles ˙lui manda° qu'il était temps que sa présence vînt achever° ce qui   told him, finish était si bien commencé. Il reçut cette nouvelle avec toute la joie que peut avoir un jeune homme ambitieux, qui se voit porté au

25 trône par sa seule réputation. Son esprit s'était insensiblement accoutumé à la grandeur de cette fortune, et, au lieu qu'il l'avait rejetée d'abord comme une chose ˙où il ne pouvait parvenir,° les   unachievable difficultés s'étaient effacées de son imagination, et il ne voyait plus d'obstacles.

30 Il envoya ˙en diligence° à Paris donner tous les ordres   right away nécessaires pour faire un équipage magnifique, afin de paraître en Angleterre avec un éclat proportionné au dessein qui l'y conduisait, et il se hâta lui-même de venir à la cour pour assister au mariage de monsieur de Lorraine.

---

93 See note 79 page 18 on François de Clèves, count of Eu.

94 Claude de France (1547-1575), daughter of Henri II and Catherine de Medici. She was married to Charles, duke of Lorraine, in 1558.

Il arriva la veille des fiançailles; et dès le même soir qu'il fut arrivé, il alla rendre compte au roi de l'état de son dessein, et recevoir ses ordres et ses conseils pour ce qu'il lui restait à faire. Il alla ensuite chez les reines. Madame de Clèves n'y était pas, de
5 sorte qu'elle ne le vit point, et ne sut pas même qu'il fût arrivé. Elle avait ouï parler de ce prince à tout le monde, comme de ce qu'il y avait de mieux fait et de plus agréable à la cour; et surtout madame la dauphine le lui avait dépeint d'une sorte, et lui en avait parlé tant de fois, qu'elle lui avait donné de la curiosité, et même
10 de l'impatience de le voir.

Elle passa tout le jour des fiançailles chez elle à se parer, pour se trouver le soir au bal et au festin royal qui se faisaient au Louvre. Lorsqu'elle arriva, l'on admira sa beauté et sa parure;° le bal commença, et comme elle dansait avec monsieur de Guise,
15 il se fit un assez grand bruit vers la porte de la salle, comme de quelqu'un qui entrait, et à qui on faisait place. Madame de Clèves acheva de danser et pendant qu'elle cherchait des yeux quelqu'un qu'elle avait dessein de prendre, le roi lui cria de prendre celui qui arrivait. Elle se tourna, et vit un homme qu'elle crut d'abord ne
20 pouvoir être que monsieur de Nemours, qui passait par-dessus quelques sièges pour arriver où l'on dansait. Ce prince était fait d'une sorte, qu'il était difficile de n'être pas surprise de le voir quand on ne l'avait jamais vu, surtout ce soir-là, où le soin qu'il avait pris de se parer augmentait encore l'air brillant qui était dans
25 sa personne; mais il était difficile aussi de voir madame de Clèves pour la première fois, sans avoir un grand étonnement.

Monsieur de Nemours fut tellement surpris de sa beauté, que, lorsqu'il fut proche d'elle, et qu'elle lui fit la révérence, il ne put s'empêcher de donner des marques de son admiration. Quand
30 ils commencèrent à danser, il s'éleva dans la salle un murmure de louanges. Le roi et les reines se souvinrent qu'ils ne s'étaient jamais vus, et trouvèrent quelque chose de singulier de les voir danser ensemble sans se connaître. Ils les appelèrent quand ils eurent fini, sans leur donner le loisir de parler à personne, et leur
35 demandèrent s'ils n'avaient pas bien envie de savoir qui ils étaient, et s'ils ne s'en doutaient point.

"Pour moi, Madame," dit monsieur de Nemours, "je n'ai

her dress and jewels

pas d'incertitude; mais comme madame de Clèves n'a pas les mêmes raisons pour deviner qui je suis que celles que j'ai pour la reconnaître, je voudrais bien que Votre Majesté eût la bonté de lui apprendre mon nom."

"Je crois," dit madame la dauphine, "qu'elle le sait aussi bien que vous savez le sien."

"Je vous assure, Madame," reprit madame de Clèves, "qui paraissait un peu embarrassée, que je ne devine pas si bien que vous pensez."

"Vous devinez fort bien," répondit madame la dauphine, "et il y a même quelque chose d'obligeant° pour monsieur de Nemours, à ne vouloir pas avouer que vous le connaissez sans l'avoir jamais vu."

° flattering

La reine les interrompit pour faire continuer le bal; monsieur de Nemours prit la reine dauphine. Cette princesse était d'une parfaite beauté, et avait paru telle aux yeux de monsieur de Nemours, avant qu'il allât en Flandre; mais de tout le soir, il ne put admirer que madame de Clèves.

Le chevalier de Guise, qui l'adorait toujours, était à ses pieds, et ce qui se venait de passer lui avait donné une douleur sensible. Il prit comme un présage, que la fortune destinait monsieur de Nemours à être amoureux de madame de Clèves; et soit qu'en effet il eût paru quelque trouble sur son visage, ou que la jalousie fît voir au chevalier de Guise au-delà de la vérité, il crut qu'elle avait été touchée de la vue de ce prince, et il ne put s'empêcher de lui dire que monsieur de Nemours était bien heureux de commencer à être connu d'elle, par une aventure qui avait quelque chose de galant et d'extraordinaire.

Madame de Clèves revint chez elle, l'esprit si rempli de tout ce qui s'était passé au bal, que, quoiqu'il fût fort tard, elle alla dans la chambre de sa mère pour lui en rendre compte; et elle lui loua monsieur de Nemours avec un certain air qui donna à madame de Chartres la même pensée qu'avait eue le chevalier de Guise.

Le lendemain, la cérémonie des noces se fit. Madame de Clèves y vit le duc de Nemours avec une mine et une grâce si admirables, qu'elle en fut encore plus surprise.

Les jours suivants, elle le vit chez la reine dauphine, elle le vit jouer à la paume avec le roi, elle le vit courre la bague, elle l'entendit parler; mais elle le vit toujours surpasser de si loin tous les autres, et se rendre tellement maître de la conversation dans tous les lieux où il était, par l'air de sa personne et par l'agrément de son esprit, qu'il fit, en peu de temps, une grande impression dans son cœur.

Il est vrai aussi que, comme monsieur de Nemours sentait pour elle une inclination violente, qui lui donnait cette douceur et cet enjouement qu'inspirent les premiers désirs de plaire, il était encore plus aimable qu'il n'avait accoutumé de l'être; de sorte que, se voyant souvent, et se voyant l'un et l'autre ce qu'il y avait de plus parfait à la cour, il était difficile qu'ils ne se plussent infiniment.⁹⁵

La duchesse de Valentinois était de toutes les parties de plaisir, et le roi avait pour elle la même vivacité et les mêmes soins que dans les commencements de sa passion. Madame de Clèves, qui était dans cet âge où l'on ne croit pas qu'une femme puisse être aimée quand elle a passé vingt-cinq ans, regardait avec un extrême étonnement l'attachement que le roi avait pour cette duchesse, qui était grand-mère, et qui venait de marier sa petite-fille. Elle en parlait souvent à madame de Chartres:

"Est-il possible, Madame," lui disait-elle, "qu'il y ait si longtemps que le roi en soit amoureux? Comment s'est-il pu attacher à une personne qui était beaucoup plus âgée que lui, qui avait été maîtresse de son père, et qui l'est encore de beaucoup d'autres, à ce que j'ai ˙ouï dire?°"   heard

"Il est vrai," répondit-elle, "que ce n'est ni le mérite, ni la fidélité de madame de Valentinois, qui a fait naître la passion du roi, ni qui l'a conservée, et c'est aussi en quoi il n'est pas excusable; car si cette femme avait eu de la jeunesse et de la beauté jointes à sa naissance, qu'elle eût eu le mérite de n'avoir jamais rien⁹⁶ aimé, qu'elle eût aimé le roi avec une fidélité exacte, qu'elle l'eût aimé par rapport à sa seule personne, sans intérêt de grandeur, ni de fortune, et sans se servir de son pouvoir que pour des choses honnêtes ou agréables au roi même, il faut avouer qu'on aurait eu

---

95 **il était...** *it was difficult for them not to be infinitely delighted by one another.*

96 *Rien* is a roundabout way of saying **personne**.

de la peine à s'empêcher de louer ce prince du grand attachement qu'il a pour elle. Si je ne craignais," continua madame de Chartres, "que vous disiez de moi ce que l'on dit de toutes les femmes de mon âge qu'elles aiment à conter les histoires de leur temps, je vous apprendrais le commencement de la passion du roi pour cette duchesse, et plusieurs choses de la cour du feu roi, qui ont même beaucoup de rapport avec celles qui se passent encore présentement."

"Bien loin de vous accuser," reprit madame de Clèves, "de redire les histoires passées, je me plains, Madame, que vous ne m'ayez pas instruite des présentes, et que vous ne m'ayez point appris les divers intérêts et les diverses liaisons de la cour. Je les ignore si entièrement, que je croyais, il y a peu de jours, que monsieur le connétable était fort bien avec la reine."

"Vous aviez une opinion bien opposée à la vérité," répondit madame de Chartres. "La reine hait monsieur le connétable, et si elle a jamais quelque pouvoir, il ne s'en apercevra que trop. Elle sait qu'il a dit plusieurs fois au roi que, de tous ses enfants, il n'y avait que les naturels[97] qui lui ressemblassent."

"Je n'eusse jamais soupçonné cette haine, interrompit madame de Clèves, après avoir vu le soin que la reine avait d'écrire à monsieur le connétable pendant sa prison, la joie qu'elle a témoignée à son retour, et comme elle l'appelle toujours mon compère,[98] aussi bien que le roi."

"Si vous jugez sur les apparences en ce lieu-ci," répondit madame de Chartres, "vous serez souvent trompée: ce qui paraît n'est presque jamais la vérité."

"Mais pour revenir à madame de Valentinois,[99] vous savez qu'elle s'appelle Diane de Poitiers; sa maison est très illustre, elle vient des anciens ducs d'Aquitaine, son aïeule° était fille naturelle   grandmother

---

97 **les naturels** *his illegitimate children.*

98 *Compère* was a term used affectionately to refer to a close friend (literally, it means "godfather.")

99 This is the first of the four digressive episodes. In the nine paragraphs that follow, Madame de Chartres tells her daughter the story of the Duchesse de Valentinois.

de Louis XI,[100] et enfin il n'y a rien que de grand dans sa naissance. Saint-Vallier,[101] son père, se trouva embarrassé° dans l'affaire du connétable de Bourbon,[102] dont vous avez ouï parler. Il fut condamné à avoir la tête tranchée, et conduit sur l'échafaud.° Sa

5 fille, dont la beauté était admirable, et qui avait déjà plu au feu roi, fit si bien (je ne sais par quels moyens) qu'elle obtint la vie de son père. On lui porta sa grâce, comme il n'attendait que le coup de la mort;[103] mais la peur l'avait tellement saisi, qu'il n'avait plus de connaissance, et il mourut peu de jours après.[104] Sa fille parut à la

10 cour comme la maîtresse du roi. Le voyage d'Italie et la prison de ce prince[105] interrompirent cette passion. Lorsqu'il revint d'Espagne, et que mademoiselle la régente alla au-devant de lui à Bayonne, elle mena toutes ses filles, parmi lesquelles était mademoiselle de Pisseleu,[106] qui a été depuis la duchesse d'Étampes. Le roi en

15 devint amoureux. Elle était inférieure en naissance, en esprit et en beauté à madame de Valentinois, et elle n'avait au-dessus d'elle que l'avantage de la grande jeunesse. Je lui ai ouï dire plusieurs fois qu'elle était née le jour que Diane de Poitiers avait été mariée; la haine le lui faisait dire, et non pas la vérité: car je suis bien

20 trompée, si la duchesse de Valentinois n'épousa monsieur de Brézé,

compromised

scaffold

---

100 Louis XI (1423-1483), king of France (1461-1483), son of Charles VII and Marie d'Anjou.

101 Diane de Poitiers's father was Jean de Poitiers, lord of Saint-Vallier, whose mother, Marie, was the illegitimate daughter of Louis XI.

102 The treacherous constable of Bourbon, a powerful ally of Charles V, had plotted against the French king, arranging for his capture at Pavia in 1525, a battle that marked one of Francis I's greatest defeats.

103 **On lui...** *He was pardoned in the very moment that he awaited death's blow.*

104 Jean de Poitiers was condemned to death for his involvement in the plot against Francis I and then pardoned in 1523. However, he did not die until 1539, contrary to what the author maintains here.

105 While Francis I was held prisoner in Spain, his mother, Louise de Savoie, acted as Regent.

106 Anne de Pisseleu (1508-1580), daughter of Guillaume de Pisseleu and Anne Sanguin. She was married in 1530 to Jean de Brosse, count of Penthièvre, who became duke of Etampes in 1536. She was the mistress of Francis I.

grand sénéchal de Normandie,[107] dans le même temps que le roi devint amoureux de madame d'Étampes. Jamais il n'y a eu une si grande haine que l'a été celle de ces deux femmes. La duchesse de Valentinois ne pouvait pardonner à madame d'Étampes de lui
5 avoir ôté le titre de maîtresse du roi. Madame d'Étampes avait une jalousie violente contre madame de Valentinois, parce que le roi conservait un commerce° avec elle. Ce prince n'avait pas une   relationship fidélité exacte pour ses maîtresses; il y en avait toujours une qui avait le titre et les honneurs; mais les dames que l'on appelait de ˙la
10 petite bande° le partageaient ˙tour à tour.° La perte du dauphin,   the little group, each son fils, qui mourut à Tournon,[108] et que l'on crut empoisonné,   taking turns lui donna une sensible affliction. Il n'avait pas la même tendresse, ni le même goût pour son second fils, qui règne présentement; il ne lui trouvait pas assez de hardiesse,° ni assez de vivacité. Il s'en   boldness
15 plaignit un jour à madame de Valentinois, et elle lui dit qu'elle voulait le faire devenir amoureux d'elle, pour le rendre plus vif et plus agréable. Elle y réussit comme vous le voyez; il y a plus de vingt ans que cette passion dure, sans qu'elle ait été altérée ni par le temps, ni par les obstacles."
20   "Le feu roi s'y opposa d'abord; et soit qu'il eût encore assez d'amour pour madame de Valentinois pour avoir de la jalousie, ou qu'il fût poussé par la duchesse d'Étampes, qui était au désespoir que monsieur le dauphin fût attaché à son ennemie, il est certain qu'il vit cette passion avec une colère et un chagrin dont il donnait
25 tous les jours des marques. Son fils ne craignit ni sa colère, ni sa haine, et rien ne put l'obliger à diminuer son attachement, ni à le cacher; il fallut que le roi s'accoutumât à le souffrir. Aussi cette opposition à ses volontés l'éloigna encore de lui, et l'attacha davantage au duc d'Orléans, son troisième fils.[109] C'était un
30 prince bien fait, beau, plein de feu° et d'ambition, d'une jeunesse   exuberance fougueuse,° qui avait besoin d'être modéré, mais qui eût fait aussi   fiery un prince d'une grande élévation, si l'âge eût mûri son esprit."
    "Le rang d'aîné qu'avait le dauphin, et la faveur du roi qu'avait

---

107 Diane de Poitiers married Louis de Brézé on March 29, 1514.
108 The Dauphin died on August 10, 1536.
109 Charles de France (1522-1545), duke of Orléans, third son of Francis I and Claude de France.

le duc d'Orléans, faisaient entre eux une sorte d'émulation, qui allait jusqu'à la haine. Cette émulation avait commencé dès leur enfance, et s'était toujours conservée. Lorsque l'Empereur passa en France,[110] il donna une préférence entière au duc d'Orléans sur monsieur le dauphin, qui la ressentit si vivement, que, comme cet Empereur était à Chantilly, il voulut obliger monsieur le connétable à l'arrêter, sans attendre le commandement du roi. Monsieur le connétable ne le voulut pas, le roi le blâma dans la suite, de n'avoir pas suivi le conseil de son fils; et lorsqu'il l'éloigna de la cour, cette raison y eut beaucoup de part."

"La division des deux frères donna la pensée à la duchesse d'Étampes de s'appuyer de monsieur le duc d'Orléans, pour la soutenir auprès du roi contre madame de Valentinois. Elle y réussit: ce prince, sans être amoureux d'elle, n'entra guère moins dans ses intérêts, que le dauphin était dans ceux de madame de Valentinois. Cela fit deux cabales dans la cour, telles que vous pouvez vous les imaginer; mais ces intrigues ˙ne se bornèrent pas° seulement à des démêlés° de femmes."

"L'Empereur, qui avait conservé de l'amitié pour le duc d'Orléans, avait offert plusieurs fois de lui remettre le duché de Milan. Dans les propositions qui se firent depuis pour la paix, il faisait espérer de lui donner les dix-sept provinces,[111] et de lui faire épouser sa fille. Monsieur le dauphin ne souhaitait ni la paix, ni ce mariage. Il se servit de monsieur le connétable, qu'il a toujours aimé, pour faire voir au roi de quelle importance il était de ne pas donner à son successeur un frère aussi puissant que le serait un duc d'Orléans, avec l'alliance de l'Empereur et les dix-sept provinces. Monsieur le connétable entra d'autant mieux dans les sentiments de monsieur le dauphin, qu'il s'opposait par là à ceux de madame d'Étampes, qui était son ennemie déclarée, et qui souhaitait ardemment l'élévation de monsieur le duc d'Orléans."

"Monsieur le dauphin commandait alors l'armée du roi en Champagne et avait réduit celle de l'Empereur en une telle extrémité, qu'elle eût péri entièrement, si la duchesse d'Étampes,

were not limited

quarrels

---

110 Charles V was travelling to the Netherlands and Germany to deal with the unrest and mounting frustrations among the people there.
111 The Spanish Netherlands.

craignant que de trop grands avantages ne nous fissent refuser la paix et l'alliance de l'Empereur pour monsieur le duc d'Orléans, n'eût fait secrètement avertir les ennemis de surprendre Épernay et Château-Thierry, qui étaient pleins de vivres.° Ils le firent, et supplies
5 sauvèrent par ce moyen toute leur armée."

"Cette duchesse ne jouit pas longtemps du succès de sa trahison. Peu après, monsieur le duc d'Orléans mourut à Farmoutier, d'une eſpèce de maladie contagieuse.[112] Il aimait une des plus belles femmes de la cour, et en était aimé. Je ne vous la
10 nommerai pas, parce qu'elle a vécu depuis avec tant de sagesse et qu'elle a même caché avec tant de soin la passion qu'elle avait pour ce prince, qu'elle a mérité que l'on conserve sa réputation. Le hasard fit qu'elle reçut la nouvelle de la mort de son mari, le même jour qu'elle apprit celle de monsieur d'Orléans; de sorte qu'elle
15 eut ce prétexte pour cacher sa véritable affliction, sans avoir la peine de se contraindre."

"Le roi ne survécut guère le prince son fils, il mourut deux ans après.[113] Il recommanda à monsieur le dauphin de se servir du cardinal de Tournon[114] et de l'amiral d'Annebauld,[115] et ne parla
20 point de monsieur le connétable, qui était pour lors relégué° à banished Chantilly. Ce fut néanmoins la première chose que fit le roi, son fils, de le rappeler, et de lui donner le gouvernement des affaires."

"Madame d'Étampes fut chassée, et reçut tous les mauvais traitements qu'elle pouvait attendre d'une ennemie toute-
25 puissante; la duchesse de Valentinois se vengea alors pleinement, et de cette duchesse et de tous ceux qui lui avaient déplu. Son pouvoir parut plus absolu sur l'eſprit du roi, qu'il ne paraissait encore pendant qu'il était dauphin. Depuis douze ans que ce prince règne, elle eſt maîtresse absolue de toutes choses; elle diſpose des

---

112 According to Brantôme, he died of the plague (II, 179).

113 Francis I died on March 31, 1547.

114 François de Tournon (1497-1562), son of Jacques de Tournon and Jeanne de Polignac. He was archbishop of Embrun, then of Bourges and Lyon, and then became cardinal in 1530.

115 Claude d'Annebauld (c.1492-1552), Baron of Retz and La Hunaudaye, marshal in 1538 and admiral in 1544. He was among the chief advisors and military leaders of Francis I.

charges[116] et des affaires; elle a fait chasser le cardinal de Tournon, le chancelier Olivier,[117] et Villeroy.[118] Ceux qui ont voulu éclairer le roi sur sa conduite ˙ont péri° dans cette entreprise. Le comte de Taix,[119] grand maître de l'artillerie, qui ne l'aimait pas, ne put

5 s'empêcher de parler de ses galanteries, et surtout de celle du comte de Brissac,[120] dont le roi avait déjà eu beaucoup de jalousie; néanmoins elle fit si bien, que le comte de Taix fut disgracié; on lui ôta sa charge; et, ce qui eſt presque incroyable, elle la fit donner au comte de Brissac, et l'a fait ensuite maréchal de France.

10 La jalousie du roi augmenta néanmoins d'une telle sorte, qu'il ne put souffrir que ce maréchal demeurât à la cour; mais la jalousie, qui eſt aigre et violente en tous les autres, eſt douce et modérée en lui par l'extrême reſpeɛt qu'il a pour sa maîtresse; en sorte qu'il n'osa éloigner son rival, que sur le prétexte de lui donner

15 le gouvernement de Piémont. Il y a passé plusieurs années; il revint, l'hiver dernier, sur le prétexte de demander des troupes et d'autres choses nécessaires pour l'armée qu'il commande. Le désir de revoir madame de Valentinois, et la crainte d'en être oublié, avait peut-être beaucoup de part à ce voyage. Le roi le reçut avec

20 une grande froideur. Messieurs de Guise qui ne l'aiment pas, mais qui n'osent le témoigner à cause de madame de Valentinois, se servirent de monsieur le vidame, qui eſt son ennemi déclaré, pour empêcher qu'il n'obtînt aucune des choses qu'il était venu demander. Il n'était pas difficile de lui nuire: le roi le haïssait, et sa

were ruined

---

116 **elle dispose...** *she handles appointments to offices*

117 François Olivier (1497-1560), chancellor of France from 1545 to 1551 and then again in 1559. The *chancelier* ranked as the second officer of the crown and the highest judicial officer.

118 Nicolas de Neufville (1543-1617), lord of Villeroy, son of Nicolas de Neufville and Denise Du Museau. He was the treasurer of France and secretary of finances. He was married to Jeanne Prud'homme.

119 Jean, lord of Taix (?-1553), son of Aymery de Taix and Françoise de la Ferté, married to Charlotte de Mailly. He was colonel of the French infantry and grand master of the artillery (1546-1547). He died at the seige of Hesdin.

120 Charles de Cossé (1506-1563), count of Brissac, grand master of the artillery (1547-1550), marshal of France and governor of Piedmont and Picardy.

présence lui donnait de l'inquiétude; de sorte qu'il fut contraint
de s'en retourner sans remporter aucun fruit de son voyage, que
d'avoir peut-être rallumé dans le cœur de madame de Valentinois
des sentiments que l'absence commençait d'éteindre. Le roi a bien
eu d'autres sujets de jalousie; mais ou il ne les a pas connus, ou il
n'a osé s'en plaindre."

"Je ne sais, ma fille," ajouta madame de Chartres, "si vous ne
trouverez point que je vous ai plus appris de choses, que vous
n'aviez envie d'en savoir."

"Je suis très éloignée, Madame, de faire cette plainte," répondit
madame de Clèves. "Et sans la peur de vous importuner,° je vous   bothering
demanderais encore plusieurs circonstances que j'ignore."[121]

La passion de monsieur de Nemours pour madame de
Clèves fut d'abord si violente, qu'elle lui ôta le goût et même le
souvenir de toutes les personnes qu'il avait aimées, et avec qui il
avait conservé des commerces pendant son absence. Il ne prit pas
seulement le soin de chercher des prétextes pour rompre° avec   breaking
elles; il ne put se donner la patience d'écouter leurs plaintes, et
de répondre à leurs reproches. Madame la dauphine, pour qui il
avait eu des sentiments assez passionnés, ne put tenir dans son
cœur contre madame de Clèves. Son impatience pour le voyage
d'Angleterre commença même à se ralentir, et il ne pressa plus avec   slow
tant d'ardeur les choses qui étaient nécessaires pour son départ.
Il allait souvent chez la reine dauphine, parce que madame de
Clèves y allait souvent, et il n'était pas fâché de laisser imaginer ce
que l'on avait cru de ses sentiments pour cette reine. Madame de
Clèves lui paraissait d'un si grand prix, qu'il se résolut de manquer
plutôt à lui donner des marques de sa passion, que de hasarder de
la faire connaître au public. Il n'en parla pas même au vidame de
Chartres, qui était son ami intime, et pour qui il n'avait rien de
caché. Il prit une conduite si sage, et s'observa avec tant de soin,
que personne ne le soupçonna d'être amoureux de madame de
Clèves, que le chevalier de Guise; et elle aurait eu peine à s'en
apercevoir elle-même, si l'inclination qu'elle avait pour lui ne lui
eût donné une attention particulière pour ses actions, qui ne lui

---

121 **que j'ignore** *of which I am unaware.*

permît pas d'en douter.

Elle ne se trouva pas la même disposition à dire à sa mère ce qu'elle pensait des sentiments de ce prince, qu'elle avait eue à lui parler de ses autres amants;[122] sans avoir un dessein formé de lui cacher, elle ne lui en parla point. Mais madame de Chartres ne le voyait que trop, aussi bien que le penchant que sa fille avait pour lui. Cette connaissance lui donna une douleur sensible; elle jugeait bien le péril où était cette jeune personne, d'être aimée d'un homme fait comme monsieur de Nemours pour qui elle avait de l'inclination. Elle fut entièrement confirmée dans les soupçons qu'elle avait de cette inclination par une chose qui arriva peu de jours après.

Le maréchal de Saint-André, qui cherchait toutes les occasions de faire voir sa magnificence, supplia le roi, sur le prétexte de lui montrer sa maison, qui ne venait que d'être achevée, de lui vouloir faire l'honneur d'y aller souper avec les reines. Ce maréchal était bien aise aussi de faire paraître aux yeux de madame de Clèves cette dépense éclatante qui allait jusqu'à la profusion.

Quelques jours avant celui qui avait été choisi pour ce souper, le roi dauphin,[123] dont la santé était assez mauvaise, s'était trouvé mal, et n'avait vu personne. La reine, sa femme, avait passé tout le jour auprès de lui. Sur le soir, comme il se portait mieux, il fit entrer toutes les personnes de qualité qui étaient dans son antichambre. La reine dauphine s'en alla chez elle; elle y trouva madame de Clèves et quelques autres dames qui étaient le plus dans sa familiarité.

Comme il était déjà assez tard, et qu'elle n'était point habillée, elle n'alla pas chez la reine; elle fit dire qu'on ne la voyait point, et fit apporter ses pierreries afin d'en choisir pour le bal du maréchal de Saint-André, et pour en donner à madame de Clèves, à qui elle en avait promis. Comme elles étaient dans cette occupation, le prince de Condé arriva. Sa qualité lui rendait toutes les entrées

---

122 In classical French, the term "amant" designated a suitor who has made his amorous sentiments known to his beloved.

123 The future Francis II (1544-1560), the oldest son of Henri II and Catherine of Medici. He became king of Scotland by his marriage to Mary Stuart in 1558, and king of France in 1559. He died of meningitis.

libres. La reine dauphine lui dit qu'il venait sans doute de chez le roi son mari, et lui demanda ce que l'on y faisait.

"L'on dispute contre monsieur de Nemours, Madame," répondit-il, "et il défend avec tant de chaleur la cause qu'il soutient, qu'il faut que ce soit la sienne. Je crois qu'il a quelque maîtresse qui lui donne de l'inquiétude quand elle est au bal, tant il trouve que c'est une chose fâcheuse pour un amant, que d'y voir la personne qu'il aime."

"Comment!" reprit madame la dauphine, "Monsieur de Nemours ne veut pas que sa maîtresse aille au bal? J'avais bien cru que les maris pouvaient souhaiter que leurs femmes n'y allassent pas; mais pour les amants, je n'avais jamais pensé qu'ils pussent être de ce sentiment.

"Monsieur de Nemours trouve," répliqua le prince de Condé, "que le bal est ce qu'il y a de plus insupportable pour les amants, soit qu'ils soient aimés, ou qu'ils ne le soient pas. Il dit que s'ils sont aimés, ils ont le chagrin de l'être moins pendant plusieurs jours; qu'il n'y a point de femme que le soin de sa parure n'empêche de songer à son amant; qu'elles en sont entièrement occupées; que ce soin de se parer est pour tout le monde, aussi bien que pour celui qu'elles aiment; que lorsqu'elles sont au bal, elles veulent plaire à tous ceux qui les regardent; que, quand elles sont contentes de leur beauté, elles en ont une joie dont leur amant ne fait pas la plus grande partie. Il dit aussi que, quand on n'est point aimé, on souffre encore davantage de voir sa maîtresse dans une assemblée; que plus elle est admirée du public, plus on se trouve malheureux de n'en être point aimé; que l'on craint toujours que sa beauté ne fasse naître quelque amour plus heureux que le sien. Enfin il trouve qu'il n'y a point de souffrance pareille à celle de voir sa maîtresse au bal, si ce n'est de savoir qu'elle y est et de n'y être pas."

Madame de Clèves ne faisait pas semblant d'entendre[124] ce que disait le prince de Condé; mais elle l'écoutait avec attention. Elle jugeait aisément quelle part elle avait à l'opinion que soutenait monsieur de Nemours, et surtout à ce qu'il disait du chagrin de

---

124 **ne faisait...** *pretended not to* (which in modern French would be re-ordered as "faisait semblant de ne pas").

n'être pas au bal où était sa maîtresse, parce qu'il ne devait pas être à celui du maréchal de Saint-André, et que le roi l'envoyait au-devant du duc de Ferrare.[125]

La reine dauphine riait avec le prince de Condé, et n'approuvait pas l'opinion de monsieur de Nemours.

"Il n'y a qu'une occasion, Madame," lui dit ce prince "où monsieur de Nemours consente que sa maîtresse aille au bal, qu'alors que c'est lui qui le donne; et il dit que l'année passée qu'il en donna un à Votre Majesté, il trouva que sa maîtresse lui faisait une faveur d'y venir, quoiqu'elle ne semblât que vous y suivre; que c'est toujours faire une grâce à un amant, que d'aller prendre sa part a un plaisir qu'il donne; que c'est aussi une chose agréable pour l'amant, que sa maîtresse le voie le maître d'un lieu où est toute la cour, et qu'elle le voie se bien acquitter d'en faire les honneurs."[126]

"Monsieur de Nemours avait raison," dit la reine dauphine en souriant, "d'approuver que sa maîtresse allât au bal. Il y avait alors un si grand nombre de femmes à qui il donnait cette qualité, que si elles n'y fussent point venues, il y aurait eu peu de monde."

Sitôt que le prince de Condé avait commencé à conter les sentiments de monsieur de Nemours sur le bal, madame de Clèves avait senti une grande envie de ne point aller à celui du maréchal de Saint-André. Elle entra aisément dans l'opinion qu'il ne fallait pas aller chez un homme dont on était aimée, et elle fut bien aise d'avoir °une raison de sévérité° pour faire une chose   a proper excuse qui était une faveur pour monsieur de Nemours; elle emporta néanmoins la parure que lui avait donnée la reine dauphine; mais le soir, lorsqu'elle la montra à sa mère, elle lui dit qu'elle n'avait pas dessein de s'en servir; que le maréchal de Saint-André prenait tant de soin de faire voir qu'il était attaché à elle, qu'elle ne doutait point qu'il ne voulût aussi faire croire qu'elle aurait part au divertissement qu'il devait donner au roi, et que, sous prétexte de faire l'honneur de chez lui, il lui rendrait des soins dont peut-

---

125 Alphonse d'Este (1533-1597), duke of Ferrara, son of Hercule d'Este, duke of Ferrara, and Renée de France, daughter of Louis XII. He married Lucretia de Medici in 1560.

126 **se bien...** *rightly doing the honors.*

être elle serait embarrassée.

Madame de Chartres combattit° quelque temps l'opinion de　　　argued against
sa fille, comme la trouvant particulière; mais voyant qu'elle s'y
opiniâtrait, elle s'y rendit, et lui dit qu'il fallait donc qu'elle fît
la malade pour avoir un prétexte de n'y pas aller, parce que les
raisons qui l'en empêchaient ne seraient pas approuvées, et qu'il
fallait même empêcher qu'on ne les soupçonnât. Madame de
Clèves consentit volontiers à passer quelques jours chez elle, pour
ne point aller dans un lieu où monsieur de Nemours ne devait pas
être; et il partit sans avoir le plaisir de savoir qu'elle n'irait pas.

Il revint le lendemain du bal, il sut qu'elle ne s'y était pas
trouvée; mais comme il ne savait pas que l'on eût redit devant
elle la conversation de chez le roi dauphin, il était bien éloigné de
croire qu'il fût assez heureux pour l'avoir empêchée d'y aller.

Le lendemain, comme il était chez la reine, et qu'il parlait à
madame la dauphine, madame de Chartres et madame de Clèves
y vinrent, et s'approchèrent de cette princesse. Madame de Clèves
était un peu négligée,[127] comme une personne qui s'était trouvée
mal; mais son visage ne répondait pas à son habillement.

"Vous voilà si belle," lui dit madame la dauphine, "que je ne
saurais croire que vous ayez été malade. Je pense que monsieur le
prince de Condé, en vous contant l'avis de monsieur de Nemours
sur le bal, vous a persuadée que vous feriez une faveur au maréchal
de Saint-André d'aller chez lui, et que c'est ce qui vous a empêchée
d'y venir."

Madame de Clèves rougit de ce que madame la dauphine
devinait si juste, et de ce qu'elle disait devant monsieur de
Nemours ce qu'elle avait deviné.

Madame de Chartres vit dans ce moment pourquoi sa fille
n'avait pas voulu aller au bal; et pour empêcher que monsieur de
Nemours ne le jugeât aussi bien qu'elle, elle prit la parole avec un
air qui semblait être appuyé sur la vérité.[128]

"Je vous assure, Madame," dit-elle à madame la dauphine,
"que Votre Majesté fait plus d'honneur à ma fille qu'elle n'en

---

127 **était un...** *was not quite properly dressed.*
128 **semblait être...** *appeared to be sincere.*

mérite. Elle était véritablement malade; mais je crois que si je ne
l'en eusse empêchée, elle n'eût pas laissé de vous suivre et de se
montrer aussi changée qu'elle était, pour avoir le plaisir de voir
tout ce qu'il y a eu d'extraordinaire au divertissement d'hier au
5   soir."

Madame la dauphine crut ce que disait madame de Chartres,
monsieur de Nemours fut bien fâché d'y trouver de l'apparence;°   plausibility
néanmoins la rougeur de madame de Clèves lui fit soupçonner
que ce que madame la dauphine avait dit n'était pas entièrement
10   éloigné de la vérité. Madame de Clèves avait d'abord été fâchée
que monsieur de Nemours eût eu lieu de croire que c'était lui qui
l'avait empêchée d'aller chez le maréchal de Saint-André; mais
ensuite elle sentit quelque espèce de chagrin, que sa mère lui en
eût entièrement ôté l'opinion.

15   Quoique l'assemblée de Cercamp eût été rompue, les
négociations pour la paix avaient toujours continué, et les
choses s'y disposèrent d'une telle sorte que, sur la fin de février,
on se rassembla à Câteau-Cambresis.[129] Les mêmes députés y
retournèrent; et l'absence du maréchal de Saint-André défit
20   monsieur de Nemours du rival qui lui était plus redoutable,°   dreaded
tant par l'attention qu'il avait à observer ceux qui approchaient
madame de Clèves, que par le progrès qu'il pouvait faire auprès
d'elle.

Madame de Chartres n'avait pas voulu laisser voir à sa fille
25   qu'elle connaissait ses sentiments pour le prince, de peur de se
rendre suspecte sur les choses qu'elle avait envie de lui dire. Elle
se mit un jour à parler de lui; elle lui en dit du bien, et y mêla
beaucoup de louanges empoisonnées sur la sagesse qu'il avait
d'être incapable de devenir amoureux, et sur ce qu'il ne se faisait
30   qu'un plaisir, et non pas un attachement sérieux du commerce
des femmes.

"Ce n'est pas," ajouta-t-elle, "que l'on ne l'ait soupçonné

---

129 The Treaty of Cateau-Cambrésis, an agreement that finally brought
an end to the struggle beween France and Spain for control over various ter-
ritories was signed on April 3, 1559. The treaty resulted in the marriage of the
duke of Savoy (Emmanuel Philibert) and Margaret of France, and Henri II's
daughter Elisabeth's marriage to Philip II of Spain.

d'avoir une grande passion pour la reine dauphine; je vois même qu'il y va très souvent, et je vous conseille d'éviter, autant que vous pourrez, de lui parler, et surtout en particulier, parce que, madame la dauphine vous traitant comme elle fait, on dirait bientôt que vous êtes leur confidente, et vous savez combien cette réputation est désagréable. Je suis d'avis, si ce bruit continue, que vous alliez un peu moins chez madame la dauphine, afin de ne vous pas trouver mêlée dans des aventures de galanterie."

Madame de Clèves n'avait jamais ouï parler de monsieur de Nemours et de madame la dauphine; elle fut si surprise de ce que lui dit sa mère, et elle crut si bien voir combien elle s'était trompée dans tout ce qu'elle avait pensé des sentiments de ce prince, qu'elle en changea de visage. Madame de Chartres s'en aperçut: il vint du monde dans ce moment, madame de Clèves s'en alla chez elle, et s'enferma dans son cabinet.[130]

L'on ne peut exprimer la douleur qu'elle sentit, de connaître, par ce que lui venait de dire sa mère, l'intérêt qu'elle prenait à monsieur de Nemours: elle n'avait encore osé se l'avouer à elle-même. Elle vit alors que les sentiments qu'elle avait pour lui étaient ceux que monsieur de Clèves lui avait tant demandés; elle trouva combien il était honteux de les avoir pour un autre que pour un mari qui les méritait. Elle se sentit blessée et embarrassée de la crainte que monsieur de Nemours ne la voulût faire servir de prétexte à madame la dauphine, et cette pensée la détermina à conter à madame de Chartres ce qu'elle ne lui avait point encore dit.

Elle alla le lendemain matin dans sa chambre pour exécuter ce qu'elle avait résolu; mais elle trouva que madame de Chartres avait un peu de fièvre, de sorte qu'elle ne voulut pas lui parler. Ce mal paraissait néanmoins si peu de chose, que madame de Clèves ne laissa pas d'aller l'après dînée chez madame la dauphine: elle était dans son cabinet avec deux ou trois dames qui étaient le plus avant dans sa familiarité.

"Nous parlions de monsieur de Nemours," lui dit cette reine en la voyant, "et nous admirions combien il est changé depuis son

---

130 **Cabinet** refers to a private chamber connected to a bedroom.

retour de Bruxelles. ˙Devant que° d'y aller, il avait un nombre infini = avant que
de maîtresses, et c'était même un défaut en lui; car il ménageait
également celles qui avaient du mérite et celles qui n'en avaient
pas. Depuis qu'il est revenu, il ne connaît ni les unes ni les autres;
il n'y a jamais eu un si grand changement; je trouve même qu'il y
en a dans son humeur, et qu'il est moins gai que de coutume."

Madame de Clèves ne répondit rien; et elle pensait avec
honte qu'elle aurait pris tout ce que l'on disait du changement
de ce prince pour des marques de sa passion, si elle n'avait point
été détrompée.° Elle se sentait quelque aigreur contre madame la disabused
dauphine, de lui voir chercher des raisons et s'étonner d'une chose
dont apparemment elle savait mieux la vérité que personne. Elle
ne put s'empêcher de lui en témoigner quelque chose; et comme
les autres dames s'éloignèrent, elle s'approcha d'elle, et lui dit tout
bas:

"Est-ce aussi pour moi, Madame, que vous venez de parler, et
voudriez-vous me cacher que vous fussiez celle qui a fait changer
de conduite à monsieur de Nemours?"

"Vous êtes injuste," lui dit madame la dauphine; "vous savez
que je n'ai rien de caché pour vous. Il est vrai que monsieur de
Nemours, devant que d'aller à Bruxelles, a eu, je crois, intention
de me laisser entendre qu'il ne me haïssait pas; mais depuis qu'il
est revenu, il ne m'a pas même paru qu'il se souvînt des choses
qu'il avait faites, et j'avoue que j'ai de la curiosité de savoir ce qui
l'a fait changer. Il sera bien difficile que je ne le démêle," ajouta-t-
elle. "Le vidame de Chartres, qui est son ami intime, est amoureux
d'une personne sur qui j'ai quelque pouvoir, et je saurai par ce
moyen ce qui a fait ce changement."

Madame la dauphine parla d'un air qui persuada madame de
Clèves, et elle se trouva, malgré elle, dans un état plus calme et
plus doux que celui où elle était auparavant.

Lorsqu'elle revint chez sa mère, elle sut qu'elle était beaucoup
plus mal qu'elle ne l'avait laissée. La fièvre lui avait redoublé, et,
les jours suivants, elle augmenta de telle sorte, qu'il parut que ce
serait une maladie considérable. Madame de Clèves était dans une
affliction extrême, elle ne sortait point de la chambre de sa mère;
monsieur de Clèves y passait aussi presque tous les jours, et par

l'intérêt qu'il prenait à madame de Chartres, et pour empêcher sa femme de s'abandonner à la tristesse, mais pour avoir aussi le plaisir de la voir; sa passion n'était point diminuée.

Monsieur de Nemours, qui avait toujours eu beaucoup d'amitié pour lui, n'avait pas cessé de lui en témoigner depuis son retour de Bruxelles. Pendant la maladie de madame de Chartres, ce prince trouva le moyen de voir plusieurs fois madame de Clèves, en faisant semblant de chercher son mari, ou de le venir prendre pour le mener promener. Il le cherchait même à des heures où il savait bien qu'il n'y était pas, et sous le prétexte de l'attendre, il demeurait° dans l'antichambre[131] de madame de Chartres, où il y avait toujours plusieurs personnes de qualité. Madame de Clèves y venait souvent, et, pour être affligée,° elle n'en paraissait pas moins belle à monsieur de Nemours. Il lui faisait voir combien il prenait d'intérêt à son affliction, et il lui en parlait avec un air si doux et si soumis, qu'il la persuadait aisément que ce n'était pas de madame la dauphine dont il était amoureux.

Elle ne pouvait s'empêcher d'être troublée de sa vue, et d'avoir pourtant du plaisir à le voir; mais quand elle ne le voyait plus, et qu'elle pensait que ce charme qu'elle trouvait dans sa vue était le commencement des passions, il s'en fallait peu qu'elle ne crût le haïr par la douleur que lui donnait cette pensée.

Madame de Chartres empira° si considérablement, que l'on commença à désespérer de sa vie; elle reçut ce que les médecins lui dirent du péril où elle était, avec un courage digne de sa vertu et de sa piété. Après qu'ils furent sortis, elle fit retirer tout le monde, et appeler madame de Clèves.

"Il faut nous quitter, ma fille," lui dit-elle, en lui tendant la main; "le péril où je vous laisse, et le besoin que vous avez de moi, augmentent le déplaisir[132] que j'ai de vous quitter. Vous avez de l'inclination pour monsieur de Nemours; je ne vous demande point de me l'avouer: je ne suis plus en état de me servir de votre

Margin notes: would stay — afflicted — grew worse — *dying discussion*

131An antechamber is a reception room that serves as an entryway into a larger room.

132 This term can denote a much more intense feeling in seventeenth-century French than it does today. Here it means "regret" or "sorrow." It can also mean "annoyance."

sincérité pour vous conduire. Il y a déjà longtemps que je me suis aperçue de cette inclination; mais je ne vous en ai pas voulu parler d'abord, de peur de vous en faire apercevoir vous-même. Vous ne la connaissez que trop présentement; vous êtes sur le bord du précipice: il faut de grands efforts et de grandes violences pour vous retenir. Songez ce que vous devez à votre mari; songez ce que vous vous devez à vous-même, et pensez que vous allez perdre cette réputation que vous vous êtes acquise, et que je vous ai tant souhaitée. Ayez de la force et du courage, ma fille, retirez-vous de la cour, obligez votre mari de vous emmener; ne craignez point de prendre des partis trop rudes et trop difficiles,[133] quelque[134] affreux qu'ils vous paraissent d'abord; ils seront plus doux dans les suites que les malheurs d'une galanterie. Si d'autres raisons que celles de la vertu et de votre devoir vous pouvaient obliger à ce que je souhaite, je vous dirais que, si quelque chose était capable de troubler le bonheur que j'espère en sortant de ce monde, ce serait de vous voir tomber comme les autres femmes; mais si ce malheur vous doit arriver, je reçois la mort avec joie, pour n'en être pas le témoin."

Madame de Clèves fondait en larmes sur la main de sa mère, qu'elle tenait serrée entre les siennes, et madame de Chartres se sentant touchée elle-même:

"Adieu, ma fille," lui dit-elle, "finissons une conversation qui nous attendrit° trop l'une et l'autre, et souvenez-vous, si vous pouvez, de tout ce que je viens de vous dire."

Elle se tourna de l'autre côté en achevant ces paroles, et commanda à sa fille d'appeler ses femmes, sans vouloir l'écouter, ni parler davantage. Madame de Clèves sortit de la chambre de sa mère en l'état que l'on peut s'imaginer, et madame de Chartres ne songea plus qu'à se préparer à la mort. Elle vécut encore deux jours, pendant lesquels elle ne voulut plus revoir sa fille, qui était la seule chose à quoi elle se sentait attachée.

Madame de Clèves était dans une affliction extrême; son mari ne la quittait point, et sitôt que madame de Chartres fut expirée,

upsets

---

133 **prendre des...** *making the harshest and most difficult decisions.*

134 The original reads "quelque**s**," an agreement that was commonly made in classical French.

il l'emmena à la campagne, pour l'éloigner d'un lieu qui ne faisait
qu'aigrir° sa douleur. On n'en a jamais vu de pareille; quoique la　　embitter
tendresse et la reconnaissance y eussent la plus grande part, le
besoin qu'elle sentait qu'elle avait de sa mère, pour se défendre
5　contre monsieur de Nemours, ne laissait pas d'y en avoir beaucoup.
Elle se trouvait malheureuse d'être abandonnée à elle-même, dans
un temps où elle était si peu maîtresse de ses sentiments, et où
elle eût tant souhaité d'avoir quelqu'un qui pût la plaindre et lui
donner de la force. La manière dont monsieur de Clèves en usait
10　pour elle[135] lui faisait souhaiter plus fortement que jamais, de ne
manquer à rien de ce qu'elle lui devait. Elle lui témoignait aussi
plus d'amitié et plus de tendresse qu'elle n'avait encore fait; elle
ne voulait point qu'il la quittât, et il lui semblait qu'à force de
s'attacher à lui, il la défendrait contre monsieur de Nemours.
15　　Ce prince vint voir monsieur de Clèves à la campagne. Il fit
ce qu'il put pour rendre aussi une visite à madame de Clèves;
mais elle ne le voulut point recevoir, et, sentant bien qu'elle
ne pouvait s'empêcher de le trouver aimable, elle avait fait une
forte résolution de s'empêcher de le voir, et d'en éviter toutes les
20　occasions qui dépendraient d'elle.
　　Monsieur de Clèves vint à Paris pour faire sa cour,[136] et promit
à sa femme de s'en retourner le lendemain; il ne revint néanmoins
que le jour d'après.
　　"Je vous attendis tout hier," lui dit madame de Clèves,
25　lorsqu'il arriva, "et je vous dois faire des reproches de n'être pas
venu, comme vous me l'aviez promis. Vous savez que si je pouvais
sentir une nouvelle affliction en l'état où je suis, ce serait la mort
de madame de Tournon,[137] que j'ai apprise ce matin. J'en aurais été
touchée quand je ne l'aurais point connue;[138] c'est toujours une
30　chose digne de pitié, qu'une femme jeune et belle comme celle-là
soit morte en deux jours; mais de plus, c'était une des personnes
du monde qui me plaisait davantage,° et qui paraissait avoir　　most of all

135 **La manière...** *Monsieur de Clèves's behavior toward her.*
136 **faire sa...** *to pay his respects.*
137 Most likely Madame de Tournon is an invented character. There is no
mention of her in histories or memoirs of the period.
138 **quand je...** *even if I had not known her.*

autant de sagesse que de mérite."

"Je fus très fâché de ne pas revenir hier," répondit monsieur de Clèves, "mais j'étais si nécessaire à la consolation d'un malheureux, qu'il m'était impossible de le quitter. Pour madame de Tournon, je ne vous conseille pas d'en être affligée, si vous la regrettez comme une femme pleine de sagesse, et digne de votre estime.

"Vous m'étonnez," reprit madame de Clèves, "et je vous ai ouï dire plusieurs fois qu'il n'y avait point de femme à la cour que vous estimassiez davantage."

"Il est vrai," répondit-il, "mais les femmes sont incompréhensibles, et, quand je les vois toutes, je me trouve si heureux de vous avoir, que je ne saurais assez admirer mon bonheur."

"Vous m'estimez plus que ˙je ne vaux,"° répliqua madame de Clèves en soupirant, "et il n'est pas encore temps de me trouver digne de vous. Apprenez-moi, je vous en supplie, ce qui vous a détrompé de madame de Tournon."

"Il y a longtemps que je le suis," répliqua-t-il, "et que je sais qu'elle aimait le comte de Sancerre,[139] à qui elle donnait des espérances de l'épouser."

"Je ne saurais croire," interrompit madame de Clèves, "que madame de Tournon, après cet éloignement° si extraordinaire qu'elle a témoigné pour le mariage depuis qu'elle est veuve, et après les déclarations publiques qu'elle a faites de ne se remarier jamais, ait donné des espérances à Sancerre."

"Si elle n'en eût donné qu'à lui," répliqua monsieur de Clèves, "il ne faudrait pas s'étonner; mais ce qu'il y a de surprenant, c'est qu'elle en donnait aussi à Estouteville[140] dans le même temps; et je vais vous apprendre toute cette histoire."

I deserve

aversion

---

139 There are historically many individuals referred to by this name, but there is no way to know to whom the author is referring here specifically.

140 Again, there are numerous references to this name in historical works of the period, but perhaps this is another character invented by Lafayette. The Duchy of Estouteville belonged to Marie de Bourbon. Niderst suggests that the name might refer either to Jean d'Estouteville, lord of Villebon or Guyon d'Estouteville (*Roman et nouvelles* 453, n. 104).

Seconde Partie[1]

"VOUS SAVEZ L'AMITIÉ QU'IL y a entre Sancerre et moi;
néanmoins il devint amoureux de madame de Tournon, il y a
environ deux ans, et me le cacha avec beaucoup de soin, aussi bien
qu'à tout le reste du monde. J'étais bien éloigné de le soupçonner.
Madame de Tournon paraissait encore inconsolable de la mort de
son mari, et vivait dans une retraite austère. La sœur de Sancerre
était quasi la seule personne qu'elle vit, et c'était chez elle qu'il en
était devenu amoureux."

"Un soir qu'il devait y avoir une comédie au Louvre,[2] et que
l'on n'attendait plus que le roi et madame de Valentinois pour
commencer, l'on vint dire qu'elle s'était trouvée mal, et que le roi
ne viendrait pas. On jugea aisément que le mal de cette duchesse
était quelque démêlé avec le roi. Nous savions les jalousies qu'il
avait eues du maréchal de Brissac,[3] pendant qu'il avait été à la
cour; mais il était retourné en Piémont depuis quelques jours, et
nous ne pouvions imaginer le sujet de cette brouillerie."°   quarrel

"Comme j'en parlais avec Sancerre, monsieur d'Anville arriva
dans la salle, et me dit tout bas que le roi était dans une affliction et
dans une colère qui ˙faisaient pitié;° qu'en un raccommodement°   pitiable, reconciliation
qui s'était fait entre lui et madame de Valentinois, il y avait
quelques jours, sur des démêlés qu'ils avaient eus pour le maréchal

---

1 Part two opens with the second digressive episode of the novel. Monsieur de Clèves tells the story of Madame de Tournon, a lengthy narrative that
continues for the next several pages.

2 The Louvre had originally been built as a fortress by King Phillippe
Augustus in 1200, but in the sixteenth century, it was rebuilt as a palace and
served as the royal residence. Francis I had begun the renovations and expan-
sions of the Louvre (under the direction of Pierre Lescot), which would continue under the reigns of his sons.

3 See note 120, page 37.

de Brissac, le roi lui avait donné une bague, et l'avait priée de la porter; que pendant qu'elle s'habillait pour venir à la comédie, il avait remarqué qu'elle n'avait point cette bague, et lui en avait demandé la raison; qu'elle avait paru étonnée de ne la pas avoir; qu'elle l'avait demandée à ses femmes, lesquelles par malheur, ou faute d'être bien instruites, avaient répondu qu'il y avait quatre ou cinq jours qu'elles ne l'avaient vue."

"'Ce temps est précisément celui du départ du maréchal de Brissac,' continua monsieur d'Anville. 'Le roi n'a point douté qu'elle ne lui ait donné la bague en lui disant adieu. Cette pensée a réveillé si vivement toute cette jalousie, qui n'était pas encore bien éteinte, qu'il s'est emporté contre son ordinaire, et lui a fait mille reproches. Il vient de rentrer chez lui, très affligé; mais je ne sais s'il l'est davantage de l'opinion que madame de Valentinois a sacrifié sa bague, que de la crainte de lui avoir déplu° par sa colère.'"

displeased

"Sitôt que monsieur d'Anville eut achevé de me conter cette nouvelle, je me rapprochai de Sancerre pour la lui apprendre; je la lui dis comme un secret que l'on venait de me confier, et dont je lui défendais d'en parler."

"Le lendemain matin, j'allai d'assez bonne heure chez ma belle-sœur; je trouvai madame de Tournon au chevet de son lit. Elle n'aimait pas madame de Valentinois, et elle savait bien que ma belle-sœur n'avait pas sujet de s'en louer.[4] Sancerre avait été chez elle au sortir de la comédie. Il lui avait appris la brouillerie du roi avec cette duchesse, et madame de Tournon était venue la conter à ma belle-sœur, sans savoir ou sans faire réflexion que c'était moi qui l'avait apprise à son amant."

"Sitôt que je m'approchai de ma belle-sœur, elle dit à madame de Tournon que l'on pouvait me confier ce qu'elle venait de lui dire, et sans attendre la permission de madame de Tournon elle me conta mot pour mot tout ce que j'avais dit à Sancerre le soir précédent. Vous pouvez juger comme j'en fus étonné. Je regardai madame de Tournon, elle me parut embarrassée. Son embarras me donna du soupçon; je n'avais dit la chose qu'à Sancerre, il

---

4 **n'avait pas...** *had no reason to like her.*

m'avait quitté au sortir de la comédie sans m'en dire la raison;
je me souvins de lui avoir ouï extrêmement louer madame de
Tournon. Toutes ces choses m'ouvrirent les yeux, et je n'eus pas de
peine à démêler qu'il avait une galanterie avec elle, et qu'il l'avait
5   vue depuis qu'il m'avait quitté."

"Je fus si piqué° de voir qu'il me cachait cette aventure, que   annoyed
je dis plusieurs choses qui firent connaître à madame de Tournon
l'imprudence qu'elle avait faite; je la remis à son carrosse,° et je   carriage
l'assurai, en la quittant, que j'enviais le bonheur de celui qui lui
10   avait appris la brouillerie du roi et de madame de Valentinois."

"Je m'en allai à l'heure même trouver Sancerre, je lui fis des
reproches, et je lui dis que je savais sa passion pour madame
de Tournon, sans lui dire comment je l'avais découverte. Il fut
contraint de me l'avouer. Je lui contai ensuite ce qui me l'avait
15   apprise, et il m'apprit aussi le détail de leur aventure; il me dit
que, quoiqu'il fût cadet de sa maison, et très éloigné de pouvoir
prétendre un aussi bon parti,° que néanmoins elle était résolue   such a good match
de l'épouser. L'on ne peut être plus surpris que je le fus. Je dis
à Sancerre de presser la conclusion de son mariage, et qu'il n'y
20   avait rien qu'il ne dût craindre d'une femme qui avait l'artifice
de soutenir⁵ aux yeux du public un personnage si éloigné de la
vérité. Il me répondit qu'elle avait été véritablement affligée, mais
que l'inclination qu'elle avait eue pour lui avait surmonté cette
affliction, et qu'elle n'avait pu laisser paraître tout d'un coup un si
25   grand changement. Il me dit encore plusieurs autres raisons pour
l'excuser, qui me firent voir à quel point il en était amoureux;
il m'assura qu'il la ferait consentir que je susse° la passion qu'il   consent to my knowi
avait pour elle, puisque aussi bien c'était elle-même qui me l'avait
apprise. Il l'y obligea en effet, quoique avec beaucoup de peine, et
30   je fus ensuite très avant° dans leur confidence."   fully accepted

"Je n'ai jamais vu une femme avoir une conduite si honnête
et si agréable à l'égard de son amant; néanmoins j'étais toujours
choqué de son affectation à paraître encore affligée. Sancerre était
si amoureux et si content de la manière dont elle en usait pour lui,
35   qu'il n'osait quasi° la presser° de conclure leur mariage, de peur   scarcely dared, to urg

---

5 **l'artifice de...** *cleverness to sustain.*

qu'elle ne crût qu'il le souhaitait plutôt par intérêt que par une
véritable passion. Il lui en parla toutefois, et elle lui parut résolue
à l'épouser; elle commença même à quitter cette retraite où elle
vivait, et à se remettre dans le monde. Elle venait chez ma belle-
5 sœur[6] à des heures où une partie de la cour s'y trouvait. Sancerre
n'y venait que rarement; mais ceux qui y étaient tous les soirs, et
qui l'y voyaient souvent, la trouvaient très aimable"

"Peu de temps après qu'elle eut commencé à quitter la
solitude, Sancerre crut voir quelque refroidissement dans la
10 passion qu'elle avait pour lui. Il m'en parla plusieurs fois, sans
que je fisse aucun fondement sur ses plaintes;[7] mais à la fin,
comme il me dit qu'au lieu d'achever leur mariage, elle semblait
l'éloigner, je commençai à croire qu'il n'avait pas de tort d'avoir de
l'inquiétude. Je lui répondis que quand la passion de madame de
15 Tournon diminuerait après avoir duré deux ans, il ne faudrait pas
s'en étonner; que quand même sans être diminuée, elle ne serait
pas assez forte pour l'obliger à l'épouser, qu'il ne devrait pas s'en
plaindre; que ce mariage, à l'égard du public, lui ferait un extrême
tort, non seulement parce qu'il n'était pas un assez bon parti
20 pour elle, mais par le préjudice° qu'il apporterait à sa réputation;   damage
qu'ainsi tout ce qu'il pouvait souhaiter, était qu'elle ne le trompât
point et qu'elle ne lui donnât pas de fausses espérances. Je lui dis
encore que si elle n'avait pas la force de l'épouser, ou qu'elle lui
avouât qu'elle en aimait quelque autre, il ne fallait point qu'il
25 s'emportât,° ni qu'il se plaignît; mais qu'il devrait conserver pour   get angry
elle de l'estime et de la reconnaissance."

"'Je vous donne,' lui dis-je, 'le conseil que je prendrais pour
moi-même; car la sincérité me touche d'une telle sorte, que je
crois que si ma maîtresse, et même ma femme, m'avouait que
30 quelqu'un lui plût, j'en serais affligé sans en être aigri. Je quitterais
le personnage d'amant ou de mari, pour la conseiller et pour la
plaindre'"

Ces paroles firent rougir madame de Clèves, et elle y trouva
un certain rapport avec l'état où elle était, qui la surprit, et qui lui

---

6 La duchesse de Nevers, Anne de Bourbon-Montpensier.

7 **sans que...** *without my according any validity to his complaints.*

donna un trouble dont elle fut longtemps à se remettre.

"Sancerre parla à madame de Tournon, continua monsieur de Clèves, il lui dit tout ce que je lui avais conseillé, mais elle le rassura avec tant de soin, et parut si offensée de ses soupçons, qu'elle les lui ôta entièrement. Elle remit néanmoins leur mariage après un voyage qu'il allait faire, et qui devait être assez long; mais elle se conduisit si bien jusqu'à son départ, et en parut si affligée, que je crus, aussi bien que lui, qu'elle l'aimait véritablement. Il partit, il y a environ trois mois pendant son absence, j'ai peu vu madame de Tournon; vous m'avez entièrement occupé, et je savais seulement qu'il devait bientôt revenir."

"Avant-hier, en arrivant à Paris, j'appris qu'elle était morte; j'envoyai savoir chez lui si on n'avait point eu de ses nouvelles. On me manda° qu'il était arrivé dès la veille, qui était précisément le jour de la mort de madame de Tournon. J'allai le voir à l'heure même, me doutant bien de l'état où je le trouverais; mais son affliction passait de beaucoup ce que je m'en étais imaginé." I was told

"Je n'ai jamais vu une douleur si profonde et si tendre; dès le moment qu'il me vit, il m'embrassa, fondant en larmes: 'Je ne la verrai plus,' me dit-il, 'je ne la verrai plus, elle est morte! je n'en étais pas digne,° mais je la suivrai bientôt.'" worthy

"Après cela il se tut;° et puis, de temps en temps redisant toujours: 'Elle est morte, et je ne la verrai plus!' il revenait aux cris et aux larmes, et demeurait comme un homme qui n'avait plus de raison. Il me dit qu'il n'avait pas reçu souvent de ses lettres pendant son absence, mais qu'il ne s'en était pas étonné, parce qu'il la connaissait et qu'il savait la peine qu'elle avait à hasarder de ses lettres. Il ne doutait point qu'il ne l'eût épousée à son retour; il la regardait comme la plus aimable et la plus fidèle personne qui eût jamais été, il s'en croyait tendrement aimé; il la perdait dans le moment qu'il pensait s'attacher à elle pour jamais. Toutes ces pensées le plongeaient dans une affliction violente, dont il était entièrement accablé;° et j'avoue que je ne pouvais m'empêcher d'en être touché." he fell silentoverwhelmed

"Je fus néanmoins contraint de le quitter pour aller chez le roi; je lui promis que je reviendrais bientôt. Je revins en effet, et je ne fus jamais si surpris, que de le trouver tout différent de ce que

je l'avais quitté. Il était debout dans sa chambre, avec un visage
furieux, marchant et s'arrêtant comme s'il eût été hors de lui-
même. 'Venez, venez,' me dit-il, 'venez voir l'homme du monde
le plus désespéré; je suis plus malheureux mille fois que je n'étais
5 tantôt,° et ce que je viens d'apprendre de madame de Tournon est   before
pire que sa mort.'"

"Je crus que la douleur le troublait entièrement, et je ne pouvais
m'imaginer qu'il y eût quelque chose de pire que la mort d'une
maîtresse que l'on aime, et dont on est aimé. Je lui dis que tant
10 que son affliction avait eu des bornes,° je l'avais approuvée, et que   limits
j'y étais entré; mais que je ne le plaindrais plus s'il s'abandonnait
au désespoir, et s'il perdait la raison."

"'Je serais trop heureux de l'avoir perdue, et la vie aussi,'
s'écria-t-il. 'Madame de Tournon m'était infidèle, et j'apprends
15 son infidélité et sa trahison le lendemain que j'ai appris sa mort,
dans un temps où mon âme est remplie et pénétrée de la plus
vive douleur et de la plus tendre amour[8] que l'on ait jamais
senties; dans un temps où son idée° est dans mon cœur comme   image
la plus parfaite chose qui ait jamais été, et la plus parfaite ˙à mon
20 égard;° je trouve que je suis trompé, et qu'elle ne mérite pas que   especially for me
je la pleure; cependant j'ai la même affection de sa mort que si
elle m'était fidèle, et je sens son infidélité comme si elle n'était
point morte. Si j'avais appris son changement devant[9] sa mort, la
jalousie, la colère, la rage m'auraient rempli, et m'auraient endurci°   hardened
25 en quelque sorte contre la douleur de sa perte; mais je suis dans
un état où je ne puis ni m'en consoler, ni la haïr.'"

"Vous pouvez juger si je fus surpris de ce que me disait
Sancerre; je lui demandai comment il avait su ce qu'il venait de
me dire. Il me conta qu'un moment après que j'étais sorti de sa
30 chambre, Estouteville, qui est son ami intime, mais qui ne savait
pourtant rien de son amour pour madame de Tournon, l'était
venu voir; que d'abord qu'il avait été assis, il avait commencé à
pleurer et qu'il lui avait dit qu'il lui demandait pardon de lui avoir
caché ce qu'il lui allait apprendre; qu'il le priait d'avoir pitié de

---

8 The gender of the noun *amour* was feminine in the seventeenth-century. Today, the term retains its feminine gender when used in the plural.

9 Editors have in some cases changed this to *avant* in modern editions.

lui; qu'il venait lui ouvrir son cœur, et qu'il voyait l'homme du
monde le plus affligé de la mort de madame de Tournon."

"'Ce nom,' me dit Sancerre, 'm'a tellement surpris, que,
quoique mon premier mouvement° ait été de lui dire que j'en étais   impulse
5 plus affligé que lui, je n'ai pas eu néanmoins la force de parler. Il
a continué, et m'a dit qu'il était amoureux d'elle depuis six mois;
qu'il avait toujours voulu me le dire, mais qu'elle le lui avait
défendu expressément,° et avec tant d'autorité, qu'il n'avait osé lui   expressly
désobéir; qu'il lui avait plu quasi dans le même temps qu'il l'avait
10 aimée; qu'ils avaient caché leur passion à tout le monde; qu'il
n'avait jamais été chez elle publiquement; qu'il avait eu le plaisir
de la consoler de la mort de son mari; et qu'enfin il l'allait épouser
dans le temps qu'elle était morte; mais que ce mariage, qui était
un effet de passion, aurait paru un effet de devoir et d'obéissance;
15 qu'elle avait gagné° son père pour se faire commander de l'épouser,   convinced
afin qu'il n'y eût pas un trop grand changement dans sa conduite,
qui avait été si éloignée de se remarier.'"

"'Tant qu'Estouteville m'a parlé,' me dit Sancerre, "j'ai ajouté
foi à ses paroles,° parce que j'y ai trouvé de la vraisemblance, et   I believed his words
20 que le temps où il m'a dit qu'il avait commencé à aimer madame
de Tournon est précisément celui où elle m'a paru changée;
mais un moment après, je l'ai cru un menteur, ou du moins un
visionnaire.[10] J'ai été prêt à le lui dire; j'ai passé ensuite à vouloir
m'éclaircir,° je l'ai questionné, je lui ai fait paraître des doutes; enfin   inform myself
25 j'ai tant fait pour m'assurer de mon malheur, qu'il m'a demandé si
je connaissais l'écriture de madame de Tournon. Il a mis sur mon
lit quatre de ses lettres et son portrait; mon frère[11] est entré dans
ce moment. Estouteville avait le visage si plein de larmes, qu'il a
été contraint de sortir pour ne se pas laisser voir; il m'a dit qu'il
30 reviendrait ce soir requérir° ce qu'il me laissait; et moi je chassai   to get
mon frère, sur le prétexte de me trouver mal, par l'impatience de
voir ces lettres que l'on m'avait laissées, et espérant d'y trouver
quelque chose qui ne me persuaderait pas tout ce qu'Estouteville

---

10 **un visionnaire** *a person suffering from delusions.*

11 If Niderst is correct, this name refers to Claude de Bueil de Courcillon,
the younger brother of Jean de Bueil de Sancerre (*Romans et Nouvelles* 453, n.
105).

venait de me dire. Mais hélas! que n'y ai-je point trouvé? Quelle
tendresse! quels serments!° quelles assurances de l'épouser! quelles   promises
lettres! Jamais elle ne m'en a écrit de semblables. Ainsi,' ajouta-t-
il, 'j'éprouve à la fois la douleur de la mort et celle de l'infidélité;
5 ce sont deux maux que l'on a souvent comparés, mais qui n'ont
jamais été sentis en même temps par la même personne. J'avoue, à
ma honte, que je sens encore plus sa perte° que son changement,°   death, change of heart
je ne puis la trouver assez coupable pour consentir à sa mort. Si
elle vivait, j'aurais le plaisir de lui faire des reproches, et de me
10 venger d'elle en lui faisant connaître son injustice. Mais je ne la
verrai plus,' reprenait-il, 'je ne la verrai plus; ce mal est le plus
grand de tous les maux. Je souhaiterais de lui rendre la vie aux
dépens de la mienne.'[12] Quel souhait! si elle revenait elle vivrait
pour Estouteville. Que j'étais heureux hier!' s'écriait-il. 'Que
15 j'étais heureux! j'étais l'homme du monde le plus affligé; mais
mon affliction était raisonnable, et je trouvais quelque douceur
à penser que je ne devais jamais me consoler. Aujourd'hui, tous
mes sentiments sont injustes. Je paye à une passion feinte° qu'elle   feigned
a eue pour moi le même tribut de douleur que je croyais devoir
20 à une passion véritable. Je ne puis ni haïr, ni aimer sa mémoire;
je ne puis me consoler ni m'affliger. Du moins,' me dit-il, en se
retournant tout d'un coup vers moi, 'faites, je vous en conjure,°   beg
que je ne voie jamais Estouteville; son nom seul me fait horreur.
Je sais bien que je n'ai nul sujet de m'en plaindre; c'est ma faute de
25 lui avoir caché que j'aimais madame de Tournon; s'il l'eût su il ne
s'y serait peut-être pas attaché, elle ne m'aurait pas été infidèle; il
est venu me chercher pour me confier sa douleur; il me fait pitié.
Et! c'est avec raison,' s'écriait-il. 'Il aimait madame de Tournon, il
en était aimé, et il ne la verra jamais; je sens bien néanmoins que
30 je ne saurais m'empêcher de le haïr. Et encore une fois, je vous
conjure de faire en sorte que je ne le voie point.'"

"Sancerre se remit ensuite à pleurer, à regretter madame de
Tournon, à lui parler, et à lui dire les choses du monde les plus
tendres; il repassa ensuite à la haine, aux plaintes, aux reproches
35 et aux imprécations° contre elle. Comme je le vis dans un état   accusations

---

12 **aux dépens...** *at the expense of my own.*

si violent, je connus° bien qu'il me fallait quelque secours pour   understood
m'aider à calmer son esprit. J'envoyai quérir son frère, que je
venais de quitter chez le roi; j'allai lui parler dans l'antichambre
avant qu'il entrât, et je lui contai l'état où était Sancerre. Nous
5   donnâmes des ordres pour empêcher qu'il ne vît Estouteville,
et nous employâmes une partie de la nuit à tâcher de le rendre
capable de raison. Ce matin je l'ai encore trouvé plus affligé; son
frère est demeuré auprès de lui, et je suis revenu auprès de vous."

"L'on ne peut être plus surprise que je le suis," dit alors
10   madame de Clèves, "et je croyais madame de Tournon incapable
d'amour et de tromperie."

"L'adresse° et la dissimulation," reprit monsieur de Clèves,   cunning
"ne peuvent aller plus loin qu'elle les a portées. Remarquez que
quand Sancerre crut qu'elle était changée pour lui, elle l'était
15   véritablement, et qu'elle commençait à aimer Estouteville. Elle
disait à ce dernier qu'il la consolait de la mort de son mari, et que
c'était lui qui était cause qu'elle quittait cette grande retraite, et
il paraissait à Sancerre que c'était parce que nous avions résolu°   decided
qu'elle ne témoignerait plus[13] d'être si affligée. Elle faisait valoir°   persuaded
20   à Estouteville de cacher leur intelligence,° et de paraître obligée   understanding
à l'épouser par le commandement de son père, comme un effet
du soin qu'elle avait de sa réputation; et c'était pour abandonner
Sancerre, sans qu'il eût sujet de s'en plaindre. Il faut que je m'en
retourne," continua monsieur de Clèves, "pour voir ce malheureux,
25   et je crois qu'il faut que vous reveniez aussi à Paris. Il est temps
que vous voyiez le monde, et que vous receviez ce nombre infini
de visites, dont aussi bien vous ne sauriez vous dispenser."°   you cannot avoid

Madame de Clèves consentit à son retour, et elle revint le
lendemain. Elle se trouva plus tranquille sur monsieur de Nemours
30   qu'elle n'avait été; tout ce que lui avait dit madame de Chartres
en mourant, et la douleur de sa mort, avaient fait une suspension
à ses sentiments, qui lui faisait croire qu'ils étaient entièrement
effacés.

Dès le même soir qu'elle fut arrivée, madame la dauphine la
35   vint voir, et après lui avoir témoigné la part qu'elle avait prise à son

---

13 **qu'elle ne...** *that she would no longer appear.*

affliction, elle lui dit que, pour la détourner de ces tristes pensées, elle voulait l'instruire de tout ce qui s'était passé à la cour en son absence; elle lui conta ensuite plusieurs choses particulières.

"Mais ce que j'ai le plus d'envie de vous apprendre, ajouta-t-elle,
5 c'est qu'il est certain que monsieur de Nemours est passionnément amoureux, et que ses amis les plus intimes, non seulement ne sont point dans sa confidence, mais qu'ils ne peuvent deviner qui est la personne qu'il aime. Cependant cet amour est assez fort pour lui faire négliger ou abandonner, pour mieux dire, les espérances
10 d'une couronne."

Madame la dauphine conta ensuite tout ce qui s'était passé sur l'Angleterre.[14]

"J'ai appris ce que je viens de vous dire," continua-t-elle, "de monsieur d'Anville; et il m'a dit ce matin que le roi envoya quérir,
15 hier au soir, monsieur de Nemours, sur des lettres de Lignerolles, qui demande à revenir, et qui écrit au roi qu'il ne peut plus soutenir auprès de la reine d'Angleterre les retardements de monsieur de Nemours; qu'elle commence à s'en offenser, et qu'encore qu'elle n'eût point donné de parole positive, elle en avait assez dit pour
20 faire hasarder un voyage. Le roi lut cette lettre à monsieur de Nemours, qui, au lieu de parler sérieusement, comme il avait fait dans les commencements, ne fit que rire, que badiner,° et se   joked moquer des espérances de Lignerolles. Il dit que toute l'Europe condamnerait son imprudence, s'il hasardait d'aller en Angleterre
25 comme un prétendu mari de la reine, sans être assuré du succès. 'Il me semble aussi,' ajouta-t-il, 'que je prendrais mal mon temps, de faire ce voyage présentement° que le roi d'Espagne fait de si   now grandes instances[15] pour épouser cette reine. Ce ne serait peut-être pas un rival bien redoutable dans une galanterie; mais je pense
30 que dans un mariage Votre Majesté ne me conseillerait pas de lui disputer quelque chose.' 'Je vous le conseillerais en cette occasion,' reprit le roi, 'mais vous n'aurez rien à lui disputer; je sais qu'il a d'autres pensées; et quand il n'en aurait pas, la reine Marie s'est trop mal trouvée ˙du joug° de l'Espagne, pour croire que sa sœur   under the yoke

---

14 This is the start of the third digressive episode—the tale of Anne Boleyn—which continues for the next few pages.

15 **fait de...** *doing everything possible.*

le veuille reprendre, et qu'elle se laisse éblouir° à l'éclat de tant   be dazzled
de couronnes jointes ensemble.' 'Si elle ne s'en laisse pas éblouir,'
repartit monsieur de Nemours, 'il y a apparence qu'elle voudra se
rendre heureuse par l'amour. Elle a aimé le milord Courtenay,[16]
il y a déjà quelques années; il était aussi aimé de la reine Marie,
qui l'aurait épousé du consentement de toute l'Angleterre, sans
qu'elle connût que la jeunesse et la beauté de sa sœur Élisabeth le
touchaient davantage que l'espérance de régner. Votre Majesté sait
que les violentes jalousies qu'elle en eut la portèrent à les mettre
l'un et l'autre en prison, à exiler ensuite le milord Courtenay,
et la déterminèrent enfin à épouser le roi d'Espagne. Je crois
qu'Élisabeth, qui est présentement sur le trône, rappellera bientôt
ce milord et qu'elle choisira un homme qu'elle a aimé, qui est fort
aimable, qui a tant souffert pour elle, plutôt qu'un autre qu'elle
n'a jamais vu.' 'Je serais de votre avis,' repartit le roi, 'si Courtenay
vivait encore; mais j'ai su, depuis quelques jours, qu'il est mort à
Padoue, où il était relégué. Je vois bien, ajouta-t-il, en quittant
monsieur de Nemours, qu'il faudrait faire votre mariage comme
on ferait celui de monsieur le dauphin, et envoyer épouser la
reine d'Angleterre par des ambassadeurs.' Monsieur d'Anville
et monsieur le vidame, qui étaient chez le roi avec monsieur de
Nemours, sont persuadés que c'est cette même passion dont il est
occupé,° qui le détourne d'un si grand dessein. Le vidame, qui le   preoccupied
voit de plus près que personne, a dit à madame de Martigues[17]
que ce prince est tellement changé qu'il ne le reconnaît plus; et ce
qui l'étonne davantage, c'est qu'il ne lui voit aucun commerce,° ni   relations
aucunes heures particulières où il `se dérobe,° en sorte qu'il croit   slips away
qu'il n'a point d'intelligence avec la personne qu'il aime; et c'est
ce qui fait méconnaître° monsieur de Nemours de lui voir aimer   unrecognizable
une femme qui ne répond point à son amour.'

    Quel poison[18] pour madame de Clèves, que le discours de

    16 Edward de Courtenay (c. 1527-1556), Earl of Devonshire, marquis of
Exeter.

    17 Marie de Beaucaire (?-1613), daughter of Jean de Beaucaire, lord of
Puy-Guillon, and Guyonne du Breuil. She was married to Sébastien de Luxembourg, duke of Penthièvre, viscount of Martigues.

    18 This term is difficult to translate. Simply keeping the form (using the

madame la dauphine! Le moyen de ne se pas reconnaître pour cette personne dont on ne savait point le nom?[19] et le moyen de n'être pas pénétrée de reconnaissance et de tendresse, en apprenant, par une voie qui ne lui pouvait être suspecte, que ce prince, qui touchait déjà son cœur, cachait sa passion à tout le monde, et négligeait pour l'amour d'elle les espérances d'une couronne. Aussi ne peut-on représenter° ce qu'elle sentit, et le trouble qui s'éleva dans son âme. Si madame la dauphine l'eut regardée avec attention, elle eût aisément remarqué que les choses qu'elle venait de dire ne lui étaient pas indifférentes; mais comme elle n'avait aucun soupçon de la vérité, elle continua de parler, sans y faire de réflexion.

    "Monsieur d'Anville," ajouta-t-elle, "qui, comme je vous viens de dire, m'a appris tout ce détail, m'en croit mieux instruite que lui; et il a une si grande opinion de mes charmes, qu'il est persuadé que je suis la seule personne qui puisse faire de si grands changements en monsieur de Nemours."

    Ces dernières paroles de madame la dauphine donnèrent une autre sorte de trouble à madame de Clèves, que celui qu'elle avait eu quelques moments auparavant.

    "Je serais aisément de l'avis de monsieur d'Anville," répondit-elle, "et il y a beaucoup d'apparence, Madame, qu'il ne faut pas moins qu'une princesse telle que vous, pour faire mépriser° la reine d'Angleterre."

    "Je vous l'avouerais si je le savais," repartit madame la dauphine, "et je le saurais s'il était véritable. Ces sortes de passions n'échappent point à la vue de celles qui les causent; elles s'en aperçoivent les premières. Monsieur de Nemours ne m'a jamais témoigné que de légères complaisances;° mais il y a néanmoins

describe (margin, line 7)

disdain (margin, line 22)

attentions (margin, last line)

cognate for this word in English) or retaining the darker associations of its primary sense, as most translators have done, does not take into account the special meaning this word occasionally assumed in "love-language" of the seventeenth century. The term in that context denoted "delight" or "enchantment," which considering the gratitude and tenderness that overtake the Princess in this scene, seem to be the intended meanings of *poison* here, rather than something more negative.

    19 **Le moyen de...** *How could she not recognize herself as the person whose name was unknown?*

une si grande différence de la manière dont il a vécu avec moi,
à celle dont il y vit présentement, que je puis vous répondre que
je ne suis pas la cause de l'indifférence qu'il a pour la couronne
d'Angleterre."

5   "Je m'oublie avec vous," ajouta madame la dauphine, "et je ne
me souviens pas qu'il faut que j'aille voir Madame.[20] Vous savez
que la paix est quasi conclue;[21] mais vous ne savez pas que le roi
d'Espagne n'a voulu passer aucun article qu'à condition d'épouser
cette princesse, au lieu du prince don Carlos, son fils.[22] Le roi a
10   eu beaucoup de peine à s'y résoudre; enfin il y a consenti, et il est
allé tantôt annoncer cette nouvelle à Madame. Je crois qu'elle sera
inconsolable; ce n'est pas une chose qui puisse plaire d'épouser
un homme de l'âge et de l'humeur du roi d'Espagne, surtout à
elle qui a toute la joie que donne la première jeunesse jointe à la
15   beauté, et qui s'attendait d'épouser un jeune prince pour qui elle
a de l'inclination sans l'avoir vu. Je ne sais si le roi en elle trouvera
toute l'obéissance qu'il désire; il m'a chargée de la voir parce qu'il
sait qu'elle m'aime, et qu'il croit que j'aurai quelque pouvoir sur
son esprit. Je ferai ensuite une autre visite bien différente; j'irai
20   me réjouir° avec Madame, sœur du roi. Tout est arrêté pour son   enjoy myself
mariage avec monsieur de Savoie; et il sera ici dans peu de temps.
Jamais personne de l'âge de cette princesse n'a eu une joie si entière
de se marier.[23] La cour va être plus belle et plus grosse qu'on ne l'a
jamais vue, et, malgré votre affliction, il faut que vous veniez nous
25   aider à faire voir aux étrangers que nous n'avons pas de médiocres
beautés."

Après ces paroles, madame la dauphine quitta madame de
Clèves, et, le lendemain, le mariage de Madame fut su de tout
le monde. Les jours suivants, le roi et les reines allèrent voir

---

20 Elisabeth of France. See note 13 page 5.

21 Referring to the Treaty of Cateau-Cambrésis. See note 129 page 43.

22 Philip II had considered marrying Elisabeth upon the death of his first
wife, Mary Tudor.

23 The marriage of Madame Marguerite de France, duchess of Berry, with
Emmanuel-Philibert (1508-1580), duke of Savoie, son of Charles de Savoie
and Beatrice de Portugal, took place on July 9, 1559. See note 17, page 5, and
note 129, page 43.

madame de Clèves. Monsieur de Nemours, qui avait attendu son retour avec une extrême impatience, et qui souhaitait ardemment de lui pouvoir parler ·sans témoins,· attendit pour aller chez elle l'heure que tout le monde en sortirait, et qu'apparemment il ne reviendrait plus personne. Il réussit dans son dessein, et il arriva comme les dernières visites en sortaient.

Cette princesse était sur son lit;[24] il faisait chaud, et la vue de monsieur de Nemours acheva de lui donner une rougeur qui ne diminuait pas sa beauté. Il s'assit vis-à-vis d'elle, avec cette crainte et cette timidité que donnent les véritables passions. Il demeura quelque temps sans pouvoir parler. Madame de Clèves n'était pas moins interdite,° de sorte qu'ils gardèrent assez longtemps le silence. Enfin monsieur de Nemours prit la parole, et lui fit des compliments° sur son affliction;° madame de Clèves, étant bien aise de continuer la conversation sur ce sujet, parla assez longtemps de la perte ·qu'elle avait faite;° et enfin, elle dit que, quand le temps aurait diminué la violence de sa douleur, il lui en demeurerait toujours une si forte impression, que son humeur en serait changée.

"Les grandes afflictions et les passions violentes," repartit monsieur de Nemours, "font de grands changements dans l'esprit; et pour moi, je ne me reconnais pas depuis que je suis revenu de Flandre. Beaucoup de gens ont remarqué ce changement, et même madame la dauphine m'en parlait encore hier."

"Il est vrai," repartit madame de Clèves, "qu'elle l'a remarqué, et je crois lui en avoir ouï dire quelque chose."

"Je ne suis pas fâché, Madame," répliqua monsieur de Nemours, "qu'elle s'en soit aperçue; mais je voudrais qu'elle ne fût pas seule à s'en apercevoir. Il y a des personnes à qui on n'ose donner d'autres marques de la passion qu'on a pour elles, que par les choses qui ne les regardent point; et, n'osant leur faire paraître qu'on les aime, on voudrait du moins qu'elles vissent que l'on ne veut être aimé de personne. L'on voudrait qu'elles sussent qu'il n'y a point de beauté, dans quelque rang qu'elle pût être, que l'on

alone

disconcerted

condolences, bereavement

that she had endured

---

24 As Cave and Lyons have both remarked, it was customary during the seventeenth century for a hostess to receive visitors in her bedroom (Cave 214; Lyons 38, n. 9).

ne regardât avec indifférence, et qu'il n'y a point de couronne
que l'on voulût acheter au prix de ne les voir jamais. Les femmes
jugent d'ordinaire de la passion qu'on a pour elles," continua-t-il,
"par le soin qu'on prend de leur plaire et de les chercher; mais ce
n'est pas une chose difficile ˙pour peu° qu'elles soient aimables;   *provided*
ce qui est difficile, c'est de ne s'abandonner pas au plaisir de les
suivre; c'est de les éviter, par la peur de laisser paraître au public,
et quasi à elles-mêmes, les sentiments que l'on a pour elles. Et
ce qui marque encore mieux un véritable attachement, c'est de
devenir entièrement opposé à ce que l'on était, et de n'avoir plus
d'ambition, ni de plaisir, après avoir été toute sa vie occupé de l'un
et de l'autre."

　　Madame de Clèves entendait aisément la part qu'elle avait à
ces paroles. Il lui semblait qu'elle devait y répondre, et ne les pas
souffrir. Il lui semblait aussi qu'elle ne devait pas les entendre, ni
témoigner qu'elle les prît pour elle. Elle croyait devoir parler, et   *she feels*
croyait ne devoir rien dire. Le discours de monsieur de Nemours lui   *His*
plaisait et l'offensait quasi également; elle y voyait la confirmation   *inappro.*
de tout ce que lui avait fait penser madame la dauphine; elle y   *but she*
trouvait quelque chose de galant et de respectueux, mais aussi   *is also*
quelque chose de hardi et de trop intelligible. L'inclination   *attracted*
qu'elle avait pour ce prince lui donnait un trouble dont elle n'était   *to him.*
pas maîtresse. Les paroles les plus obscures d'un homme qui
plaît donnent plus d'agitation que les déclarations ouvertes d'un
homme qui ne plaît pas. Elle demeurait donc sans répondre, et
monsieur de Nemours se fût aperçu de son silence, dont il n'aurait   *attempts*
peut-être pas tiré de mauvais présages, si l'arrivée de <u>monsieur de</u>   *conversation*
<u>Clèves</u> n'eût fini la conversation et sa visite.

　　Ce prince venait conter à sa femme des nouvelles de Sancerre;
mais elle n'avait pas une grande curiosité pour la suite de cette
aventure. Elle était si occupée de ce qui se venait de passer, qu'à peine
pouvait-elle cacher la distraction de son esprit. Quand elle fut en
liberté de rêver, elle connut bien qu'elle s'était trompée, lorsqu'elle
avait cru n'avoir plus que de l'indifférence pour monsieur de
Nemours. Ce qu'il lui avait dit avait fait toute l'impression qu'il
pouvait souhaiter, et l'avait entièrement persuadée de sa passion.
Les actions de ce prince s'accordaient trop bien avec ses paroles,

She no longer hopes to not love him

pour laisser quelque doute à cette princesse. Elle ne se flatta plus de l'espérance de ne le pas aimer; elle songea seulement à ne lui en donner jamais aucune marque. C'était une entreprise difficile, dont elle connaissait déjà les peines; elle savait que le seul moyen d'y réussir était d'éviter la présence de ce prince; et comme son deuil lui donnait lieu d'être plus retirée que de coutume,[25] elle se servit de ce prétexte pour n'aller plus dans les lieux où il la pouvait voir. Elle était dans une tristesse profonde; la mort de sa mère en paraissait la cause, et l'on n'en cherchait point d'autre.

Monsieur de Nemours était désespéré de ne la voir presque plus; et sachant qu'il ne la trouverait dans aucune assemblée et dans aucun des divertissements où était toute la cour, il ne pouvait se résoudre d'y paraître; il feignit une passion grande pour la chasse, et il en faisait des parties les mêmes jours qu'il y avait des assemblées chez les reines. Une légère maladie lui servit longtemps de prétexte pour demeurer chez lui, et pour éviter d'aller dans tous les lieux où il savait bien que madame de Clèves ne serait pas.

Monsieur de Clèves fut malade à peu près dans le même temps. Madame de Clèves ne sortit point de sa chambre pendant son mal; mais quand il se porta mieux, qu'il vit du monde,° et   people entre autres monsieur de Nemours qui, sur le prétexte d'être encore faible, y passait la plus grande partie du jour, elle trouva qu'elle n'y pouvait plus demeurer; elle n'eut pas néanmoins la force d'en sortir les premières fois qu'il y vint. Il y avait trop longtemps qu'elle ne l'avait vu, pour se résoudre à ne le voir pas. Ce prince trouva le moyen de lui faire entendre par des discours qui ne semblaient que généraux, mais qu'elle entendait néanmoins parce qu'ils avaient du rapport à ce qu'il lui avait dit chez elle, qu'il allait à la chasse pour rêver, et qu'il n'allait point aux assemblées parce qu'elle n'y était pas.

Elle exécuta enfin la résolution qu'elle avait prise de sortir de chez son mari, lorsqu'il y serait; ce fut toutefois en se faisant une extrême violence. Ce prince vit bien qu'elle le fuyait, et en fut

---

25 **comme son…** *since her mourning permitted her to be more retiring than usual.*

duc can see she's trying to avoid him—likes it

sensiblement touché.

Monsieur de Clèves ne prit pas garde[26] d'abord à la conduite de sa femme: mais enfin il s'aperçut qu'elle ne voulait pas être dans sa chambre lorsqu'il y avait du monde. Il lui en parla, et
5   elle lui répondit qu'elle ne croyait pas que la bienséance voulût qu'elle fût tous les soirs avec ce qu'il y avait de plus jeune à la cour; qu'elle le suppliait de trouver bon qu'elle fît une vie plus retirée qu'elle n'avait accoutumé; que la vertu et la présence de sa mère autorisaient beaucoup de choses, qu'une femme de son âge ne
10   pouvait soutenir.

Monsieur de Clèves, qui avait naturellement beaucoup de douceur et de complaisance pour sa femme, n'en eut pas en cette occasion, et il lui dit qu'il ne voulait pas absolument[27] qu'elle changeât de conduite. Elle fut prête de lui dire que le bruit était
15   dans le monde, que monsieur de Nemours était amoureux d'elle; mais elle n'eut pas la force de le nommer. Elle sentit aussi de la honte de se vouloir servir d'une fausse raison, et de déguiser la vérité à un homme qui avait si bonne opinion d'elle.

Quelques jours après, le roi était chez la reine à l'heure du
20   cercle; l'on parla des horoscopes et des prédictions. Les opinions étaient partagées sur la croyance que l'on y devait donner. La reine y ajoutait beaucoup de foi; elle soutint qu'après tant de choses qui avaient été prédites, et que l'on avait vu arriver, on ne pouvait douter qu'il n'y eût quelque certitude dans cette science. D'autres
25   soutenaient que, parmi ce nombre infini de prédictions, le peu qui se trouvaient véritables faisait bien voir que ce n'était qu'un effet du hasard.

"J'ai eu autrefois beaucoup de curiosité pour l'avenir," dit le roi, "mais on m'a dit tant de choses fausses et si peu vraisemblables,
30   que je suis demeuré convaincu que l'on ne peut rien savoir de véritable. Il y a quelques années qu'il vint ici un homme d'une grande réputation dans l'astrologie. Tout le monde l'alla voir; j'y allai comme les autres, mais sans lui dire qui j'étais, et je menai

---

26 **ne pris...** *did not pay any attention.*

27 In modern French, the word order here would be reversed to read "absolument pas."

monsieur de Guise, et d'Escars;[28] je les fis passer les premiers. L'astrologue néanmoins s'adressa d'abord à moi, comme s'il m'eût jugé le maître des autres. Peut-être qu'il me connaissait; cependant il me dit une chose qui ne me convenait pas,[29] s'il m'eût connu. Il me prédit que je serais tué en duel. Il dit ensuite à monsieur de Guise qu'il serait tué par derrière et à d'Escars qu'il aurait la tête cassée d'un coup de pied de cheval. Monsieur de Guise s'offensa quasi de cette prédiction, comme si on l'eût accusé de devoir fuir. D'Escars ne fut guère satisfait de trouver qu'il devait finir par un accident si malheureux. Enfin nous sortîmes tous très malcontents de l'astrologue. Je ne sais ce qui arrivera à monsieur de Guise et à d'Escars; mais il n'y a guère d'apparence que je sois tué en duel. Nous venons de faire la paix, le roi d'Espagne et moi; et quand nous ne l'aurions pas faite, je doute que nous nous battions, et que je le fisse appeler comme le roi mon père fit appeler Charles-Quint."

Après le malheur que le roi conta qu'on lui avait prédit, ceux qui avaient soutenu l'astrologie en abandonnèrent le parti, et tombèrent d'accord qu'il n'y fallait donner aucune croyance.[30]

"Pour moi," dit tout haut monsieur de Nemours, "je suis l'homme du monde qui dois le moins y en avoir;" et se tournant vers madame de Clèves, auprès de qui il était: "On m'a prédit," lui dit-il tout bas, "que je serais heureux par les bontés de la personne du monde pour qui j'aurais la plus violente et la plus respectueuse passion. Vous pouvez juger, Madame, si je dois croire aux prédictions."

Madame la dauphine qui crut par ce que monsieur de Nemours avait dit tout haut, que ce qu'il disait tout bas était quelque fausse prédiction qu'on lui avait faite, demanda à ce prince ce qu'il disait à madame de Clèves. S'il eût eu moins de présence d'esprit, il eût été surpris de cette demande. Mais prenant la parole sans

---

28 Jean d'Escars (?-1595), prince of Carency, Knight of the Saint Esprit (1578), count of La Vauguyon (1586), married to Anne de Clermont in 1561. He was a favorite of Henri II.

29 **ne me...** *could not have been intended for me.*

30 Strangely enough, all of these predictions came true. See note 50, page 129 in Part III on the death of Henri II.

hésiter:

"Je lui disais, Madame," répondit-il, "que l'on m'a prédit que je serais élevé à une si haute fortune, que je n'oserais même ˙y prétendre."°   aspire to it

5   "Si l'on ne vous a fait que cette prédiction," repartit madame la dauphine en souriant, et pensant à l'affaire d'Angleterre, "je ne vous conseille pas de décrier l'astrologie, et vous pourriez trouver des raisons pour la soutenir."

Madame de Clèves comprit bien ce que voulait dire madame
10 la dauphine; mais elle entendait bien aussi que la fortune dont monsieur de Nemours voulait parler n'était pas d'être roi d'Angleterre.

Comme il y avait déjà assez longtemps de la mort de sa mère, il fallait qu'elle commençât à paraître dans le monde, et à faire
15 sa cour comme elle avait accoutumé. Elle voyait monsieur de Nemours chez madame la dauphine, elle le voyait chez monsieur de Clèves, où il venait souvent avec d'autres personnes de qualité de son âge, afin de ne se pas faire remarquer; mais elle ne le voyait plus qu'avec un trouble dont il s'apercevait aisément.

20   Quelque application qu'elle eût[31] à éviter ses regards, et à lui parler moins qu'à un autre, il lui échappait de certaines choses[32] ˙qui partaient d'un premier mouvement,° qui faisaient juger   unintentionally à ce prince qu'il ne lui était pas indifférent. Un homme moins pénétrant° que lui ne s'en fût peut-être pas aperçu; mais il avait   perceptive
25 déjà été aimé tant de fois, qu'il était difficile qu'il ne connût pas quand on l'aimait. Il voyait bien que le chevalier de Guise était son rival, et ce prince connaissait que monsieur de Nemours était le sien. Il était le seul homme de la cour qui eût démêlé cette vérité; son intérêt l'avait rendu plus clairvoyant que les autres; la
30 connaissance qu'ils avaient de leurs sentiments leur donnait une aigreur qui paraissait en toutes choses, sans éclater néanmoins par aucun démêlé; mais ils étaient opposés en tout. Ils étaient toujours de différent parti dans les courses de bague, dans les combats, à la barrière[33] et dans tous les divertissements où le roi

---

31 **Quelque application...** *Whatever effort she made.*
32 **il lui...** *she let certain things slip.*
33 Cave notes that the barrier refers to the wooden fence that separates

s'occupait; et leur émulation était si grande, qu'elle ne se pouvait cacher.

L'affaire d'Angleterre revenait souvent dans l'esprit de madame de Clèves: il lui semblait que monsieur de Nemours ne résisterait
5   point aux conseils du roi et aux instances de Lignerolles. Elle voyait avec peine que ce dernier n'était point encore de retour, et elle l'attendait avec impatience. Si elle eût suivi ses mouvements, elle se serait informée avec soin de l'état de cette affaire, mais le même sentiment qui lui donnait de la curiosité l'obligeait à la
10   cacher, et elle s'enquérait° seulement de la beauté, de l'esprit et   inquired
de l'humeur de la reine Élisabeth. On apporta un de ses portraits chez le roi, qu'elle trouva plus beau qu'elle n'avait envie de le trouver; et elle ne put s'empêcher de dire qu'il était flatté.[34]

"Je ne le crois pas," reprit madame la dauphine, "qui était
15   présente; cette princesse a la réputation d'être belle, et d'avoir un esprit fort au-dessus du commun, et je sais bien qu'on me l'a proposée toute ma vie pour exemple. Elle doit être aimable, si elle ressemble à Anne de Boulen,[35] sa mère. Jamais femme n'a eu tant de charmes et tant d'agrément dans sa personne et dans son
20   humeur. J'ai ouï dire que son visage avait quelque chose de vif et de singulier, et qu'elle n'avait aucune ressemblance avec les autres beautés anglaises."

"Il me semble aussi," reprit madame de Clèves, "que l'on dit qu'elle était née en France."

25   "Ceux qui l'ont cru se sont trompés," répondit madame la dauphine, "et je vais vous conter son histoire en peu de mots."[36]

"Elle était d'une bonne maison d'Angleterre. Henri VIII[37]

---

opponents when jousting (*The Princesse de Clèves* 214).

34 **qu'il était...** *that it must flatter the Queen* (in the sense that the artist has been generous in his portrayal of her).

35 Anne Boleyn (1507-1536) was the second wife of Henry VIII (married in 1533), daughter of Sir Thomas Boleyn and Lady Elizabeth Howard, and mother of Queen Elizabeth I. After failing to produce a male heir, she was charged with and found guilty of incest and adultery. She was executed in 1536.

36 This is the start of the fourth and final digressive episode, which recounts the amorous adventures of the vidame of Chartres.

37 Henry VIII (1491-1547), son of Henry VII and Elisabeth of York

avait été amoureux de sa sœur et de sa mère, et l'on a même
soupçonné qu'elle était sa fille. Elle vint ici avec la sœur de Henri
VII,[38] qui épousa le roi Louis XII.[39] Cette princesse, qui était jeune
et galante, eut beaucoup de peine à quitter la cour de France après
5   la mort de son mari; mais Anne de Boulen, qui avait les mêmes
inclinations que sa maîtresse, ne se put résoudre à en partir. Le
feu roi en était amoureux, et elle demeura fille d'honneur de la
reine Claude.[40] Cette reine mourut, et madame Marguerite sœur
du roi, duchesse d'Alençon, et depuis reine de Navarre, dont vous
10   avez vu les contes,[41] la prit auprès d'elle, et elle prit auprès de cette
princesse les teintures° de la religion nouvelle.[42] Elle retourna   acquaintance
ensuite en Angleterre et y charma tout le monde; elle avait les
manières de France qui plaisent à toutes les nations; elle chantait
bien, elle dansait admirablement; on la mit fille[43] de la reine
15   Catherine d'Aragon,[44] et le roi Henri VIII en devint éperdument

---

(daughter of Edward IV), king of England (1509-1547).

38 There appears to be an error here in the text, one that has been over-
looked by some editors and corrected by others. Henry the VII's sister could
not have married Louis XII. It was Henry VIII's sister, Mary Tudor (1496-
1533), who married Louis XII in 1514. She was his third wife. After his death
in 1515, she returned to England and married the duke of Suffolk.

39 Louis XII (1462-1515), son of Charles d'Orléans and Marie de Clèves.
He became duke of Orléans in 1465, and King of France in 1498.

40 Claude de France (1499-1524), daughter of Louis XII and Anne de
Bretagne. In 1514, she was married to the count of Angoulême, who became
Francis I, king of France, the following year.

41 Marguerite de Navarre (1492-1549), daughter of Charles d'Angoulême and Louise de Savoie, sister of Francis I. She was the author of the *Hepta-
méron* (the stories referred to here), which appeared in 1558, during the time
the story of this novel takes place.

42 Marguerite de Navarre was a patron of Renaissance humanists and religious reformers.

43 **on la...** *she was made a lady-in-waiting.*

44 Catherine d'Aragon (1483-1536), daughter of Ferdinand d'Aragon
and Isabella of Castile. She was first married to Arthur, Prince of Wales. Upon
his death in 1509, she married Prince Henry, the future Henry VIII. She was
his first wife. Their union produced no male heir. Intent on ending their marriage, Henry moved ahead with divorce proceedings in 1533, an act unauthor-
ized by Roman Catholic law. Henry declared himself absolute ruler, rejecting
the notion that he was subject to the Roman Catholic church, thereby launch-

amoureux."

"Le cardinal de Wolsey,[45] son favori et son premier ministre, avait prétendu au pontificat;[46] et mal satisfait de l'Empereur, qui ne l'avait pas soutenu dans cette prétention, il résolut de s'en
5   venger, et d'unir le roi, son maître, à la France. Il mit dans l'esprit de Henri VIII que son mariage avec la tante de l'Empereur[47] était nul, et lui proposa d'épouser la duchesse d'Alençon, dont le mari venait de mourir.[48] Anne de Boulen, qui avait de l'ambition, regarda ce divorce comme un chemin qui la pouvait
10   conduire au trône. Elle commença à donner au roi d'Angleterre des impressions de la religion de Luther,[49] et engagea le feu roi à favoriser à Rome le divorce de Henri, sur l'espérance du mariage de madame d'Alençon. Le cardinal de Wolsey se fit députer[50] en France sur d'autres prétextes, pour traiter° cette affaire; mais   handle
15   son maître ne put se résoudre à souffrir qu'on en fît seulement la proposition et il lui envoya un ordre à Calais, de ne point parler de ce mariage."

"Au retour de France, le cardinal de Wolsey fut reçu avec des honneurs pareils à ceux que l'on rendait au roi même;
20   jamais favori° n'a porté l'orgueil et la vanité à un si haut point. Il   a favorite (of the king)
ménagea° une entrevue entre les deux rois, qui se fit à Boulogne.[51]   arranged

---

ing the process that would eventually lead to England's separation from the Catholic church and the birth of the Church of England.

45 Thomas Wolsey (Volsey) (1475-1530), archbishop of York and Lord Chancellor of England. He became cardinal in 1515.

46 **prétendu au...** *aspired to become pope.*

47 Catherine d'Aragon.

48 Marguerite de Navarre's husband, Charles, duke of Alençon, died in 1525.

49 Lutheranism was a Christian movement in the sixteenth century led by the German theologian Martin Luther (1483-1546), who sparked the reformation of the practices of the Roman Catholic church that led to the foundation of Protestantism. The chief principle of Lutheranism is the doctrine of Justification by Faith (salvation by faith and through God's grace alone).

50 **se fit...** *managed to have himself sent.*

51 This two-and-a-half week diplomatic meeting (June 7–June 24) between Henry VIII and Francis I took place at the Field of the Cloth of Gold in 1520 near Calais. No expense was spared for this retreat; those in attendance enjoyed every entertainment and luxury, including tents made with threads of

François premier donna la main à Henri VIII, qui ne la voulait
point recevoir. Ils se traitèrent tour à tour avec une magnificence
extraordinaire, et se donnèrent des habits° pareils à ceux qu'ils   clothes
avaient fait faire pour eux-mêmes. Je me souviens d'avoir ouï
5   dire que ceux que le feu roi envoya au roi d'Angleterre étaient
de satin cramoisi,° chamarré° en triangle, avec des perles et des   crimson, laid out
diamants, et la robe de velours blanc brodé d'or. Après avoir été
quelques jours à Boulogne, ils allèrent encore à Calais. Anne de
Boulen était logée chez Henri VIII avec le train° d'une reine,   entourage
10 et François premier lui fit les mêmes présents et lui rendit les
mêmes honneurs que si elle l'eût été. Enfin, après une passion de
neuf années, Henry l'épousa sans attendre la dissolution de son
premier mariage, qu'il demandait à Rome depuis longtemps. Le
pape prononça les fulminations° contre lui ˙avec précipitation°   denunciations, without
15 et Henri en fut tellement irrité, qu'il se déclara chef de la religion,   delay
et entraîna toute l'Angleterre dans le malheureux changement où
vous la voyez."⁵²

"Anne de Boulen ne jouit pas longtemps de sa grandeur;
car lorsqu'elle la croyait plus assurée par la mort de Catherine
20 d'Aragon, un jour qu'elle assistait avec toute la cour à des courses
de bague que faisait le vicomte de Rochefort,⁵³ son frère, le roi
en fut frappé d'une telle jalousie, qu'il quitta brusquement le
spectacle, s'en vint à Londres, et laissa ordre d'arrêter° la reine, le   arrest
vicomte de Rochefort et plusieurs autres, qu'il croyait amants ou
25 confidents de cette princesse. Quoique cette jalousie parût née
dans ce moment, il y avait déjà quelque temps qu'elle lui avait été
inspirée par la vicomtesse de Rochefort, qui, ne pouvant souffrir
la liaison étroite de son mari avec la reine, la fit regarder au roi

---

real gold, extravagant feasts, and great chivalric games. Henry VIII sought to
form an alliance with Francis I at this meeting, but his efforts proved fruitless,
and less than one month later, he joined forces with Charles V.

52 Henry declared himself supreme head of the Church of England. His
opposition to the papacy brought about political and religious strife within
the country of England. It was not until the Roman Catholic Queen Mary's
protestant half-sister Elizabeth I acceded to the throne in 1558 that the Protestant Reformation firmly took root and gained the support of the state.

53 George Boleyn, who was accused of being his sister Anne Boleyn's
lover. See note 35 page 69. He was executed with his sister in 1536.

comme une amitié criminelle; en sorte que ce prince, qui d'ailleurs
était amoureux de Jeanne Seymour,[54] ne songea qu'à ˙se défaire°   get rid of
d'Anne de Boulen. En moins de trois semaines, il fit faire le procès
à cette reine et à son frère, leur fit couper la tête, et épousa Jeanne
5   Seymour. Il eut ensuite plusieurs femmes, qu'il répudia, ou qu'il
fit mourir, et entre autres Catherine Howard,[55] dont la comtesse
de Rochefort était confidente, et qui eut la tête coupée avec elle.
Elle fut ainsi punie des crimes qu'elle avait supposés à[56] Anne
de Boulen, et Henri VIII mourut étant devenu d'une grosseur
10 prodigieuse."[57]

     Toutes les dames, qui étaient présentes au récit de madame
la dauphine, la remercièrent de les avoir si bien instruites de la
cour d'Angleterre, et entre autres madame de Clèves, qui ne put
s'empêcher de lui faire encore plusieurs questions sur la reine
15 Élisabeth.

     La reine dauphine faisait faire des portraits en petit de toutes
les belles personnes de la cour, pour les envoyer à la reine sa mère.[58]
Le jour qu'on achevait° celui de madame de Clèves, madame   was finishing
la dauphine vint passer l'après-dînée° chez elle. Monsieur de   afternoon
20 Nemours ne manqua pas de s'y trouver; il ne laissait échapper
aucune occasion de voir madame de Clèves, sans laisser paraître
néanmoins qu'il les cherchât. Elle était si belle, ce jour-là, qu'il
en serait devenu amoureux quand il ne l'aurait pas été. Il n'osait
pourtant avoir les yeux attachés sur elle pendant qu'on la peignait,
25 et il craignait de laisser trop voir le plaisir qu'il avait à la regarder.

     Madame la dauphine demanda à monsieur de Clèves un petit

---

54 Jane Seymour (1509-1537), daughter of John Seymour, Chambellan
of Henry VIII and Margaret Wentworth. She was lady-in-waiting to Henry
VIII's first two wives, Anne Boleyn and Catherine d'Aragon. On May 20,
1536, just eleven days after the beheading of his second wife, Anne, she became the third wife of Henry VIII. She produced his only male heir (Edward
VI) and died soon after of puerperal fever.

55 Catherine Howard (1520-1542), fifth wife of Henry VIII. She was beheaded in 1542.

56 **qu'elle avait...** *of which she had falsely accused.*

57 **étant devenu...** *having grown prodigiously fat.*

58 Marie de Guise (1515-1560), the widow of James V of Scotland. She
became regent at the time of her husband's death in 1542.

portrait qu'il avait de sa femme, pour le voir auprès de celui que l'on
achevait; tout le monde ˙dit son sentiment° de l'un et de l'autre, et   offered an opinion
madame de Clèves ordonna au peintre de raccommoder° quelque   correct
chose à la coiffure de celui que l'on venait d'apporter. Le peintre,
5 pour lui obéir, ôta° le portrait de la boîte où il était, et, après y   took
avoir travaillé, il le remit sur la table.

Il y avait longtemps que monsieur de Nemours souhaitait
d'avoir le portrait de madame de Clèves. Lorsqu'il vit celui qui
était à monsieur de Clèves, il ne put résister à l'envie de le dérober°   steal
10 à un mari qu'il croyait tendrement aimé; et il pensa que, parmi
tant de personnes qui étaient dans ce même lieu, il ne serait pas
soupçonné plutôt qu'un autre.

Madame la dauphine était assise sur le lit, et parlait bas à
madame de Clèves, qui était debout devant elle. Madame de
15 Clèves aperçut, par un des rideaux qui n'était qu'à demi fermé,
monsieur de Nemours, le dos contre la table, qui était au pied
du lit, et elle vit que, sans tourner la tête, il prenait adroitement
quelque chose sur cette table. Elle n'eut pas de peine à deviner
que c'était son portrait, et elle en fut si troublée, que madame la
20 dauphine remarqua qu'elle ne l'écoutait pas, et lui demanda tout
haut ce qu'elle regardait. Monsieur de Nemours se tourna à ces
paroles; il rencontra les yeux de madame de Clèves, qui étaient
encore attachés sur lui, et il pensa qu'il n'était pas impossible
qu'elle eût vu ce qu'il venait de faire.

25 Madame de Clèves n'était pas peu embarrassée. La raison
voulait qu'elle demandât son portrait; mais en le demandant
publiquement, c'était apprendre à tout le monde les sentiments
que ce prince avait pour elle, et en le lui demandant ˙en particulier,°   privately
c'était quasi l'engager à lui parler de sa passion. Enfin elle jugea
30 qu'il valait mieux le lui laisser, et elle fut bien aise° de lui accorder   happy
une faveur qu'elle lui pouvait faire, sans qu'il sût même qu'elle la
lui faisait. Monsieur de Nemours, qui remarquait son embarras,
et qui en devinait quasi la cause s'approcha d'elle, et lui dit tout
bas:

35 "Si vous avez vu ce que j'ai osé faire, ayez la bonté, Madame,
de me laisser croire que vous l'ignorez, je n'ose vous en demander
davantage. Et il se retira après ces paroles, et n'attendit point sa

réponse."

Madame la dauphine sortit pour s'aller promener, suivie de toutes les dames, et monsieur de Nemours alla se renfermer chez lui, ne pouvant soutenir en public la joie d'avoir un portrait de madame de Clèves. Il sentait tout ce que la passion peut faire sentir de plus agréable; il aimait la plus aimable personne de la cour, il s'en faisait aimer malgré elle, et il voyait dans toutes ses actions cette sorte de trouble et d'embarras que cause l'amour dans l'innocence de la première jeunesse.

Le soir, on chercha ce portrait avec beaucoup de soin; comme on trouvait la boîte où il devait être, l'on ne soupçonna point qu'il eût été dérobé, et l'on crut qu'il était tombé par hasard. Monsieur de Clèves était affligé de cette perte, et, après qu'on eut encore cherché inutilement, il dit à sa femme, mais d'une manière qui faisait voir qu'il ne le pensait pas, qu'elle avait sans doute quelque amant caché, à qui elle avait donné ce portrait, ou qui l'avait dérobé, et qu'un autre qu'un amant ne se serait pas contenté de la peinture sans la boîte.

Ces paroles, quoique dites en riant, firent une vive impression dans l'esprit de madame de Clèves. Elles lui donnèrent des remords; elle fit réflexion à la violence de l'inclination qui l'entraînait vers monsieur de Nemours; elle trouva qu'elle n'était plus maîtresse de ses paroles et de son visage; elle pensa que Lignerolles était revenu; qu'elle ne craignait plus l'affaire d'Angleterre; qu'elle n'avait plus de soupçons sur madame la dauphine; qu'enfin il n'y avait plus rien qui la pût défendre, et qu'il n'y avait de sûreté pour elle qu'en s'éloignant. Mais comme elle n'était pas maîtresse de s'éloigner, elle se trouvait dans une grande extrémité et prête à tomber dans ce qui lui paraissait le plus grand des malheurs, qui était de laisser voir à monsieur de Nemours l'inclination qu'elle avait pour lui. Elle se souvenait de tout ce que madame de Chartres lui avait dit en mourant, et des conseils qu'elle lui avait donnés de prendre toutes sortes de partis, quelque difficiles qu'ils pussent être, plutôt que de s'embarquer dans une galanterie. Ce que monsieur de Clèves lui avait dit sur la sincérité, en parlant de madame de Tournon, lui revint dans l'esprit; il lui sembla qu'elle lui devait avouer l'inclination qu'elle avait pour monsieur de Nemours. Cette pensée l'occupa longtemps; ensuite elle fut étonnée de l'avoir eue, elle y trouva de la folie, et retomba dans l'embarras° de ne savoir quel parti prendre.   quandary

5   La paix était signée;[59] madame Élisabeth, après beaucoup de répugnance, s'était résolue à obéir au roi son père.[60] Le duc d'Albe avait été nommé pour venir l'épouser au nom du roi catholique,[61] et il devait bientôt arriver. L'on attendait le duc de Savoie, qui venait épouser Madame, sœur du roi, et dont les noces se devaient faire en même temps. Le roi ne songeait qu'à rendre ces noces célèbres par des divertissements où il pût faire paraître l'adresse et la magnificence de sa cour. On proposa tout ce qui se pouvait faire de plus grand pour des ballets et des comédies, mais le roi trouva ces divertissements trop particuliers,° et il en   inadequate voulut d'un plus grand éclat. Il résolut de faire un tournoi,° où les   tournament étrangers seraient reçus, et dont le peuple pourrait être spectateur. Tous les princes et les jeunes seigneurs entrèrent avec joie dans le dessein du roi, et surtout le duc de Ferrare, monsieur de Guise, et monsieur de Nemours, qui surpassaient tous les autres dans ces sortes d'exercices. Le roi les choisit pour être avec lui les quatre tenants° du tournoi.   champions

L'on fit publier par tout le royaume, qu'en la ville de Paris le pas était ouvert[62] au quinzième juin, par Sa Majesté Très Chrétienne, et par les princes Alphonse d'Este, duc de Ferrare, François de Lorraine, duc de Guise, et Jacques de Savoie, duc de Nemours pour être tenu contre tous venants:[63] à commencer le premier combat à cheval en lice,[64] en ˙double pièce,° quatre coups de lance   double armor et un pour les dames; le deuxième combat, à coups d'épée, un à un, ou deux à deux, à la volonté des maîtres du camp; le troisième combat à pied, trois coups de pique° et six coups d'épée; que les   pike

30

---

59 See *Première Partie*, note 129, page 43.

60 i.e. She agreed to marry Philip II.

61 The duke of Alva was sent to marry her by proxy, which was how royal marriages were often handled.

62 **le pas...** *the tournament would open.*

63 **pour être...** *would challenge all comers.*

64 **en lice** *in the lists* (high fence of stakes enclosing an area for a tournament).

tenants fourniraient de lances, d'épées et de piques, au choix des
assaillants; et que, si en courant on donnait au cheval,[65] on serait
mis hors des rangs; qu'il y aurait quatre maîtres de camp pour
donner les ordres, et que ceux des assaillants qui auraient le plus
5   rompu[66] et le mieux fait, auraient un prix dont la valeur serait
à la discrétion des juges; que tous les assaillants, tant français
qu'étrangers, seraient tenus de venir toucher à l'un des écus° qui   shields
seraient pendus° ˙au perron° au bout de la lice, ou à plusieurs,   hung, on the steps
selon leur choix; que là ils trouveraient un officier d'armes, qui
10   les recevrait pour les enrôler° selon leur rang et selon les écus   enroll
qu'ils auraient touchés; que les assaillants seraient tenus de faire
apporter par un gentilhomme leur écu, avec leurs armes, pour le
pendre au perron trois jours avant le commencement du tournoi;
qu'autrement, ils n'y seraient point reçus ˙sans le congé° des   without the permission
15   tenants. On fit faire une grande lice proche de la Bastille, qui venait
du château des Tournelles, qui traversait la rue Saint-Antoine, et
qui ˙allait se rendre aux écuries° royales. Il y avait des deux côtés   stretched to the stables
des échafauds° et des amphithéâtres, avec des loges couvertes, qui   tiered wooden benches
formaient des espèces de galeries qui faisaient un très bel effet à
20   la vue, et qui pouvaient contenir un nombre infini de personnes.
Tous les princes et seigneurs ne furent plus occupés que du soin
d'ordonner ce qui leur était nécessaire pour paraître avec éclat,
et pour mêler dans leurs chiffres, ou dans leurs devises,[67] quelque
chose de galant qui eût rapport aux personnes qu'ils aimaient.
25   Peu de jours avant l'arrivée du duc d'Albe, le roi fit une partie
de paume avec monsieur de Nemours, le chevalier de Guise, et
le vidame de Chartres. Les reines les allèrent voir jouer, suivies
de toutes les dames, et entre autres de madame de Clèves. Après
que la partie fut finie, comme l'on sortait du jeu de paume,
30   Châtelart s'approcha de la reine dauphine, et lui dit que le hasard
lui venait de mettre entre les mains une lettre de galanterie qui
était tombée de la poche de monsieur de Nemours. Cette reine,
qui avait toujours de la curiosité pour ce qui regardait ce prince,
dit à Châtelart de la lui donner, elle la prit, et suivit la reine sa

---

65 **donnait au...** *struck the horse* (of the opponent).
66 **auraient le...** *would have broken the most weapons.*
67 **pour mêler...** *to encode into their monograms and mottos.*

belle-mère, qui s'en allait avec le roi voir travailler à la lice. Après que l'on y eût été quelque temps, le roi fit amener des chevaux qu'il avait fait venir depuis peu. Quoiqu'ils ne fussent pas encore dressés, il les voulut monter, et en fit donner à tous ceux qui l'avaient suivi. Le roi et monsieur de Nemours se trouvèrent sur les plus fougueux; ces chevaux se voulurent jeter l'un à l'autre. Monsieur de Nemours, par la crainte de blesser le roi, recula brusquement, et porta son cheval contre un pilier° du manège,° pillar, riding ring avec tant de violence, que la secousse le fit chanceler.[68] On courut à lui, et on le crut considérablement blessé. Madame de Clèves le crut encore plus blessé que les autres. L'intérêt qu'elle y prenait lui donna une appréhension et un trouble qu'elle ne songea pas à cacher; elle s'approcha de lui avec les reines, et avec un visage si changé, qu'un homme moins intéressé que le chevalier de Guise s'en fût aperçu: aussi le remarqua-t-il aisément, et il eut bien plus d'attention à l'état où était madame de Clèves qu'à celui où était monsieur de Nemours. Le coup que ce prince s'était donné lui causa un si grand éblouissement, qu'il demeura quelque temps la tête penchée sur ceux qui le soutenaient. Quand il la releva, il vit d'abord madame de Clèves; il connut sur son visage la pitié qu'elle avait de lui, et il la regarda d'une sorte qui pût lui faire juger combien il en était touché. Il fit ensuite des remerciements aux reines de la bonté qu'elles lui témoignaient, et des excuses de l'état où il avait été devant elles. Le roi lui ordonna de s'aller reposer.

Madame de Clèves, après s'être remise de la frayeur° qu'elle fright avait eue, fit bientôt réflexion aux marques qu'elle en avait données. Le chevalier de Guise ne la laissa pas longtemps dans l'espérance que personne ne s'en serait aperçu; il lui donna la main pour la conduire hors de la lice.

"Je suis plus à plaindre que monsieur de Nemours. Madame," lui dit-il. "Pardonnez-moi si je sors de ce profond respect que j'ai toujours eu pour vous, et si je vous fais paraître la vive douleur que je sens de ce que je viens de voir: c'est la première fois que j'ai été assez hardi pour vous parler, et ce sera aussi la dernière.

---

68 **la secousse...** *the shock threw him off balance.*

La mort, ou du moins un éloignement° éternel, m'ôteront d'un   exile
lieu où je ne puis plus vivre, puisque je viens de perdre la triste
consolation de croire que tous ceux qui osent vous regarder sont
aussi malheureux que moi."

5   Madame de Clèves ne répondit que quelques paroles mal
arrangées, comme si elle n'eût pas entendu ce que signifiaient
celles du chevalier de Guise. Dans un autre temps elle aurait été
offensée qu'il lui eût parlé des sentiments qu'il avait pour elle;
mais dans ce moment elle ne sentit que l'affliction de voir qu'il
10 s'était aperçu de ceux qu'elle avait pour monsieur de Nemours.
Le chevalier de Guise en fut si convaincu et si pénétré de douleur
que, dès ce jour, il prit la résolution de ne penser jamais à être
aimé de madame de Clèves. Mais pour quitter cette entreprise
qui lui avait paru si difficile et si glorieuse, il en fallait quelque
15 autre dont la grandeur pût l'occuper. Il se mit dans l'esprit de
prendre Rhodes,[69] dont il avait déjà eu quelque pensée; et quand
la mort l'ôta du monde dans la fleur de sa jeunesse, et dans le
temps qu'il avait acquis la réputation d'un des plus grands princes
de son siècle, le seul regret qu'il témoigna de quitter la vie fut de
20 n'avoir pu exécuter une si belle résolution, dont il croyait le succès
infaillible par tous les soins qu'il en avait pris.

    Madame de Clèves, en sortant de la lice, alla chez la reine,
l'esprit bien occupé de ce qui s'était passé. Monsieur de Nemours
y vint peu de temps après, habillé magnifiquement et comme un
25 homme qui ne se sentait pas de l'accident qui lui était arrivé. Il
paraissait même plus gai que de coutume; et la joie de ce qu'il
croyait avoir vu lui donnait un air qui augmentait encore son
agrément. Tout le monde fut surpris lorsqu'il entra, et il n'y eut
personne qui ne lui demandât de ses nouvelles, excepté madame
30 de Clèves, qui demeura auprès de la cheminée sans faire semblant
de le voir. Le roi sortit d'un cabinet où il était et, le voyant parmi
les autres, il l'appela pour lui parler de son aventure. Monsieur de

---

69 In 1523, the Greek island of Rhodes fell to the Ottoman Turks after
a siege during which tens of thousands of Christian defenders and Turkish
besiegers died. The chevalier of Guise (see note 21, page 7) did eventually go
there on an expedition in 1557, taking part in a naval battle against the Turks
(during which the Christians were again defeated).

Nemours passa auprès de madame de Clèves et lui dit tout bas:

"J'ai reçu aujourd'hui des marques de votre pitié, Madame; mais ce n'est pas de celles dont je suis le plus digne."

Madame de Clèves s'était bien doutée que ce prince s'était
5   aperçu de la sensibilité qu'elle avait eue pour lui, et ses paroles lui firent voir qu'elle ne s'était pas trompée. Ce lui était une grande douleur, de voir qu'elle n'était plus maîtresse de cacher ses sentiments, et de les avoir laissé paraître au chevalier de Guise. Elle en avait aussi beaucoup que monsieur de Nemours les
10   connût; mais cette dernière douleur n'était pas si entière, et elle était mêlée de quelque sorte de douceur.

La reine dauphine, qui avait une extrême impatience de savoir ce qu'il y avait dans la lettre que Châtelart lui avait donnée, s'approcha de madame de Clèves:

15   "Allez lire cette lettre," lui dit-elle. "Elle s'adresse à monsieur de Nemours, et, selon les apparences, elle est de cette maîtresse pour qui il a quitté toutes les autres. Si vous ne la pouvez lire présentement, gardez-la; venez ce soir à mon coucher pour me la rendre, et pour me dire si vous en connaissez l'écriture."

20   Madame la dauphine quitta madame de Clèves après ces paroles, et la laissa si étonnée et dans un si grand saisissement,°   shock qu'elle fut quelque temps sans pouvoir sortir de sa place. L'impatience et le trouble où elle était ne lui permirent pas de demeurer chez la reine; elle s'en alla chez elle; quoiqu'il ne fût pas
25   l'heure où elle avait accoutumé de se retirer. Elle tenait cette lettre avec une main tremblante; ses pensées étaient si confuses, qu'elle n'en avait aucune distincte, et elle se trouvait dans une sorte de douleur insupportable, qu'elle ne connaissait point, et qu'elle n'avait jamais sentie. Sitôt qu'elle fut dans son cabinet, elle ouvrit
30   cette lettre, et la trouva telle:

Lettre

Je vous ai trop aimé pour vous laisser croire que le change-
ment qui vous paraît en moi soit un effet de ma légèreté;° je   fickleness
veux vous apprendre que votre infidélité en est la cause. Vous
êtes bien surpris que je vous parle de votre infidélité; vous me
l'aviez cachée avec tant d'adresse, et j'ai pris tant de soin de
vous cacher que je la savais, que vous avez raison d'être étonné
qu'elle me soit connue. Je suis surprise moi-même, que j'aie
pu ne vous en rien faire paraître. Jamais douleur n'a été pareille à la mienne. Je croyais que vous aviez pour moi une passion violente; je ne vous cachais plus celle que j'avais pour
vous, et dans le temps que je vous la laissais voir tout entière,
j'appris que vous me trompiez, que vous en aimiez une autre,
et que, selon toutes les apparences, vous me sacrifiez à cette
nouvelle maîtresse. Je le sus le jour de la course de bague;
c'est ce qui fit que je n'y allais point. Je feignis° d'être malade   pretended
pour cacher le désordre de mon esprit; mais je le devins en
effet, et mon corps ne put supporter une si violente agitation.
Quand je commençai à me porter mieux, je feignis encore
d'être fort mal, afin d'avoir un prétexte de ne vous point voir
et de ne vous point écrire. Je voulus avoir du temps pour ré-
soudre ˙de quelle sorte j'en devais user avec vous;° je pris et   how I should treat you
je quittai vingt fois les mêmes résolutions; mais enfin je vous
trouvai indigne de voir ma douleur, et je résolus de ne vous
la point faire paraître. Je voulus blesser votre orgueil, en vous
faisant voir que ma passion s'affaiblissait° d'elle-même. Je crus   was weakening
diminuer par là le prix du sacrifice que vous en faisiez; je ne
voulus pas que vous eussiez le plaisir de montrer combien je
vous aimais pour en paraître plus aimable. Je résolus de vous
écrire des lettres tièdes° et languissantes,° pour jeter dans   half-hearted, languid
l'esprit de celle à qui vous les donniez, que l'on cessait de vous
aimer. Je ne voulus pas qu'elle eut le plaisir d'apprendre que
je savais qu'elle triomphait de moi, ni augmenter son triom-
phe par mon désespoir et par mes reproches. Je pensais que
je ne vous punirais pas assez en rompant avec vous, et que je
ne vous donnerais qu'une légère douleur si je cessais de vous

aimer lorsque vous ne m'aimiez plus. Je trouvai qu'il fallait que vous m'aimassiez pour sentir le mal de n'être point aimé, que j'éprouvais si cruellement. Je crus que si quelque chose pouvait rallumer les sentiments que vous aviez eus pour moi, c'était de vous faire voir que les miens étaient changés; mais de vous le faire voir en feignant de vous le cacher, et comme si je n'eusse pas eu la force de vous l'avouer. Je m'arrêtai à cette résolution; mais qu'elle me fut difficile à prendre, et qu'en vous revoyant elle me parut impossible à exécuter! Je fus prête cent fois à éclater par mes reproches et par mes pleurs; l'état où j'étais encore par ma santé me servit à vous déguiser mon trouble et mon affliction. Je fus soutenue ensuite par le plaisir de dissimuler avec vous, comme vous dissimuliez avec moi; néanmoins, je me faisais une si grande violence pour vous dire et pour vous écrire que je vous aimais, que vous vîtes plus tôt que je n'avais eu dessein de vous laisser voir, que mes sentiments étaient changés. Vous en fûtes blessé; vous vous en plaignîtes. Je tâchais de vous rassurer; mais c'était d'une manière si forcée, que vous en étiez encore mieux persuadé que je ne vous aimais plus. Enfin, je fis tout ce que j'avais eu intention de faire. La bizarrerie° de votre cœur vous fit reve- [capriciousness] nir vers moi, à mesure que vous voyiez que je m'éloignais de vous. J'ai joui de tout le plaisir que peut donner la vengeance; il m'a paru que vous m'aimiez mieux que vous n'aviez jamais fait, et je vous ai fait voir que je ne vous aimais plus. J'ai eu lieu de croire que vous aviez entièrement abandonné celle pour qui vous m'aviez quittée. J'ai eu aussi des raisons pour être persuadée que vous ne lui aviez jamais parlé de moi; mais votre retour et votre discrétion n'ont pu réparer votre légèreté. Votre cœur a été partagé entre moi et une autre, vous m'avez trompée; cela suffit pour m'ôter le plaisir d'être aimée de vous, comme je croyais mériter de l'être, et pour me laisser dans cette résolution que j'ai prise de ne vous voir jamais, et dont vous êtes si surpris.

Madame de Clèves lut cette lettre et la relut plusieurs fois, sans savoir néanmoins ce qu'elle avait lu. Elle voyait seulement que monsieur de Nemours ne l'aimait pas comme elle l'avait pensé, et qu'il en aimait d'autres qu'il trompait comme elle. Quelle vue et quelle connaissance[70] pour une personne de son humeur, qui avait une passion violente, qui venait d'en donner des marques à un homme qu'elle en jugeait indigne, et à un autre qu'elle maltraitait pour l'amour de lui! Jamais affliction n'a été si piquante et si vive: il lui semblait que ce qui faisait l'aigreur de cette affliction était ce qui s'était passé dans cette journée, et que, si monsieur de Nemours n'eût point eu lieu de croire qu'elle l'aimait, elle ne se fût pas souciée qu'il en eût aimé une autre. Mais elle se trompait elle-même; et ce mal qu'elle trouvait si insupportable était la jalousie avec toutes les horreurs dont elle peut être accompagnée. Elle voyait par cette lettre que monsieur de Nemours avait une galanterie depuis longtemps. Elle trouvait que celle qui avait écrit la lettre avait de l'esprit et du mérite; elle lui paraissait digne d'être aimée; elle lui trouvait plus de courage qu'elle ne s'en trouvait à elle-même, et elle enviait la force qu'elle avait eue de cacher ses sentiments à monsieur de Nemours. Elle voyait, par la fin de la lettre, que cette personne se croyait aimée; elle pensait que la discrétion que ce prince lui avait fait paraître, et dont elle avait été si touchée, n'était peut-être que l'effet de la passion qu'il avait pour cette autre personne, à qui il craignait de déplaire. Enfin elle pensait tout ce qui pouvait augmenter son affliction et son désespoir. Quels retours ne fit-elle point sur elle-même! quelles réflexions sur les conseils que sa mère lui avait donnés! Combien se repentit-elle de ne s'être pas opiniâtrée[71] à se séparer du commerce du monde, malgré monsieur de Clèves, ou de n'avoir pas suivi la pensée qu'elle avait eue de lui avouer l'inclination qu'elle avait pour monsieur de Nemours! Elle trouvait qu'elle aurait mieux fait de la découvrir à un mari dont elle connaissait la bonté, et qui aurait eu intérêt à la cacher, que de la laisser voir à un homme qui en était indigne, qui la trompait, qui la sacrifiait peut-être, et qui ne pensait à être aimé d'elle que par un sentiment d'orgueil et de vanité. Enfin, elle trouva que

---

70 **Quelle vue...** *What a thing to see and know*
71 **ne s'être...** *not to have persisted.*

tous les maux qui lui pouvaient arriver, et toutes les extrémités où
elle se pouvait porter, étaient ˙moindres que° d'avoir laissé voir   nothing compared to
à monsieur de Nemours qu'elle l'aimait, et de connaître qu'il en
aimait une autre. Tout ce qui la consolait était de penser au moins,
5   qu'après cette connaissance, elle n'avait plus rien à craindre d'elle-
même, et qu'elle serait entièrement guérie de l'inclination qu'elle
avait pour ce prince.

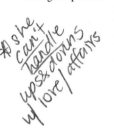

Elle ne pensa guère à l'ordre que madame la dauphine lui avait
donné de se trouver à son coucher;[72] elle se mit au lit et feignit de
10   se trouver mal, en sorte que quand monsieur de Clèves revint de
chez le roi, on lui dit qu'elle était endormie; mais elle était bien
éloignée de la tranquillité qui conduit au sommeil. Elle passa la
nuit sans faire autre chose que s'affliger et relire la lettre qu'elle
avait entre les mains.

15   Madame de Clèves n'était pas la seule personne dont cette
lettre troublait le repos.[73] Le vidame de Chartres, qui l'avait
perdue, et non pas monsieur de Nemours, en était dans une
extrême inquiétude; il avait passé tout le soir chez monsieur de
Guise, qui avait donné un grand souper au duc de Ferrare, son
20   beau-frère, et à toute la jeunesse de la cour. Le hasard fit qu'en
soupant on parla de jolies lettres. Le vidame de Chartres dit qu'il
en avait une sur lui, plus jolie que toutes celles qui avaient jamais
été écrites. On le pressa de la montrer: il s'en défendit. Monsieur
de Nemours lui soutint qu'il n'en avait point,[74] et qu'il ne parlait
25   que par vanité. Le vidame lui répondit qu'il poussait sa discrétion
à bout, que néanmoins il ne montrerait pas la lettre; mais qu'il
en lirait quelques endroits, qui feraient juger que peu d'hommes
en recevaient de pareilles. En même temps, il voulut prendre
cette lettre, et ne la trouva point; il la chercha inutilement, on
30   lui en fit la guerre; mais il parut si inquiet, que l'on cessa de lui
en parler. Il se retira plus tôt que les autres, et s'en alla chez lui
avec impatience, pour voir s'il n'y avait point laissé la lettre qui
lui manquait. Comme il la cherchait encore, un premier valet de
chambre de la reine le vint trouver, pour lui dire que la vicomtesse

---

72 **se trouvait...** *to visit her at her bedtime.*
73 The term ***repos*** denotes a tranquillity of spirit.
74 **soutint qu'il...** *maintained that he did not have such a letter.*

d'Uzès[75] avait cru nécessaire de l'avertir en diligence, que l'on avait
dit chez la reine qu'il était tombé une lettre de galanterie de sa
poche pendant qu'il était au jeu de paume; que l'on avait raconté
une grande partie de ce qui était dans la lettre; que la reine avait
témoigné beaucoup de curiosité de la voir; qu'elle l'avait envoyé
demander à un de ses gentilshommes servants, mais qu'il avait
répondu qu'il l'avait laissée entre les mains de Châtelart.

Le premier valet de chambre dit encore beaucoup d'autres
choses au vidame de Chartres, qui achevèrent de lui donner
un grand trouble. Il sortit à l'heure même pour aller chez un
gentilhomme qui était ami intime de Châtelart; il le fit lever,
quoique l'heure fût extraordinaire, pour aller demander cette
lettre, sans dire qui était celui qui la demandait, et qui l'avait
perdue. Châtelart, qui avait l'esprit prévenu° qu'elle était à   had already decided
monsieur de Nemours, et que ce prince était amoureux de
madame la dauphine, ne douta point que ce ne fût lui qui la faisait
redemander. Il répondit avec une maligne° joie, qu'il avait remis   malicious
la lettre entre les mains de la reine dauphine. Le gentilhomme
vint faire cette réponse au vidame de Chartres. Elle augmenta
l'inquiétude qu'il avait déjà, et y en joignit encore de nouvelles;
après avoir été longtemps irrésolu sur ce qu'il devait faire, il trouva
qu'il n'y avait que monsieur de Nemours qui pût lui aider à sortir
de l'embarras où il était.

Il s'en alla chez lui, et entra dans sa chambre que le jour ne
commençait qu'à paraître. Ce prince dormait d'un sommeil
tranquille; ce qu'il avait vu, le jour précédent, de madame de
Clèves, ne lui avait donné que des idées agréables. Il fut bien
surpris de se voir éveillé par le vidame de Chartres; et il lui
demanda si c'était pour se venger de ce qu'il lui avait dit pendant
le souper, qu'il venait troubler son repos. Le vidame lui fit bien
juger par son visage, qu'il n'y avait rien que de sérieux au sujet qui
l'amenait.

"Je viens vous confier la plus importante affaire de ma vie," lui
dit-il. "Je sais bien que vous ne m'en devez pas être obligé, puisque

---

75 Louise de Clermont-Tallard (1504-1596), countess of Tonnerne. Her
first marriage was to François du Bellay, prince of Yvetot. In 1556, she married
Antoine de Crussol, viscount and then duke of Uzès, in 1565.

c'est dans un temps où j'ai besoin de votre secours; mais je sais bien
aussi que j'aurais perdu de votre estime, si je vous avais appris tout
ce que je vais vous dire, sans que la nécessité m'y eût contraint. J'ai
laissé tomber cette lettre dont je parlais hier au soir; il m'est d'une
conséquence extrême, que personne ne sache qu'elle s'adresse à
moi. Elle a été vue de beaucoup de gens qui étaient dans le jeu de
paume où elle tomba hier; vous y étiez aussi et je vous demande
en grâce, de vouloir bien dire que c'est vous qui l'avez perdue."

"Il faut que vous croyiez que je n'ai point de maîtresse," reprit
monsieur de Nemours en souriant, "pour me faire une pareille
proposition, et pour vous imaginer qu'il n'y ait personne avec qui
je me puisse brouiller° en laissant croire que je reçois de pareilles   quarrel
lettres."

"Je vous prie," dit le vidame, "écoutez-moi sérieusement. Si
vous avez une maîtresse, comme je n'en doute point, quoique
je ne sache pas qui elle est, il vous sera aisé de vous justifier, et
je vous en donnerai les moyens infaillibles; quand vous ne vous
justifieriez pas auprès d'elle, il ne vous en peut coûter que d'être
brouillé pour quelques moments. Mais moi, par cette aventure,
je déshonore une personne qui m'a passionnément aimé, et qui
est une des plus estimables femmes du monde; et d'un autre côté,
je m'attire^{76} une haine implacable, qui me coûtera ma fortune, et
peut-être quelque chose de plus."

"Je ne puis entendre tout ce que vous me dites répondit
monsieur de Nemours; mais vous me faites entrevoir que les
bruits qui ont couru^{77} de l'intérêt qu'une grande princesse prenait
à vous ne sont pas entièrement faux."

"Ils ne le sont pas aussi,"° repartit le vidame de Chartres, "et   indeed
plût à Dieu qu'ils le fussent: je ne me trouverais pas dans l'embarras
où je me trouve; mais il faut vous raconter tout ce qui s'est passé,
pour vous faire voir tout ce que j'ai à craindre."

"Depuis que je suis à la cour, la reine m'a toujours traité avec
beaucoup de distinction et d'agrément, et j'avais eu lieu de croire
qu'elle avait de la bonté pour moi; néanmoins, il n'y avait rien de

---

76 **je m'attire** *I will bring upon myself.*
77 **vous me...** *you are suggesting that the rumors going around.*

particulier, et je n'avais jamais songé à avoir d'autres sentiments pour elle que ceux du reſpect. J'étais même fort amoureux de madame de Thémines;[78] il eſt aisé de juger en la voyant, qu'on peut avoir beaucoup d'amour pour elle quand on en eſt aimé; et je l'étais. Il y a près de deux ans que, comme la cour était à Fontainebleau,[79] je me trouvai deux ou trois fois en conversation avec la reine, à des heures où il y avait très peu de monde. Il me parut que mon eſprit lui plaisait, et qu'elle entrait dans tout ce que je disais. Un jour entre autres, on se mit à parler de la confiance. Je dis qu'il n'y avait personne en qui j'en eusse une entière; que je trouvais que l'on se repentait toujours d'en avoir, et que je savais beaucoup de choses dont je n'avais jamais parlé. La reine me dit qu'elle m'en eſtimait davantage, qu'elle n'avait trouvé personne en France qui eût du secret, et que c'était ce qui l'avait le plus embarrassée, parce que cela lui avait ôté le plaisir de donner sa confiance; que c'était une chose nécessaire dans la vie, que d'avoir quelqu'un à qui on pût parler, et surtout pour les personnes de son rang. Les jours suivants, elle reprit encore plusieurs fois la même conversation; elle m'apprit même des choses assez particulières qui se passaient. Enfin, il me sembla qu'elle souhaitait de s'assurer de mon secret, et qu'elle avait envie de me confier les siens. Cette pensée m'attacha à elle, je fus touché de cette diſtinction, et je lui fis ma cour avec beaucoup plus d'assiduité que je n'avais accoutumé."

"Un soir que le roi et toutes les dames s'étaient allés promener à cheval dans la forêt, où elle n'avait pas voulu aller parce qu'elle s'était trouvée un peu mal, je demeurai auprès d'elle; elle descendit au bord de l'étang,° et quitta la main° de ses écuyers pour marcher avec plus de liberté. Après qu'elle eut fait quelques tours, elle s'approcha de moi, et m'ordonna de la suivre. 'Je veux vous parler,' me dit-elle, 'et vous verrez par ce que je veux vous dire, que je suis de vos amies.' Elle s'arrêta à ces paroles, et me regardant fixement: 'Vous êtes amoureux,' continua-t-elle, 'et parce que vous ne vous fiez peut-être à personne, vous croyez que votre amour n'eſt pas su; mais il eſt connu, et même des personnes intéressées. On

pond, dismissed

---

78 Anne de Puymisson, wife of Jean de Lauzières de Thémines.
79 The Royal Château of Fontainebleau is another medieval structure that was rebuilt and renovated under Francis I.

vous observe, on sait les lieux où vous voyez votre maîtresse, on a dessein de vous y surprendre. Je ne sais qui elle est; je ne vous le demande point, et je veux seulement vous garantir des malheurs où vous pouvez tomber.' Voyez, je vous prie, quel piège° me tendait   trap
5   la reine, et combien il était difficile de n'y pas tomber. Elle voulait savoir si j'étais amoureux; et en ne me demandant point de qui je l'étais, et en ne me laissant voir que la seule intention de me faire plaisir, elle m'ôtait la pensée qu'elle me parlât par curiosité ou par dessein."

10   "Cependant, contre toutes sortes d'apparences, je démêlai la vérité. J'étais amoureux de madame de Thémines; mais quoiqu'elle m'aimât, je n'étais pas assez heureux° pour avoir des   fortunate
lieux particuliers° à la voir, et pour craindre d'y être surpris; et   any private place
ainsi je vis bien que ce ne pouvait être elle dont la reine voulait
15   parler. Je savais bien aussi que j'avais un commerce de galanterie avec une autre femme moins belle et moins sévère que madame de Thémines, et qu'il n'était pas impossible que l'on eût découvert le lieu où je la voyais; mais comme je m'en souciais peu, il m'était aisé de me mettre à couvert de° toutes sortes de périls en cessant   protect myself from
20   de la voir. Ainsi je pris le parti de ne rien avouer à la reine, et de l'assurer au contraire, qu'il y avait très longtemps que j'avais abandonné le désir de me faire aimer des femmes dont je pouvais espérer de l'être, parce que je les trouvais quasi toutes indignes d'attacher un honnête homme, et qu'il n'y avait que quelque chose
25   fort au-dessus d'elles qui pût m'engager. 'Vous ne me répondez pas sincèrement, répliqua la reine; je sais le contraire de ce que vous me dites. La manière dont je vous parle vous doit obliger à ne me rien cacher. Je veux que vous soyez de mes amis, continua-t-elle; mais je ne veux pas, en vous donnant cette place, ignorer
30   quels sont vos attachements. Voyez si vous la voulez acheter au prix de me les apprendre: je vous donne deux jours pour y penser; mais après ce temps-là, songez bien à ce que vous me direz, et souvenez-vous que si, dans la suite, je trouve que vous m'ayez trompée, je ne vous le pardonnerai de ma vie.'"

35   "La reine me quitta après m'avoir dit ces paroles sans attendre ma réponse. Vous pouvez croire que je demeurai l'esprit bien rempli de ce qu'elle me venait de dire. Les deux jours qu'elle

m'avait donnés pour y penser ne me parurent pas trop longs pour me déterminer. Je voyais qu'elle voulait savoir si j'étais amoureux, et qu'elle ne souhaitait pas que je le fusse. Je voyais les suites et les conséquences du parti que j'allais prendre; ma vanité n'était pas
5   peu flattée d'une liaison particulière avec une reine, et une reine dont la personne est encore extrêmement aimable. D'un autre côté, j'aimais madame de Thémines, et quoique je lui fisse une espèce d'infidélité pour cette autre femme dont je vous ai parlé, je ne me pouvais résoudre à rompre avec elle. Je voyais aussi le péril
10 où je m'exposais en trompant la reine, et combien il était difficile de la tromper; néanmoins, je ne pus me résoudre à refuser ce que la fortune m'offrait, et je pris le hasard de tout ce que ma mauvaise conduite pouvait m'attirer. Je rompis avec cette femme dont on pouvait découvrir le commerce, et j'espérai de cacher celui que
15 j'avais avec madame de Thémines."

"Au bout des deux jours que la reine m'avait donnés, comme j'entrais dans la chambre où toutes les dames étaient au cercle, elle me dit tout haut, avec un air grave qui me surprit: 'Avez-vous pensé à cette affaire dont je vous ai chargé, et en savez-vous la
20 vérité?'"

"Oui, Madame," lui répondis-je, "et elle est comme je l'ai dite à Votre Majesté."

"'Venez ce soir à l'heure que je dois écrire,' répliqua-t-elle, 'et j'achèverai de vous donner mes ordres.' Je fis une profonde
25 révérence sans rien répondre, et ne manquai pas de me trouver à l'heure qu'elle m'avait marquée. Je la trouvai dans la galerie où était son secrétaire et quelqu'une de ses femmes. Sitôt qu'elle me vit, elle vint à moi, et me mena à l'autre bout de la galerie."

"'Eh bien!' me dit-elle, 'est-ce après y avoir bien pensé que
30 vous n'avez rien à me dire? et la manière dont j'en use avec vous ne mérite-t-elle pas que vous me parliez sincèrement?'"

"C'est parce que je vous parle sincèrement, Madame," lui répondis-je, "que je n'ai rien à vous dire; et je jure à Votre Majesté, avec tout le respect que je lui dois, que je n'ai d'attachement pour
35 aucune femme de la cour."

"'Je le veux croire,' repartit la reine, 'parce que je le souhaite; et je le souhaite, parce que je désire que vous soyez entièrement

attaché à moi, et qu'il serait impossible que je fusse contente de
votre amitié si vous étiez amoureux. On ne peut se fier à ceux qui
le sont; on ne peut s'assurer de leur secret. Ils sont trop distraits et
trop partagés, et leur maîtresse leur fait une première occupation
qui ne s'accorde point avec la manière dont je veux que vous soyez
attaché à moi. Souvenez-vous donc que c'est sur la parole que
vous me donnez, que vous n'avez aucun engagement, que je vous
choisis pour vous donner toute ma confiance. Souvenez-vous que
je veux la vôtre tout entière; que je veux que vous n'ayez ni ami, ni
amie, que ceux qui me seront agréables, et que vous abandonniez
tout autre soin que celui de me plaire. Je ne vous ferai pas perdre
celui de votre fortune; je la conduirai avec plus d'application⁸⁰ que
vous-même, et, quoi que je fasse pour vous, je m'en tiendrai trop
bien récompensée, si je vous trouve pour moi tel que je l'espère. Je
vous choisis pour vous confier tous mes chagrins, et pour m'aider
à les adoucir. Vous pouvez juger qu'ils ne sont pas médiocres. Je
souffre en apparence, sans beaucoup de peine, l'attachement du
roi pour la duchesse de Valentinois; mais il m'est insupportable.°   unbearable
Elle gouverne le roi, elle le trompe, elle me méprise, tous mes
gens sont à elle. La reine, ma belle-fille, fière de sa beauté et du
crédit de ses oncles, ne me rend aucun devoir.⁸¹ Le connétable de
Montmorency⁸² est maître du roi et du royaume; il me hait, et
m'a donné des marques de sa haine, que je ne puis oublier. Le
maréchal de Saint-André⁸³ est un jeune favori audacieux, qui
n'en use pas mieux avec moi que les autres. Le détail de mes
malheurs vous ferait pitié; je n'ai osé jusqu'ici me fier à personne,
je me fie à vous; faites que je ne m'en repente point, et soyez ma
seule consolation.' Les yeux de la reine rougirent en achevant ces
paroles; je pensai me jeter à ses pieds, tant je fus véritablement
touché de la bonté qu'elle me témoignait. Depuis ce jour-là, elle
eut en moi une entière confiance, elle ne fit plus rien sans m'en
parler, et j'ai conservé une liaison qui dure encore."

---

80 **je la...** *I shall attend to it with greater zeal*
81 **ne me...** *entirely fails in her duties toward me.*
82 See note 35, page 9.
83 See note 36, page 9.

Troisième Partie

"Cependant, quelque rempli et quelque occupé que je fusse de cette nouvelle liaison avec la reine, je tenais à madame de Thémines par une inclination naturelle que je ne pouvais vaincre.°   overcome

5 Il me parut qu'elle cessait de m'aimer, et, au lieu que, si j'eusse été sage, je me fusse servi du changement qui paraissait en elle pour aider à me guérir, mon amour en redoubla, et je me conduisais si mal, que la reine eut quelque connaissance de cet attachement. La jalousie est naturelle aux personnes de sa nation,[1] et peut-être

10 que cette princesse a pour moi des sentiments plus vifs qu'elle ne pense elle-même. Mais enfin le bruit que j'étais amoureux lui donna de si grandes inquiétudes et de si grands chagrins que je me crus cent fois perdu auprès d'elle. Je la rassurai enfin à force de soins, de soumissions et de faux serments; mais je n'aurais pu

15 la tromper longtemps, si le changement de madame de Thémines ne m'avait détaché d'elle malgré moi. Elle me fit voir qu'elle ne m'aimait plus; et j'en fus si persuadé, que je fus contraint de ne la pas tourmenter davantage, et de la laisser en repos. Quelque temps après, elle m'écrivit cette lettre que j'ai perdue. J'appris par

20 là qu'elle avait su le commerce que j'avais eu avec cette autre femme dont je vous ai parlé, et que c'était la cause de son changement. Comme je n'avais plus rien alors qui me partageât, la reine était assez contente de moi; mais comme les sentiments que j'ai pour elle ne sont pas d'une nature à me rendre incapable de tout autre

25 attachement, et que l'on n'est pas amoureux par sa volonté, je le suis devenu de madame de Martigues, pour qui j'avais déjà eu beaucoup d'inclination pendant qu'elle était Villemontais, fille de la reine dauphine.[2] J'ai lieu de croire que je n'en suis pas haï; la

---

1 Italy.

2 She is referring to the time before her marriage to Sébastien de Luxembourg, count of Martigues. Villemontais was Madame de Martigue's (Marie de Beaucaire's) maiden name.

91

discrétion que je lui fais paraître, et dont elle ne sait pas toutes les raisons, lui est agréable. La reine n'a aucun soupçon sur son sujet; mais elle en a un autre qui n'est guère moins fâcheux.° Comme troublesome madame de Martigues est toujours chez la reine dauphine, j'y
5 vais aussi beaucoup plus souvent que de coutume. La reine s'est imaginé que c'est de cette princesse que je suis amoureux. Le rang de la reine dauphine qui est égal au sien, et la beauté et la jeunesse qu'elle a au-dessus d'elle, lui donnent une jalousie qui va jusqu'à la fureur, et une haine contre sa belle-fille qu'elle ne saurait plus
10 cacher. Le cardinal de Lorraine, qui me paraît depuis longtemps aspirer aux bonnes grâces de la reine, et qui voit bien que j'occupe une place qu'il voudrait remplir, sous prétexte de raccommoder° reconcile madame la dauphine avec elle, est entré dans les différends[3] qu'elles ont eu ensemble. Je ne doute pas qu'il n'ait démêlé° le véritable sorted out
15 sujet de l'aigreur de la reine, et je crois qu'il me rend toutes sortes de ˙mauvais offices,° sans lui laisser voir qu'il a dessein de me les disservice rendre. Voilà l'état où sont les choses à l'heure que je vous parle. Jugez quel effet peut produire la lettre que j'ai perdue, et que mon malheur m'a fait mettre dans ma poche, pour la rendre à madame
20 de Thémines. Si la reine voit cette lettre, elle connaîtra que je l'ai trompée, et que presque dans le temps que je la trompais pour madame de Thémines, je trompais madame de Thémines pour une autre; jugez quelle idée cela lui peut donner de moi, et si elle peut jamais se fier à mes paroles. Si elle ne voit point cette
25 lettre, que lui dirai-je? Elle sait qu'on l'a remise entre les mains de madame la dauphine; elle croira que Châtelart a reconnu l'écriture de cette reine, et que la lettre est d'elle; elle s'imaginera que la personne dont on témoigne de la jalousie est peut-être elle-même; enfin, il n'y a rien qu'elle n'ait lieu de penser, et il n'y a
30 rien que je ne doive craindre de ses pensées. Ajoutez à cela que je suis vivement touché de madame de Martigues; qu'assurément madame la dauphine lui montrera cette lettre qu'elle croira écrite depuis peu; ainsi je serai également brouillé, et avec la personne du monde que j'aime le plus, et avec la personne du monde que je
35 dois le plus craindre. Voyez après cela si je n'ai pas raison de vous

---

3 **est entré...** *has inquired into the disagreements.*

conjurer de dire que la lettre est à vous, et de vous demander, en
grâce, de l'aller retirer des mains de madame la dauphine."

"Je vois bien," dit monsieur de Nemours, "que l'on ne peut
être dans un plus grand embarras que celui où vous êtes, et il faut
avouer que vous le méritez. On m'a accusé de n'être pas un amant
fidèle, et d'avoir plusieurs galanteries à la fois; mais vous me
passez de si loin, que je n'aurais seulement osé imaginer les choses
que vous avez entreprises. Pouviez-vous prétendre de conserver
madame de Thémines en vous engageant avec la reine? et espériez-
vous de vous engager avec la reine et de la pouvoir tromper? Elle
est italienne et reine, et par conséquent pleine de soupçons, de
jalousie et d'orgueil; quand votre bonne fortune, plutôt que votre
bonne conduite, vous a ôté des engagements où vous étiez, vous
en avez pris de nouveaux, et vous vous êtes imaginé qu'au milieu
de la cour, vous pourriez aimer madame de Martigues, sans que
la reine s'en aperçût. Vous ne pouviez prendre trop de soins de lui
ôter la honte d'avoir fait les premiers pas. Elle a pour vous une
passion violente: votre discrétion vous empêche de me le dire, et
la mienne de vous le demander; mais enfin elle vous aime, elle a
de la défiance,° et la vérité est contre vous."

"Est-ce à vous à m'accabler de réprimandes," interrompit
le vidame, "et votre expérience ne vous doit-elle pas donner de
l'indulgence pour mes fautes? Je veux pourtant bien convenir° que
j'ai tort; mais songez, je vous conjure, à me tirer de l'abîme° où je
suis. Il me paraît qu'il faudrait que vous vissiez la reine dauphine
sitôt qu'elle sera éveillée, pour lui redemander cette lettre, comme
l'ayant perdue."

"Je vous ai déjà dit," reprit monsieur de Nemours, "que la
proposition que vous me faites est un peu extraordinaire, et que
mon intérêt particulier m'y peut faire trouver des difficultés; mais
de plus, si l'on a vu tomber cette lettre de votre poche, il me paraît
difficile de persuader qu'elle soit tombée de la mienne."

"Je croyais vous avoir appris," répondit le vidame, "que
l'on a dit à la reine dauphine que c'était de la vôtre qu'elle était
tombée."

"Comment! reprit brusquement monsieur de Nemours, qui
vit dans ce moment les ˙mauvais offices° que cette méprise° lui

Margin glosses:
distrust
admit
difficult situation
problems, mistakes

pouvait faire auprès de madame de Clèves. "L'on a dit à la reine
dauphine que c'est moi qui ai laissé tomber cette lettre?"

"Oui," reprit le vidame, "on le lui a dit. Et ce qui a fait cette
méprise, c'est qu'il y avait plusieurs gentilshommes des reines
dans une des chambres du jeu de paume où étaient nos habits,
et que vos gens et les miens 'les ont été quérir.° En même temps   were sent to get
la lettre est tombée; ces gentilshommes l'ont ramassée et l'ont
lue tout haut. Les uns ont cru qu'elle était à vous, et les autres à
moi. Châtelart qui l'a prise et à qui je viens de la faire demander,
a dit qu'il l'avait donnée à la reine dauphine, comme une lettre
qui était à vous; et ceux qui en ont parlé à la reine ont dit par
malheur qu'elle était à moi; ainsi vous pouvez faire aisément ce
que je souhaite, et m'ôter de l'embarras où je suis."

Monsieur de Nemours avait toujours fort aimé le vidame
de Chartres, et ce qu'il était à madame de Clèves le lui rendait
encore plus cher. Néanmoins il ne pouvait se résoudre à prendre
le hasard qu'elle entendît parler de cette lettre, comme d'une chose
où il avait intérêt. Il se mit à rêver profondément, et le vidame se
doutant à peu près du sujet de sa rêverie:

"Je crois bien," lui dit-il, "que vous craignez de vous brouiller
avec votre maîtresse, et même vous me donneriez lieu de croire
que c'est avec la reine dauphine, si le peu de jalousie que je vous
vois de monsieur d'Anville ne m'en ôtait la pensée; mais, quoi
qu'il en soit, il est juste que vous ne sacrifiez pas votre repos au
mien, et je veux bien vous donner les moyens de faire voir à celle
que vous: voilà un billet de madame d'Amboise,[4] qui est amie de
madame de Thémines, et à qui elle s'est fiée de tous les sentiments
qu'elle a eus pour moi. Par ce billet elle me redemande cette
lettre de son amie, que j'ai perdue; mon nom est sur le billet; et
ce qui est dedans prouve sans aucun doute que la lettre que l'on
me redemande est la même que l'on a trouvée. Je vous remets ce
billet entre les mains, et je consens que vous le montriez à votre
maîtresse pour vous justifier. Je vous conjure de ne perdre pas un
moment, et d'aller dès ce matin chez madame la dauphine."

---

4 Although the woman mentioned here is impossible to identify with cer-
tainty, Niderst suggests that the author is referring to Jeanne de Romecourt,
wife of Jacques de Clermont d'Amboise (*Romans et Nouvelles* 455, n. 144).

Monsieur de Nemours le promit au vidame de Chartres, et prit le billet de madame d'Amboise; néanmoins son dessein n'était pas de voir la reine dauphine, et il trouvait qu'il avait quelque chose de plus pressé à faire. Il ne doutait pas qu'elle n'eût déjà parlé de la lettre à madame de Clèves, et il ne pouvait supporter qu'une personne qu'il aimait si éperdument eût lieu de croire qu'il eût quelque attachement pour une autre. Il alla chez elle à l'heure qu'il crut qu'elle pouvait être éveillée, et lui fit dire qu'il ne demanderait pas à avoir l'honneur de la voir à une heure si extraordinaire, si une affaire de conséquence ne l'y obligeait. Madame de Clèves était encore au lit, l'esprit aigri et agité de tristes pensées, qu'elle avait eues pendant la nuit. Elle fut extrêmement surprise, lorsqu'on lui dit que monsieur de Nemours la demandait; l'aigreur où elle était ne la fit pas balancer[5] à répondre qu'elle était malade, et qu'elle ne pouvait lui parler.

Ce prince ne fut pas blessé de ce refus, une marque de froideur dans un temps où elle pouvait avoir de la jalousie n'était pas un mauvais augure. Il alla à l'appartement de monsieur de Clèves, et lui dit qu'il venait de celui de madame sa femme: qu'il était bien fâché de ne la pouvoir entretenir,[6] parce qu'il avait à lui parler d'une affaire importante pour le vidame de Chartres. Il fit entendre en peu de mots à monsieur de Clèves la conséquence de cette affaire, et monsieur de Clèves le mena à l'heure même dans la chambre de sa femme. Si elle n'eût point été dans l'obscurité, elle eût eu peine à cacher son trouble et son étonnement de voir entrer monsieur de Nemours conduit par son mari. Monsieur de Clèves lui dit qu'il s'agissait d'une lettre, où l'on avait besoin de son secours pour les intérêts du vidame, qu'elle verrait avec monsieur de Nemours ce qu'il y avait à faire, et que, pour lui, il s'en allait chez le roi qui venait de l'envoyer quérir.[7]

Monsieur de Nemours demeura seul auprès de madame de Clèves, comme il le pouvait souhaiter.

"Je viens vous demander, Madame," lui dit-il, "si madame la dauphine ne vous a point parlé d'une lettre que Châtelart lui

---

5 **l'aigreur où...** *despite her distress, she did not hesitate.*
6 **fâché de...** *disappointed that he could not see her.*
7 **venait de...** *had just sent for him.*

remit hier entre les mains."

"Elle m'en a dit quelque chose," répondit madame de Clèves, "mais je ne vois pas ce que cette lettre a de commun avec les intérêts de mon oncle, et je vous puis assurer qu'il n'y est pas nommé."

5   "Il est vrai, Madame," répliqua monsieur de Nemours, "il n'y est pas nommé, néanmoins elle s'adresse à lui, et il lui est très important que vous la retiriez des mains de madame la dauphine."

"J'ai peine à comprendre," reprit madame de Clèves,
10   "pourquoi il lui importe que cette lettre soit vue, et pourquoi il faut la redemander sous son nom."

"Si vous voulez vous donner le loisir de m'écouter, Madame," dit monsieur de Nemours, "je vous ferai bientôt voir la vérité, et vous apprendrez des choses si importantes pour monsieur
15   le vidame, que je ne les aurais pas même confiées à monsieur le prince de Clèves, si je n'avais eu besoin de son secours pour avoir l'honneur de vous voir."

"Je pense que tout ce que vous prendriez la peine de me dire serait inutile," répondit madame de Clèves avec un air assez sec,
20   "et il vaut mieux que vous alliez trouver la reine dauphine et que, sans chercher de détours, vous lui disiez l'intérêt que vous avez à cette lettre, puisque aussi bien on lui a dit qu'elle vient de vous."

L'aigreur que monsieur de Nemours voyait dans l'esprit de madame de Clèves lui donnait le plus sensible° plaisir qu'il eût   intense
25   jamais eu, et balançait son impatience de se justifier.

"Je ne sais, Madame," reprit-il, "ce qu'on peut avoir dit à madame la dauphine; mais je n'ai aucun intérêt à cette lettre, et elle s'adresse à monsieur le vidame."

"Je le crois," répliqua madame de Clèves, "mais on a dit le
30   contraire à la reine dauphine, et il ne lui paraîtra pas vraisemblable que les lettres de monsieur le vidame tombent de vos poches. C'est pourquoi à moins que vous n'ayez quelque raison que je ne sais point, à cacher la vérité à la reine dauphine, je vous conseille de la lui avouer."

35   "Je n'ai rien à lui avouer," reprit-il. "La lettre ne s'adresse pas à moi, et s'il y a quelqu'un que je souhaite d'en persuader, ce n'est pas madame la dauphine. Mais Madame, comme il s'agit en ceci

de la fortune de monsieur le vidame, trouvez bon que je vous apprenne des choses qui sont même dignes de votre curiosité."

Madame de Clèves témoigna par son silence qu'elle était prête à l'écouter, et monsieur de Nemours lui conta le plus succinctement qu'il lui fut possible, tout ce qu'il venait d'apprendre du vidame. Quoique ce fussent des choses propres à donner de l'étonnement, et à être écoutées avec attention, madame de Clèves les entendit avec une froideur si grande qu'il semblait qu'elle ne les crût pas véritables, ou qu'elles lui fussent indifférentes. Son esprit demeura dans cette situation, jusqu'à ce que monsieur de Nemours lui parlât du billet de madame d'Amboise, qui s'adressait au vidame de Chartres et qui était la preuve de tout ce qu'il lui venait de dire. Comme madame de Clèves savait que cette femme était amie de madame de Thémines, elle trouva une apparence de vérité à ce que lui disait monsieur de Nemours, qui lui fit penser que la lettre ne s'adressait peut être pas à lui. Cette pensée la tira tout d'un coup et malgré elle, de là froideur qu'elle avait eue jusqu'alors. Ce prince, après lui avoir lu ce billet qui faisait sa justification, le lui présenta pour le lire et lui dit qu'elle en pouvait connaître l'écriture; elle ne put s'empêcher de le prendre, de regarder le dessus pour voir s'il s'adressait au vidame de Chartres, et de le lire tout entier pour juger si la lettre que l'on redemandait était la même qu'elle avait entre les mains. Monsieur de Nemours lui dit encore tout ce qu'il crut propre à la persuader; et comme on persuade aisément une vérité agréable, il convainquit madame de Clèves qu'il n'avait point de part à cette lettre.

Elle commença alors à raisonner avec lui sur l'embarras et le péril où était le vidame, à le blâmer de sa méchante conduite, à chercher les moyens de le secourir; elle s'étonna du procédé de la reine, elle avoua à monsieur de Nemours qu'elle avait la lettre, enfin sitôt qu'elle le crut innocent, elle entra avec un esprit ouvert et tranquille dans les mêmes choses qu'elle semblait d'abord ne daigner pas entendre.[8] Ils convinrent qu'il ne fallait point rendre la lettre à la reine dauphine, de peur qu'elle ne la montrât à madame de Martigues, qui connaissait l'écriture de madame

---

8 **qu'elle semblait...** *in which she had at first appeared to be uninterested.*

de Thémines et qui aurait aisément deviné par l'intérêt qu'elle prenait au vidame, qu'elle s'adressait à lui. Ils trouvèrent aussi qu'il ne fallait pas confier à la reine dauphine tout ce qui regardait la reine, sa belle-mère. Madame de Clèves, sous le prétexte des affaires de son oncle, entrait avec plaisir à garder tous les secrets que monsieur de Nemours lui confiait.

Ce prince ne lui eût pas toujours parlé des intérêts du vidame, et la liberté où il se trouvait de l'entretenir lui eût donné une hardiesse qu'il n'avait encore osé prendre, si l'on ne fût venu dire à madame de Clèves que la reine dauphine lui ordonnait de l'aller trouver. Monsieur de Nemours fut contraint de se retirer; il alla trouver le vidame pour lui dire qu'après l'avoir quitté, il avait pensé qu'il était plus à propos de s'adresser à madame de Clèves qui était sa nièce, que d'aller droit à madame la dauphine. Il ne manqua pas de raisons pour faire approuver[9] ce qu'il avait fait et pour en faire espérer un bon succès.

Cependant madame de Clèves s'habilla en diligence pour aller chez la reine. A peine parut-elle dans sa chambre, que cette princesse la fit approcher et lui dit tout bas:

"Il y a deux heures que je vous attends, et jamais je n'ai été si embarrassée à déguiser la vérité que je l'ai été ce matin. La reine a entendu parler de la lettre que je vous donnai hier; elle croit que c'est le vidame de Chartres qui l'a laissé tomber. Vous savez qu'elle y prend quelque intérêt: elle a fait chercher cette lettre, elle l'a fait demander à Châtelart; il a dit qu'il me l'avait donnée: on me l'est venu demander sur le prétexte que c'était une jolie lettre qui donnait de la curiosité à la reine. Je n'ai osé dire que vous l'aviez, je crus qu'elle s'imaginerait que je vous l'avais mise entre les mains à cause du vidame votre oncle, et qu'il y aurait une grande intelligence entre lui et moi. Il m'a déjà paru qu'elle souffrait avec peine qu'il me vît souvent, de sorte que j'ai dit que la lettre était dans les habits que j'avais hier, et que ceux qui en avaient la clef étaient sortis. Donnez-moi promptement cette lettre, ajouta-t-elle, afin que je la lui envoie, et que je la lise avant que de l'envoyer pour voir si je n'en connaîtrai point l'écriture."

---

9 **Il ne...** *There was every reason to approve.*

Madame de Clèves se trouva encore plus embarrassée qu'elle n'avait pensé.

"Je ne sais, Madame comment vous ferez," répondit-elle, "car monsieur de Clèves, à qui je l'avais donnée à lire, l'a rendue à monsieur de Nemours qui eſt venu dès ce matin le prier de vous la redemander. Monsieur de Clèves a eu l'imprudence de lui dire qu'il l'avait, et il a eu la faibleſſe de céder aux prières que monsieur de Nemours lui a faites de la lui rendre."

"Vous me mettez dans le plus grand embarras où je puiſſe jamais être," repartit madame la dauphine, "et vous avez tort d'avoir rendu cette lettre à monsieur de Nemours; puisque c'était moi qui vous l'avais donnée, vous ne deviez point la rendre sans ma permission. Que voulez-vous que je dise à la reine, et que pourra-t-elle s'imaginer? Elle croira et avec apparence que cette lettre me regarde, et qu'il y a quelque chose entre le vidame et moi. Jamais on ne lui persuadera que cette lettre soit à monsieur de Nemours."

"Je suis très affligée," répondit madame de Clèves, "de l'embarras que je vous cause. Je le crois aussi grand qu'il eſt; mais c'eſt la faute de monsieur de Clèves et non pas la mienne."

"C'eſt la vôtre," répliqua madame la dauphine, "de lui avoir donné la lettre, et il n'y a que vous de femme au monde qui faſſe confidence à son mari de toutes les choses qu'elle sait."

"Je crois que j'ai tort, Madame, répliqua madame de Clèves; mais songez à réparer ma faute et non pas à l'examiner."

"Ne vous souvenez-vous point, à peu près, de ce qui eſt dans cette lettre?" dit alors la reine dauphine.

"Oui, Madame," répondit-elle, "je m'en souviens, et l'ai relue plus d'une fois."

"°Si cela eſt,"° reprit madame la dauphine, "il faut que vous **if that is the case**
alliez tout à l'heure la faire écrire d'une main inconnue. Je l'enverrai à la reine: elle ne la montrera pas à ceux qui l'ont vue. Quand elle le ferait, je soutiendrai toujours que c'eſt celle que Châtelart m'a donnée, et il n'oserait dire le contraire."

Madame de Clèves entra dans cet expédient,[10] et d'autant

---

10 **entra dans...** *consented to this plan.*

plus qu'elle pensait qu'elle enverrait quérir monsieur de Nemours
pour ravoir° la lettre même, afin de la faire copier mot à mot, et   get back
d'en faire à peu près imiter l'écriture, et elle crut que la reine y
serait infailliblement° trompée. Sitôt qu'elle fut chez elle, elle   without fail
5 conta à son mari l'embarras de madame la dauphine, et le pria
d'envoyer chercher monsieur de Nemours. On le chercha; il vint
en diligence. Madame de Clèves lui dit tout ce qu'elle avait déjà
appris à son mari, et lui demanda la lettre; mais monsieur de
Nemours répondit qu'il l'avait déjà rendue au vidame de Chartres
10 qui avait eu tant de joie de la ravoir et de se trouver hors du péril
qu'il aurait couru, qu'il l'avait renvoyée à l'heure même à l'amie
de madame de Thémines. Madame de Clèves se retrouva dans un
nouvel embarras, et enfin après avoir bien consulté, ils résolurent
de faire la lettre de mémoire. Ils s'enfermèrent pour y travailler; on
15 donna ordre à la porte de ne laisser entrer personne, et on renvoya
tous les gens de monsieur de Nemours. Cet air de mystère et de
confidence n'était pas d'un médiocre charme pour ce prince, et
même pour madame de Clèves. La présence de son mari et les
intérêts du vidame de Chartres la rassuraient en quelque sorte sur
20 ses scrupules. Elle ne sentait que le plaisir de voir monsieur de
Nemours, elle en avait une joie pure et sans mélange qu'elle n'avait
jamais sentie: cette joie lui donnait une liberté et un enjouement
dans l'esprit que monsieur de Nemours ne lui avait jamais vus, et
qui redoublaient son amour. Comme il n'avait point eu encore
25 de si agréables moments, sa vivacité en était augmentée; et quand
madame de Clèves voulut commencer à se souvenir de la lettre et
à l'écrire, ce prince, au lieu de lui[11] aider sérieusement, ne faisait
que l'interrompre et lui dire des choses plaisantes. Madame de
Clèves entra dans le même esprit de gaieté, de sorte qu'il y avait
30 déjà longtemps qu'ils étaient enfermés, et on était déjà venu deux
fois de la part de la reine dauphine pour dire à madame de Clèves
de se dépêcher, qu'ils n'avaient pas encore fait la moitié de la
lettre.

Monsieur de Nemours était bien aise de faire durer un temps

---

11 **Aider** was considered an intransitive verb in the seventeenth century,
and therefore took an indirect object.

qui lui était si agréable, et oubliait les intérêts de son ami. Madame de Clèves ne s'ennuyait pas, et oubliait aussi les intérêts de son oncle. Enfin à peine, à quatre heures, la lettre était-elle achevée, et elle était si mal, et l'écriture dont on la fit copier ressemblait si
5   peu à celle que l'on avait eu dessein d'imiter, qu'il eût fallu que la reine n'eût guère pris de soin d'éclaircir la vérité pour ne la pas connaître. Aussi n'y fut-elle pas trompée, quelque soin que l'on prît de lui persuader que cette lettre s'adressait à monsieur de Nemours. Elle demeura convaincue, non seulement qu'elle était
10   au vidame de Chartres; mais elle crut que la reine dauphine y avait part, et qu'il y avait quelque intelligence entre eux. Cette pensée augmenta tellement la haine qu'elle avait pour cette princesse, qu'elle ne lui pardonna jamais, et qu'elle la persécuta jusqu'à ce qu'elle l'eût fait sortir de France.[12]
15   Pour le vidame de Chartres, il fut ruiné auprès d'elle, et soit que le cardinal de Lorraine se fût déjà rendu maître de son esprit, ou que l'aventure de cette lettre qui lui fit voir qu'elle était trompée lui aidât à démêler les autres tromperies que le vidame lui avait déjà faites, il est certain qu'il ne put jamais se raccommoder
20   sincèrement avec elle. Leur liaison se rompit, et elle le perdit ensuite à la conjuration° d'Amboise[13] où il se trouva embarrassé.   conspiracy

      Après qu'on eut envoyé la lettre à madame la dauphine, monsieur de Clèves et monsieur de Nemours s'en allèrent. Madame de Clèves demeura seule, et sitôt qu'elle ne fut plus
25   soutenue par cette joie que donne la présence de ce que l'on aime, elle revint comme d'un songe; elle regarda avec étonnement la prodigieuse différence de l'état où elle était le soir, d'avec celui où elle se trouvait alors; elle se remit devant les yeux l'aigreur et la froideur qu'elle avait fait paraître à monsieur de Nemours, tant
30   qu'elle avait cru que la lettre de madame de Thémines s'adressait à

---

12 Mary Stuart returned to Scotland after the death of her husband Francis II in 1560.

13 The conspiracy of Amboise (1560) was a failed plot by the Huguenots and the royal house of Bourbons to take control of France by abducting the king (Francis II) and arresting the duke of Guise (François) and his brother Charles. Louis de Bourbon, Prince of Condé, was the chief designer of the plan.

lui; quel calme et quelle douceur avaient succédé à cette aigreur, sitôt qu'il l'avait persuadée que cette lettre ne le regardait pas. Quand elle pensait qu'elle s'était reproché comme un crime, le jour précédent, de lui avoir donné des marques de sensibilité° que la seule compassion pouvait avoir fait naître et que, par son aigreur, elle lui avait fait paraître des sentiments de jalousie qui étaient des preuves certaines de passion, elle ne se reconnaissait plus elle-même. Quand elle pensait encore que monsieur de Nemours voyait bien qu'elle connaissait son amour, qu'il voyait bien aussi que malgré cette connaissance elle ne l'en traitait pas plus mal en présence même de son mari, qu'au contraire elle ne l'avait jamais regardé si favorablement, qu'elle était cause que monsieur de Clèves l'avait envoyé quérir, et qu'ils venaient de passer une après-dînée ensemble en particulier, elle trouvait qu'elle était d'intelligence avec monsieur de Nemours, qu'elle trompait le mari du monde qui méritait le moins d'être trompé, et elle était honteuse de paraître si peu digne d'estime aux yeux même de son amant. Mais ce qu'elle pouvait moins supporter que tout le reste, était le souvenir de l'état où elle avait passé la nuit, et les cuisantes° douleurs que lui avait causées la pensée que monsieur de Nemours aimait ailleurs et qu'elle était trompée.

Elle avait ignoré jusqu'alors les inquiétudes mortelles de la défiance et de la jalousie; elle n'avait pensé qu'à se défendre d'aimer monsieur de Nemours, et elle n'avait point encore commencé à craindre qu'il en aimât une autre. Quoique les soupçons que lui avait donnés cette lettre fussent effacés, ils ne laissèrent pas de lui ouvrir les yeux sur le hasard d'être trompée, et de lui donner des impressions de défiance et de jalousie qu'elle n'avait jamais eues. Elle fut étonnée de n'avoir point encore pensé combien il était peu vraisemblable qu'un homme comme monsieur de Nemours, qui avait toujours fait paraître tant de légèreté parmi les femmes, fût capable d'un attachement sincère et durable. Elle trouva qu'il était presque impossible qu'elle pût être contente de sa passion. "Mais quand je le pourrais être, disait-elle, qu'en veux-je faire? Veux-je la souffrir? Veux-je y répondre? Veux-je m'engager dans une galanterie? Veux-je manquer à monsieur de Clèves? Veux-je me manquer à moi-même? Et veux-je enfin m'exposer aux cruels

signs of feelings

sharp

repentirs et aux mortelles douleurs que donne l'amour? Je suis
vaincue° et surmontée° par une inclination qui m'entraîne malgré   conquered, overcome
moi. Toutes mes résolutions sont inutiles; je pensai hier tout ce
que je pense aujourd'hui, et je fais aujourd'hui tout le contraire
5 de ce que je résolus hier. Il faut m'arracher° de la présence de   tear myself
monsieur de Nemours; il faut m'en aller à la campagne, quelque
bizarre que puisse paraître mon voyage; et si monsieur de Clèves
s'opiniâtre à l'empêcher ou à en vouloir savoir les raisons, peut-
être lui ferai-je le mal, et à moi-même aussi, de les lui apprendre."
10 Elle demeura dans cette résolution, et passa tout le soir chez elle,
sans aller savoir de madame la dauphine ce qui était arrivé de la
fausse lettre du vidame.

   Quand monsieur de Clèves fut revenu, elle lui dit qu'elle
voulait aller à la campagne, qu'elle se trouvait mal et qu'elle avait
15 besoin de prendre l'air. Monsieur de Clèves, à qui elle paraissait
d'une beauté qui ne lui persuadait pas que ses maux fussent
considérables, se moqua d'abord de la proposition de ce voyage,
et lui répondit qu'elle oubliait que les noces des princesses et le
tournoi s'allaient faire, et qu'elle n'avait pas trop de temps pour
20 se préparer à y paraître avec la même magnificence que les autres
femmes. Les raisons de son mari ne la firent pas changer de dessein;
elle le pria de trouver bon que pendant qu'il irait à Compiègne[14]
avec le roi, elle allât à Coulommiers,[15] qui était une belle maison à
une journée de Paris, qu'ils faisaient bâtir avec soin. Monsieur de
25 Clèves y consentit; elle y alla dans le dessein de n'en pas revenir
sitôt, et le roi partit pour Compiègne, où il ne devait être que peu
de jours.

   Monsieur de Nemours avait eu bien de la douleur de n'avoir
point revu madame de Clèves depuis cette après-dînée qu'il
30 avait passée avec elle si agréablement et qui avait augmenté ses

---

14 Located on the Oise river, Compiègne, the site of a royal palace,
served as a royal residence and a gathering place for royalty and members of
the court.

15 The Château of Coulommiers, designed by the architect Salomon de
Brosse, was not built until the seventeenth century (beginning around 1613),
at the request of the widow of Henri I of Orléans-Longueville, Catherine de
Gonzague (1568-1629).

espérances. Il avait une impatience de la revoir qui ne lui donnait point de repos, de sorte que quand le roi revint à Paris, il résolut d'aller chez sa sœur, la duchesse de Mercœur,[16] qui était à la campagne assez près de Coulommiers. Il proposa au vidame d'y aller avec lui, qui accepta aisément cette proposition; et monsieur de Nemours la fit dans l'espérance de voir madame de Clèves et d'aller chez elle avec le vidame.

 Madame de Mercœur les reçut avec beaucoup de joie, et ne pensa qu'à les divertir et à leur donner tous les plaisirs de la campagne. Comme ils étaient à la chasse à courir le cerf, monsieur de Nemours s'égara° dans la forêt. ˙En s'enquérant° du chemin qu'il devait tenir pour s'en retourner, il sut qu'il était proche de Coulommiers. A ce mot de Coulommiers, sans faire aucune réflexion et sans savoir quel était son dessein, il alla ˙à toute bride° du côté qu'on le[17] lui montrait. Il arriva dans la forêt, et se laissa conduire au hasard par des routes faites avec soin, qu'il jugea bien qui conduisaient vers le château. Il trouva au bout de ces routes un pavillon, dont le dessous était un grand salon accompagné de deux cabinets, dont l'un était ouvert sur un jardin de fleurs, qui n'était séparé de la forêt que par ˙des palissades,° et le second donnait sur ˙une grande allée° du parc. Il entra dans le pavillon, et il se serait arrêté à en regarder la beauté, sans qu'il vit venir par cette allée du parc monsieur et madame de Clèves, accompagnés d'un grand nombre de domestiques. Comme il ne s'était pas attendu à trouver monsieur de Clèves, qu'il avait laissé auprès du roi, son premier mouvement le porta à se cacher: il entra dans le cabinet qui donnait sur le jardin de fleurs, dans la pensée d'en ressortir par une porte qui était ouverte sur la forêt; mais voyant que madame de Clèves et son mari s'étaient assis sous le pavillon, que leurs domestiques demeuraient dans le parc, et qu'ils ne pouvaient venir à lui sans passer dans le lieu où étaient monsieur

lost his way, inquiring

at a full gallop

a fence
an avenue

---

16 Jeanne de Savoie (1532-1568), daughter of Philippe de Savoie, duke of Nemours, and Charlotte d'Orléans-Longueville, married in 1555 to Nicolas de Lorraine, duke of Mercœur. She was sister to Jacques de Savoie (the duke of Nemours).

17 In classical French, a redundant pronoun in relative clauses (as in the clause "du côté qu'on le lui montrait") was not uncommon.

et madame de Clèves, il ne put se refuser le plaisir de voir cette princesse, ni résister à la curiosité d'écouter la conversation avec un mari qui lui donnait plus de jalousie qu'aucun de ses rivaux.

Il entendit que monsieur de Clèves disait à sa femme:

"Mais pourquoi ne voulez-vous point revenir à Paris? Qui vous peut retenir à la campagne? Vous avez depuis quelque temps un goût pour la solitude qui m'étonne et qui m'afflige parce qu'il nous sépare. Je vous trouve même plus triste que de coutume, et je crains que vous n'ayez quelque sujet d'affliction."

"Je n'ai rien de fâcheux° dans l'esprit," répondit-elle avec un air embarrassé, "mais le tumulte de la cour est si grand, et il y a toujours un si grand monde chez vous, qu'il est impossible que le corps et l'esprit ˙ne se lassent,° et que l'on ne cherche du repos."

"Le repos," répliqua-t-il, "n'est guère propre pour une personne de votre âge. Vous êtes chez vous et dans la cour, d'une sorte à ne vous pas donner de lassitude, et je craindrais plutôt que vous ne fussiez bien aise d'être séparée de moi."

"Vous me feriez une grande injustice d'avoir cette pensée," reprit-elle avec un embarras qui augmentait toujours, "mais je vous supplie de me laisser ici. Si vous y pouviez demeurer, j'en aurais beaucoup de joie, pourvu que vous y demeurassiez seul, et que vous voulussiez bien n'y avoir point ce nombre infini de gens qui ne vous quittent quasi jamais."

"Ah! Madame!" s'écria monsieur de Clèves. "Votre air et vos paroles me font voir que vous avez des raisons pour souhaiter d'être seule, que je ne sais point, et je vous conjure de me les dire."

Il la pressa longtemps de les lui apprendre sans pouvoir l'y obliger; et après qu'elle se fût défendue d'une manière qui augmentait toujours la curiosité de son mari, elle demeura dans un profond silence, les yeux baissés; puis tout d'un coup prenant la parole et le regardant:

"Ne me contraignez° point," lui dit-elle, "à vous avouer une chose que je n'ai pas la force de vous avouer, quoique j'en aie eu plusieurs fois le dessein. Songez seulement que la prudence ne veut pas qu'une femme de mon âge, et maîtresse de sa conduite, demeure exposée au milieu de la cour."

upsetting

not to grow weary

force

"Que me faites-vous envisager,° Madame!" s'écria monsieur   imagine
de Clèves. "Je n'oserais° vous le dire de peur de vous offenser."   would not dare

Madame de Clèves ne répondit point; et son silence achevant
de confirmer son mari dans ce qu'il avait pensé:

5   "Vous ne me dites rien," reprit-il, "et c'est me dire que je ne me
trompe pas."

"Eh bien, Monsieur," lui répondit-elle en se jetant à ses genoux,
"je vais vous faire un aveu° que l'on n'a jamais fait à son mari, mais   confession
l'innocence de ma conduite et de mes intentions m'en donne la

10   force. Il est vrai que j'ai des raisons de m'éloigner de la cour, et que
je veux éviter les périls où se trouvent quelquefois les personnes
de mon âge. Je n'ai jamais donné nulle marque de faiblesse, et je
ne craindrais pas d'en laisser paraître, si vous me laissiez la liberté
de me retirer de la cour, ou si j'avais encore madame de Chartres

15   pour aider à me conduire. Quelque dangereux que soit le parti
que je prends, je le prends avec joie pour me conserver digne
d'être à vous. Je vous demande mille pardons, si j'ai des sentiments
qui vous déplaisent, du moins je ne vous déplairai jamais par mes
actions. Songez que pour faire ce que je fais, il faut avoir plus

20   d'amitié et plus d'estime pour un mari que l'on en a jamais eu;
conduisez-moi, ayez pitié de moi, et aimez-moi encore, si vous
pouvez."

Monsieur de Clèves était demeuré pendant tout ce discours,
la tête appuyée sur ses mains, hors de lui-même, et il n'avait pas

25   songé à faire relever sa femme. Quand elle eut cessé de parler, qu'il
jeta les yeux sur elle qu'il la vit à ses genoux le visage couvert de
larmes, et d'une beauté si admirable, il pensa mourir de douleur,
et l'embrassant en la relevant:

"Ayez pitié de moi, vous-même, Madame," lui dit-il, "j'en suis

30   digne; et pardonnez si dans les premiers moments d'une affliction
aussi violente qu'est la mienne, je ne réponds pas, comme je dois,
à un procédé° comme le vôtre. Vous me paraissez plus digne   plea
d'estime et d'admiration que tout ce qu'il y a jamais eu de femmes
au monde; mais aussi je me trouve le plus malheureux homme

35   qui ait jamais été. Vous m'avez donné de la passion dès le premier
moment que je vous ai vue, vos rigueurs et votre possession n'ont

pu l'éteindre:[18] elle dure encore; je n'ai jamais pu vous donner de l'amour, et je vois que vous craignez d'en avoir pour un autre. Et qui est-il, Madame, cet homme heureux qui vous donne cette crainte? Depuis quand vous plaît-il? Qu'a-t-il fait pour vous plaire? Quel chemin a-t-il trouvé pour aller à votre cœur? Je m'étais consolé en quelque sorte de ne l'avoir pas touché par la pensée qu'il était incapable de l'être. Cependant un autre fait ce que je n'ai pu faire. J'ai tout ensemble la jalousie d'un mari et celle d'un amant; mais il est impossible d'avoir celle d'un mari après un procédé comme le vôtre. Il est trop noble pour ne me pas donner une sûreté entière; il me console même comme votre amant. La confiance et la sincérité que vous avez pour moi sont d'un prix infini: vous m'estimez assez pour croire que je n'abuserai pas de[19] cet aveu. Vous avez raison, Madame, je n'en abuserai pas, et je ne vous en aimerai pas moins. Vous me rendez malheureux par la plus grande marque de fidélité que jamais une femme ait donnée à son mari. Mais, Madame, achevez et apprenez-moi qui est celui que vous voulez éviter."

"Je vous supplie de ne me le point demander," répondit-elle. "Je suis résolue° de ne vous le pas dire, et je crois que la prudence ne veut pas que je vous le nomme."   determined

"Ne craignez point, Madame," reprit monsieur de Clèves, "je connais trop le monde pour ignorer que la considération d'un mari n'empêche pas que l'on ne soit amoureux de sa femme. On doit haïr ceux qui le sont, et non pas s'en plaindre; et encore une fois, Madame, je vous conjure de m'apprendre ce que j'ai envie de savoir."

"Vous m'en presseriez inutilement," répliqua-t-elle. "J'ai de la force pour taire° ce que je crois ne pas devoir dire. L'aveu que je   withhold
vous ai fait n'a pas été par faiblesse, et il faut plus de courage pour avouer cette vérité que pour entreprendre° de la cacher."   endeavor

Monsieur de Nemours ne perdait pas une parole de cette conversation; et ce que venait de dire madame de Clèves ne lui donnait guère moins de jalousie qu'à son mari. Il était si

18 **vos rigueurs...** *neither your severity nor my possession of you could extinguish it.*

19 **je n'abuserai...** *I will not take advantage of.*

éperdument amoureux d'elle, qu'il croyait que tout le monde avait
les mêmes sentiments. Il était véritable aussi qu'il avait plusieurs
rivaux; mais il s'en imaginait encore davantage, et son esprit
s'égarait à chercher celui dont madame de Clèves voulait parler. Il
avait cru bien des fois qu'il ne lui était pas désagréable, et il avait
fait ce jugement sur des choses qui lui parurent si légères dans
ce moment, qu'il ne put s'imaginer qu'il eût donné une passion
qui devait être bien violente pour avoir recours à un remède si
extraordinaire. Il était si transporté qu'il ne savait quasi ce qu'il
voyait, et il ne pouvait pardonner à monsieur de Clèves de ne pas
assez presser sa femme de lui dire ce nom qu'elle lui cachait.

Monsieur de Clèves faisait néanmoins tous ses efforts pour le
savoir; et, après qu'il l'en eut pressée inutilement:

"Il me semble," répondit-elle, "que vous devez être content de
ma sincérité; ne m'en demandez pas davantage, et ne me donnez
point lieu de me repentir de ce que je viens de faire. Contentez-
vous de l'assurance que je vous donne encore, qu'aucune de mes
actions n'a fait paraître mes sentiments, et que l'on ne m'a jamais
rien dit dont j'aie pu m'offenser."

"Ah! Madame," reprit tout d'un coup monsieur de Clèves, "je
ne vous saurais croire. Je me souviens de l'embarras où vous fûtes le
jour que votre portrait se perdit. Vous avez donné, Madame, vous
avez donné ce portrait qui m'était si cher et qui m'appartenait si
légitimement. Vous n'avez pu cacher vos sentiments; vous aimez,
on le sait; votre vertu vous a jusqu'ici garantie du reste."

"Est-il possible," s'écria cette princesse, "que vous puissiez
penser qu'il y ait quelque déguisement° dans un aveu comme le   deception
mien, qu'aucune raison ne m'obligeait à vous faire! Fiez-vous à
mes paroles;° c'est par un assez grand prix que j'achète la confiance   trust my words
que je vous demande. Croyez, je vous en conjure, que je n'ai point
donné mon portrait: il est vrai que je le vis prendre; mais je ne
voulus pas faire paraître que je le voyais, de peur de m'exposer à
me faire dire des choses que l'on ne m'a encore osé dire."

"Par où vous a-t-on donc fait voir qu'on vous aimait," reprit
monsieur de Clèves, "et quelles marques de passion vous a-t-on
données?"

"Épargnez-moi° la peine," répliqua-t-elle, "de vous redire des   spare me

détails qui me font honte à moi-même de les avoir remarqués, et
qui ne m'ont que trop persuadée de ma faiblesse."

"Vous avez raison, Madame," reprit-il. "Je suis injuste. Refusez-
moi toutes les fois que je vous demanderai de pareilles choses;
mais ne vous offensez pourtant pas si je vous les demande."

Dans ce moment plusieurs de leurs gens,° qui étaient   servants
demeurés dans les allées, vinrent avertir monsieur de Clèves
qu'un gentilhomme venait le chercher de la part du roi, pour lui
ordonner de se trouver le soir à Paris. Monsieur de Clèves fut
contraint de s'en aller, et il ne put rien dire à sa femme, sinon qu'il
la suppliait° de venir le lendemain, et qu'il la conjurait de croire   begged
que quoiqu'il fût affligé, il avait pour elle une tendresse et une
estime dont elle devait être satisfaite.

Lorsque ce prince fut parti, que madame de Clèves demeura
seule, qu'elle regarda ce qu'elle venait de faire, elle en fut si
épouvantée,° qu'à peine put-elle s'imaginer que ce fût une vérité.   horrified
Elle trouva qu'elle s'était ôté elle-même le cœur et l'estime de son
mari, et qu'elle s'était ˙creusé un abîme° dont elle ne sortirait   dug a pit
jamais. Elle se demandait pourquoi elle avait fait une chose si
hasardeuse,° et elle trouvait qu'elle s'y était engagée sans en avoir   risky
presque eu le dessein. La singularité d'un pareil aveu, dont elle ne
trouvait point d'exemple, lui en faisait voir tout le péril.

Mais quand elle venait à penser que ce remède, quelque violent
qu'il fût, était le seul qui la pouvait défendre contre monsieur
de Nemours, elle trouvait qu'elle ne devait point se repentir, et
qu'elle n'avait point ˙trop hasardé.° Elle passa toute la nuit, pleine   risked too much
d'incertitude, de trouble et de crainte, mais enfin le calme revint
dans son esprit. Elle trouva même de la douceur à avoir donné
ce témoignage° de fidélité à un mari qui le méritait si bien, qui   proof
avait tant d'estime et tant d'amitié pour elle, et qui venait de lui
en donner encore des marques par la manière dont il avait reçu ce
qu'elle lui avait avoué.

Cependant monsieur de Nemours était sorti du lieu où il
avait entendu une conversation qui le touchait si sensiblement,
et s'était enfoncé° dans la forêt. Ce qu'avait dit madame de Clèves   plunged
de son portrait lui avait redonné la vie, en lui faisant connaître
que c'était lui qu'elle ne haïssait pas. Il s'abandonna d'abord à

cette joie; mais elle ne fut pas longue, quand il fit réflexion que la même chose qui lui venait d'apprendre qu'il avait touché le cœur de madame de Clèves le devait persuader aussi qu'il n'en recevrait jamais nulle marque, et qu'il était impossible d'engager une personne qui avait recours à un remède si extraordinaire. Il sentit pourtant un plaisir sensible de l'avoir réduite à cette extrémité. Il trouva de la gloire à s'être fait aimer d'une femme si différente de toutes celles de son sexe; enfin, il se trouva cent fois heureux et malheureux tout ensemble. La nuit le surprit dans la forêt, et il eut beaucoup de peine à retrouver le chemin de chez madame de Mercœur. Il y arriva ˙à la pointe du jour.° Il fut assez embarrassé   at the crack of dawn de rendre compte de ce qui l'avait retenu; il ˙s'en démêla° le   handled it mieux qu'il lui fut possible, et revint ce jour même à Paris avec le vidame.

　　Ce prince était si rempli de sa passion, et si surpris de ce qu'il avait entendu, qu'il tomba dans une imprudence assez ordinaire, qui est de parler en termes généraux de ses sentiments particuliers, et de conter ses propres aventures sous des noms empruntés. En revenant il tourna la conversation sur l'amour, il exagéra le plaisir d'être amoureux d'une personne digne d'être aimée. Il parla des effets bizarres de cette passion et enfin ne pouvant renfermer en lui-même l'étonnement que lui donnait l'action de madame de Clèves, il la conta au vidame, sans lui nommer la personne, et sans lui dire qu'il y eût aucune part; mais il la conta avec tant de chaleur et avec tant d'admiration que le vidame soupçonna aisément que cette histoire regardait° ce prince. Il le pressa extrêmement de le   concerned lui avouer. Il lui dit qu'il connaissait depuis longtemps qu'il avait quelque passion violente, et qu'il y avait de l'injustice de ˙se défier°   distrust d'un homme qui lui avait confié° le secret de sa vie. Monsieur de   confided Nemours était trop amoureux pour avouer son amour; il l'avait toujours caché au vidame, quoique ce fût l'homme de la cour qu'il aimât le mieux. Il lui répondit qu'un de ses amis lui avait conté cette aventure et lui avait fait promettre de n'en point parler, et qu'il le conjurait aussi de garder ce secret. Le vidame l'assura qu'il n'en parlerait point; néanmoins monsieur de Nemours se repentit de lui en avoir tant appris.

　　Cependant, monsieur de Clèves était allé trouver le roi, le

cœur pénétré d'une douleur mortelle. Jamais mari n'avait eu une
passion si violente pour sa femme, et ne l'avait tant estimée. Ce
qu'il venait d'apprendre ne lui ôtait pas l'estime; mais elle lui en
donnait d'une espèce différente de celle qu'il avait eue jusqu'alors.
Ce qui l'occupait le plus était l'envie de deviner celui qui avait
su lui plaire. Monsieur de Nemours lui vint d'abord dans l'esprit,
comme ce qu'il y avait de plus aimable à la cour, et le chevalier de
Guise et le maréchal de Saint-André, comme deux hommes qui
avaient pensé à lui plaire et qui lui rendaient encore beaucoup de
soins; de sorte qu'il s'arrêta à croire qu'il fallait que ce fût l'un des
trois. Il arriva au Louvre, et le roi le mena dans son cabinet pour
lui dire qu'il l'avait choisi pour conduire Madame en Espagne;[20]
qu'il avait cru que personne ne s'acquitterait° mieux que lui de
cette commission,° et que personne aussi ne ferait tant d'honneur
à la France que madame de Clèves. Monsieur de Clèves reçut
l'honneur de ce choix comme il le devait, et le regarda même
comme une chose qui éloignerait sa femme de la cour, sans qu'il
parût de changement dans sa conduite. Néanmoins le temps
de ce départ était encore ˙trop éloigné° pour être un remède à
l'embarras où il se trouvait. Il écrivit à l'heure même à madame
de Clèves, pour lui apprendre ce que le roi venait de lui dire, et
lui manda encore qu'il voulait absolument qu'elle revînt à Paris.
Elle y revint ˙comme il l'ordonnait,° et lorsqu'ils se virent, ils se
trouvèrent tous deux dans une tristesse extraordinaire.

Monsieur de Clèves lui parla comme le plus honnête homme
du monde, et le plus digne de ce qu'elle avait fait.

"Je n'ai nulle inquiétude de votre conduite," lui dit-il. "Vous
avez plus de force et plus de vertu que vous ne pensez. Ce n'est
point aussi la crainte de l'avenir qui m'afflige. Je ne suis affligé
que de vous voir pour un autre des sentiments que je n'ai pu vous
donner."

"Je ne sais que vous répondre," lui dit-elle. "Je meurs de
honte en vous en parlant. Épargnez-moi, je vous en conjure, de si

take care of

duty

too far off

as he had requested

---

20 Actually, the king of Navarre was the one who accompanied Elisabeth
to Spain, in 1559, after her marriage to Philip II. The real Prince of Clèves
would have been too young to assume this responsibility. The author is revising history to suit her narrative.

cruelles conversations; réglez° ma conduite; faites que je ne voie   guide
personne. C'est tout ce que je vous demande. Mais trouvez bon
que je ne vous parle plus d'une chose qui me fait paraître si peu
digne de vous, et que je trouve si indigne de moi."

5   "Vous avez raison, Madame," répliqua-t-il. "J'abuse de votre
douceur et de votre confiance. Mais aussi ayez quelque compassion
de l'état où vous m'avez mis, et songez que, quoi que vous m'ayez
dit, vous me cachez un nom qui me donne une curiosité avec
laquelle je ne saurais vivre. Je ne vous demande pourtant pas de

10 la satisfaire; mais je ne puis m'empêcher° de vous dire que je crois   prevent myself
que celui que je dois envier est le maréchal de Saint-André, le duc
de Nemours ou le chevalier de Guise.

     "Je ne vous répondrai rien," lui dit-elle en rougissant, "et je ne
vous donnerai aucun lieu, par mes réponses, de diminuer ni de

15 fortifier vos soupçons.° Mais si vous essayez de ˙les éclaircir° en   suspicions, to discover
m'observant, vous me donnerez un embarras qui paraîtra aux yeux   the truth
de tout le monde Au nom de Dieu, continua-t-elle, trouvez bon
que, sur le prétexte de quelque maladie, je ne voie personne."

     "Non, Madame," répliqua-t-il, "on démêlerait bientôt que ce

20 serait une chose supposée;° et de plus, je ne me veux fier qu'à vous-   untrue
même: c'est le chemin que mon cœur me conseille de prendre, et
la raison me conseille aussi. De l'humeur dont vous êtes, en vous
laissant votre liberté, je vous donne des bornes plus étroites que je
ne pourrais vous en prescrire."°   prescribe

25   Monsieur de Clèves ne se trompait pas: la confiance qu'il
témoignait à sa femme la fortifiait davantage contre monsieur
de Nemours, et lui faisait prendre des résolutions plus austères
qu'aucune contrainte n'aurait pu faire. Elle alla donc au Louvre et
chez la reine dauphine à son ordinaire; mais elle évitait la présence

30 et les yeux de monsieur de Nemours avec tant de soin, qu'elle lui
ôta quasi toute la joie qu'il avait de se croire aimé d'elle. Il ne voyait
rien dans ses actions qui ne lui persuadât le contraire. Il ˙ne savait
quasi° si ce qu'il avait entendu n'était point un songe,° tant il y   was not sure, dream
trouvait peu de vraisemblance.[21] La seule chose qui l'assurait qu'il

35 ne s'était pas trompé était l'extrême tristesse de madame de Clèves,

---

21 **tant il...** *he found it so unlikely.*

quelque effort qu'elle fît pour la cacher: peut-être que des regards
et des paroles obligeantes n'eussent pas tant augmenté l'amour de
monsieur de Nemours que faisait cette conduite austère.

   Un soir que monsieur et madame de Clèves étaient chez la
5 reine, quelqu'un dit que le bruit courait que le roi mènerait encore
un grand seigneur de la cour, pour aller conduire Madame en
Espagne. Monsieur de Clèves avait les yeux sur sa femme dans le
temps que l'on ajouta que ce serait peut-être le chevalier de Guise
ou le maréchal de Saint-André. Il remarqua qu'elle n'avait point
10 été émue° de ces deux noms, ni de la proposition qu'ils fissent ce   moved
voyage avec elle. Cela lui fit croire que pas un des deux n'était
celui dont elle craignait la présence et voulant s'éclaircir de ses
soupçons, il entra dans le cabinet de la reine, où était le roi. Après
y avoir demeuré quelque temps, il revint auprès de sa femme, et
15 lui dit tout bas qu'il venait d'apprendre que ce serait monsieur de
Nemours qui irait avec eux en Espagne.

   Le nom de monsieur de Nemours et la pensée d'être exposée
à le voir tous les jours pendant un long voyage en présence de son
mari, donna un tel trouble à madame de Clèves, qu'elle ne le put
20 cacher; et voulant y donner d'autres raisons:

   "C'est un choix bien désagréable pour vous," répondit-elle,
"que celui de ce prince. Il partagera tous les honneurs, et il me
semble que vous devriez essayer de faire choisir quelque autre."

   "Ce n'est pas la gloire, Madame," reprit monsieur de Clèves,
25 "qui vous fait appréhender° que monsieur de Nemours ne vienne   fear
avec moi. Le chagrin que vous en avez vient d'une autre cause. Ce
chagrin m'apprend ce que j'aurais appris d'une autre femme, par
la joie qu'elle en aurait eue. Mais ne craignez point; ce que je viens
de vous dire n'est pas véritable, et je l'ai inventé pour m'assurer
30 d'une chose que je ne croyais déjà que trop."

   Il sortit après ces paroles, ne voulant pas augmenter par sa
présence l'extrême embarras où il voyait sa femme.

   Monsieur de Nemours entra dans cet instant et remarqua
d'abord l'état où était madame de Clèves. Il s'approcha d'elle, et
35 lui dit tout bas qu'il n'osait par respect lui demander ce qui la
rendait plus rêveuse° que de coutume.° La voix de monsieur de   preoccupied, usual
Nemours la fit revenir, et le regardant sans avoir entendu ce qu'il

venait de lui dire, pleine de ses propres pensées et de la crainte
que son mari ne le vît auprès d'elle:

"Au nom de Dieu," lui dit-elle, "laissez-moi en repos."

"Hélas! Madame," répondit-il, "je ne vous y laisse que trop;
de quoi pouvez-vous vous plaindre? Je n'ose vous parler, je n'ose
même vous regarder: je ne vous approche qu'en tremblant. Par
où me suis-je attiré[22] ce que vous venez de me dire, et pourquoi
me faites-vous paraître que j'ai quelque part au chagrin où je vous
vois?"

Madame de Clèves fut bien fâchée d'avoir donné lieu à
monsieur de Nemours de s'expliquer plus clairement qu'il n'avait
fait en toute sa vie. Elle le quitta, sans lui répondre, et s'en revint
chez elle, l'esprit plus agité qu'elle ne l'avait jamais eu. Son mari
s'aperçut aisément de l'augmentation de son embarras. Il vit
qu'elle craignait qu'il ne lui parlât de ce qui s'était passé. Il la suivit
dans un cabinet où elle était entrée.

"Ne m'évitez point, Madame," lui dit-il, "je ne vous dirai rien
qui puisse vous déplaire; je vous demande pardon de la surprise
que je vous ai faite tantôt. J'en suis assez puni, par ce que j'ai
appris. Monsieur de Nemours était de tous les hommes celui que
je craignais le plus. Je vois le péril où vous êtes; ayez du pouvoir
sur vous pour l'amour de vous-même, et s'il est possible, pour
l'amour de moi. Je ne vous le demande point comme un mari,
mais comme un homme dont vous faites tout le bonheur, et qui a
pour vous une passion plus tendre et plus violente que celui que
votre cœur lui préfère."

Monsieur de Clèves s'attendrit en prononçant ces dernières
paroles, et eut peine à les achever. Sa femme en fut pénétrée et
fondant en larmes elle l'embrassa avec une tendresse et une douleur
qui le mirent dans un état peu différent du sien. Ils demeurèrent
quelque temps sans se rien dire, et se séparèrent sans avoir la force
de se parler.

Les préparatifs pour le mariage de Madame étaient achevés.
Le duc d'Albe arriva pour l'épouser.[23] Il fut reçu avec toute la

---

22 **par où**... *what have I done to deserve.*

23 The duke is present as a proxy on behalf of Philip II. The ceremony
took place on June 22, 1559.

magnificence et toutes les cérémonies qui se pouvaient faire dans une pareille occasion. Le roi envoya au-devant de lui le prince de Condé, les cardinaux de Lorraine et de Guise, les ducs de Lorraine, de Ferrare, d'Aumale, de Bouillon, de Guise et de Nemours.[24]

5　Ils avaient plusieurs gentilshommes, et grand nombre de pages vêtus de leurs livrées.° Le roi attendit lui-même le duc d'Albe à   uniforms
la première porte du Louvre, avec les deux cents gentilshommes servants, et le connétable à leur tête. Lorsque ce duc fut proche du roi, il voulut lui embrasser les genoux;[25] mais le roi l'en empêcha

10　et le fit marcher à son côté jusque chez la reine et chez Madame, à qui le duc d'Albe apporta un présent magnifique de la part de son maître. Il alla ensuite chez madame Marguerite sœur du roi, lui faire les compliments de monsieur de Savoie, et l'assurer qu'il arriverait dans peu de jours. L'on fit de grandes assemblées au

15　Louvre, pour faire voir au duc d'Albe, et au prince d'Orange qui l'avait accompagné, les beautés de la cour.

Madame de Clèves n'osa se dispenser de s'y trouver,[26] quelque envie qu'elle en eût, par la crainte de déplaire à son mari qui lui commanda absolument d'y aller. Ce qui l'y déterminait encore

20　davantage était l'absence de monsieur de Nemours. Il était allé au-devant de monsieur de Savoie et après que ce prince fut arrivé, il fut obligé de se tenir presque toujours auprès de lui, pour lui aider à toutes les choses qui regardaient les cérémonies de ses noces. Cela fit que madame de Clèves ne rencontra pas ce prince

25　aussi souvent qu'elle avait accoutumé, et elle s'en trouvait dans quelque sorte de repos.

Le vidame de Chartres n'avait pas oublié la conversation qu'il avait eue avec monsieur de Nemours. Il lui était demeuré dans l'esprit que l'aventure que ce prince lui avait contée était la

30　sienne propre, et il l'observait avec tant de soin, que peut-être

---

24 The men mentioned here have all been noted earlier, except for Bouillon. The Duke of Bouillon refers to Henri-Robert de la Marck (1540-1574), Prince of Sedan, son of Robert de la Marck, duke of Bouillon, and Françoise de Brézé (daughter of Madame de Valentinois). He was married in 1558 to Françoise de Bourbon, daughter of the Duke of Montpensier.

25 This was considered an expression of allegiance.

26 **se dispenser...** *excuse herself from attending.*

aurait-il démêlé la vérité, sans que l'arrivée du duc d'Albe et celle
de monsieur de Savoie firent un changement et une occupation
dans la cour, qui l'empêcha de voir ce qui aurait pu ˙l'éclairer.°   enlighten him
L'envie de s'éclaircir, ou plutôt la disposition naturelle que l'on a
5   de conter tout ce que l'on sait à ce que l'on aime, fit qu'il redit à
madame de Martigues l'action extraordinaire de cette personne,
qui avait avoué à son mari la passion qu'elle avait pour un autre.
Il l'assura que monsieur de Nemours était celui qui avait inspiré
cette violente passion, et il la conjura de lui aider à observer ce
10 prince. Madame de Martigues fut bien aise d'apprendre ce que lui
dit le vidame; et la curiosité qu'elle avait toujours vue à madame la
dauphine pour ce qui regardait monsieur de Nemours lui donnait
encore plus d'envie de pénétrer° cette aventure.   shed light on

     Peu de jours avant celui que l'on avait choisi pour la cérémonie
15 du mariage, la reine dauphine donnait à souper au roi son beau-
père et à la duchesse de Valentinois. Madame de Clèves, qui était
occupée à s'habiller, alla au Louvre plus tard que de coutume.
En y allant, elle trouva un gentilhomme qui la venait quérir°   to get
de la part de madame la dauphine. Comme elle entrait dans la
20 chambre, cette princesse lui cria, de dessus son lit où elle était,
qu'elle l'attendait avec une grande impatience.

     "Je crois, Madame," lui répondit-elle, "que je ne dois pas vous
remercier de cette impatience, et qu'elle est sans doute causée par
quelque autre chose que par l'envie de me voir."

25   "Vous avez raison," répliqua la reine dauphine, "mais
néanmoins vous devez m'en être obligée; car je veux vous
apprendre une aventure que je suis assurée que vous serez bien
aise de savoir."

     Madame de Clèves se mit à genoux devant son lit, et par
30 bonheur pour elle, elle n'avait pas le jour au visage.[27]

     "Vous savez," lui dit cette reine, "l'envie que nous avions
de deviner° ce qui causait le changement qui paraît au duc de   guess
Nemours: je crois le savoir, et c'est une chose qui vous surprendra.
Il est éperdument amoureux et fort aimé d'une des plus belles
35 personnes de la cour."

---

27 **et par...** *and fortunately for her, her face was in the shadow.*

Ces paroles, que madame de Clèves ne pouvait s'attribuer,° to apply herself puisqu'elle ne croyait pas que personne sût qu'elle aimait ce prince, lui causèrent une douleur qu'il est aisé de s'imaginer.

"Je ne vois rien en cela," répondit-elle, "qui doive surprendre
5 d'un homme de l'âge de monsieur de Nemours et fait comme il est."

"Ce n'est pas aussi," reprit madame la dauphine, "ce qui vous doit étonner; mais c'est de savoir que cette femme qui aime monsieur de Nemours ne lui en a jamais donné aucune marque,
10 et que la peur qu'elle a eue de n'être pas toujours maîtresse° de sa in control passion a fait qu'elle l'a avouée à son mari, afin qu'il l'ôtât de la cour. Et c'est monsieur de Nemours lui-même qui a conté ce que je vous dis."

Si madame de Clèves avait eu d'abord de la douleur par la
15 pensée qu'elle n'avait aucune part à cette aventure, les dernières paroles de madame la dauphine lui donnèrent du désespoir, par la certitude de n'y en avoir que trop. Elle ne put répondre, et demeura la tête penchée sur le lit pendant que la reine continuait de parler, si occupée de ce qu'elle disait qu'elle ne prenait pas garde
20 à cet embarras. Lorsque madame de Clèves fut un peu remise:° recovered

"Cette histoire ne me paraît guère vraisemblable, Madame," répondit-elle, "et je voudrais bien savoir qui vous l'a contée."

"C'est madame de Martigues," répliqua madame la dauphine, "qui l'a apprise du vidame de Chartres. Vous savez qu'il en est
25 amoureux; il la lui a confiée comme un secret, et il la sait du duc de Nemours lui-même. Il est vrai que le duc de Nemours ne lui a pas dit le nom de la dame, et ne lui a pas même avoué que ce fût lui qui en fût aimé; mais le vidame de Chartres n'en doute point."

30 Comme la reine dauphine achevait ces paroles, quelqu'un s'approcha du lit. Madame de Clèves était tournée d'une sorte qui l'empêchait de voir qui c'était; mais elle n'en douta pas, lorsque madame la dauphine ˙se récria° avec un air de gaieté et de exclaimed surprise.

35 "Le voilà lui-même, et je veux lui demander ce qui en est."[28]

---

28 **ce qui...** *what truth there is to it.*

Madame de Clèves connut bien que c'était le duc de Nemours, comme ce l'était en effet. Sans se tourner de son côté, elle s'avança avec précipitation vers madame la dauphine, et lui dit tout bas qu'il fallait bien se garder de lui parler de cette aventure; qu'il

5   l'avait confiée au vidame de Chartres; et que ce serait une chose capable de les brouiller. Madame la dauphine lui répondit, en riant, qu'elle était trop prudente, et se retourna vers monsieur de Nemours. Il était paré° pour l'assemblée du soir, et, prenant la   dressed
parole avec cette grâce qui lui était si naturelle:

10 "Je crois, Madame," lui dit-il, "que je puis penser sans témérité, que vous parliez de moi quand je suis entré, que vous aviez dessein de me demander quelque chose, et que madame de Clèves s'y oppose."

"Il est vrai," répondit madame la dauphine, "mais je n'aurai

15 pas pour elle la complaisance que j'ai accoutumé d'avoir. Je veux savoir de vous si une histoire que l'on m'a contée est véritable, et si vous n'êtes pas celui qui êtes amoureux, et aimé d'une femme de la cour, qui vous cache sa passion avec soin et qui l'a avouée à son mari."

20 Le trouble° et l'embarras de madame de Clèves étaient[29]   confusion
au-delà de tout ce que l'on peut s'imaginer, et si la mort se fût présentée pour la tirer de cet état, elle l'aurait trouvée agréable. Mais monsieur de Nemours était encore plus embarrassé, s'il est possible. Le discours de madame la dauphine, dont il avait

25 eu lieu de croire qu'il n'était pas haï, en présence de madame de Clèves, qui était la personne de la cour en qui elle avait le plus de confiance, et qui en avait aussi le plus en elle, lui donnait une si grande confusion de pensées bizarres, qu'il lui fut impossible d'être maître de son visage. L'embarras où il voyait madame de

30 Clèves par sa faute, et la pensée du juste sujet qu'il lui donnait de le haïr, lui causa un saisissement qui ne lui permit pas de répondre. Madame la dauphine voyant à quel point il était interdit:°   unable to speak

"Regardez-le, regardez-le," dit-elle à madame de Clèves, "et jugez si cette aventure n'est pas la sienne."

---

29 Here is another correction that editors have made over time. The original reads "était." In classical French, verb agreement was often made to the subject closest noun.

Cependant monsieur de Nemours revenant de son premier trouble, et voyant l'importance de sortir d'un pas si dangereux, se rendit maître tout d'un coup de son esprit et de son visage.

"J'avoue, Madame," dit-il, "que l'on ne peut être plus surpris
5 et plus affligé que je le suis de l'infidélité que m'a faite le vidame de Chartres, en racontant l'aventure d'un de mes amis que je lui avais confiée. Je pourrais m'en venger," continua-t-il en souriant avec un air tranquille, "qui ôta quasi à madame la dauphine les soupçons qu'elle venait d'avoir. Il m'a confié des choses qui ne
10 sont pas d'une médiocre importance; mais je ne sais, Madame, poursuivit-il, pourquoi vous me faites l'honneur de me mêler à cette aventure. Le vidame ne peut pas dire qu'elle me regarde, puisque je lui ai dit le contraire. La qualité d'un homme amoureux me peut convenir; mais pour celle d'un homme aimé, je ne crois
15 pas, Madame, que vous puissiez me la donner."

Ce prince fut bien aise de dire quelque chose à madame la dauphine, qui eût du rapport à ce qu'il lui avait fait paraître en d'autres temps, afin de lui détourner l'esprit des pensées qu'elle avait pu avoir. Elle crut bien aussi entendre ce qu'il disait; mais
20 sans y répondre, elle continua à lui ˙faire la guerre° de son   badger
embarras.

"J'ai été troublé, Madame," lui répondit-il, "pour l'intérêt de mon ami, et par les justes reproches qu'il me pourrait faire d'avoir redit une chose qui lui est plus chère que la vie. Il ne me l'a
25 néanmoins confiée qu'à demi, et il ne m'a pas nommé la personne qu'il aime. Je sais seulement qu'il est l'homme du monde le plus amoureux et le plus ˙à plaindre."°   pitiful

"Le trouvez-vous si à plaindre," répliqua madame la dauphine, "puisqu'il est aimé?"

30 "Croyez-vous qu'il le soit, Madame," reprit-il, "et qu'une personne, qui aurait une véritable passion, pût la découvrir à son mari? Cette personne ne connaît pas sans doute l'amour, et elle a pris pour lui une légère reconnaissance de l'attachement que l'on a pour elle. Mon ami ne se peut flatter d'aucune espérance; mais,
35 tout malheureux qu'il est, il se trouve heureux d'avoir du moins donné la peur de l'aimer, et il ne changerait pas son état contre celui du plus heureux amant du monde."

"Votre ami a une passion bien aisée à satisfaire," dit madame la dauphine, "et je commence à croire que ce n'est pas de vous dont vous parlez. Il ne s'en faut guère,"[30] continua-t-elle, "que je ne sois de l'avis de madame de Clèves, qui soutient que cette aventure ne peut être véritable."

5   "Je ne crois pas en effet qu'elle le puisse être," reprit madame de Clèves qui n'avait point encore parlé, "et quand il serait possible qu'elle le fût, par où l'aurait-on pu savoir? Il n'y a pas d'apparence qu'une femme, capable d'une chose si extraordinaire, eût la faiblesse de la raconter; apparemment son mari ne l'aurait pas

10 racontée non plus, ou ce serait un mari bien indigne du procédé que l'on aurait eu avec lui."

Monsieur de Nemours, qui vit les soupçons de madame de Clèves sur son mari, fut bien aise de les lui confirmer. Il savait que c'était le plus redoutable rival qu'il eût à détruire.

15 "La jalousie," répondit-il, "et la curiosité d'en savoir peut-être davantage que l'on ne lui en a dit peuvent faire faire bien des imprudences à un mari."

Madame de Clèves ˙était à la dernière épreuve° de sa force et   had reached the end

20 de son courage, et ne pouvant plus soutenir la conversation, elle allait dire qu'elle se trouvait mal, lorsque, par bonheur pour elle, la duchesse de Valentinois entra, qui dit à madame la dauphine que le roi allait arriver. Cette reine passa dans son cabinet pour s'habiller. Monsieur de Nemours s'approcha de madame de

25 Clèves, comme elle la voulait suivre.

"Je donnerais ma vie, Madame," lui dit-il, "pour vous parler un moment; mais de tout ce que j'aurais d'important à vous dire, rien ne me le paraît davantage que de vous supplier de croire que si j'ai dit quelque chose où madame la dauphine puisse prendre

30 part, je l'ai fait par des raisons qui ne la regardent pas."

Madame de Clèves ne fit pas semblant d'entendre monsieur de Nemours; elle le quitta sans le regarder et se mit à suivre le roi qui venait d'entrer. Comme il y avait beaucoup de monde, elle s'embarrassa dans sa robe, et fit un faux pas:[31] elle se servit

---

30 **Il ne...** *It would not take much.*
31 **s'embarrassa dans...** *got caught in her dress and tripped.*

de ce prétexte pour sortir d'un lieu où elle n'avait pas la force de demeurer, et, feignant de ne se pouvoir soutenir, elle s'en alla chez elle.

Monsieur de Clèves vint au Louvre et fut étonné de n'y pas trouver sa femme: on lui dit l'accident qui lui était arrivé. Il s'en retourna à l'heure même pour apprendre de ses nouvelles; il la trouva au lit, et il sut que son mal n'était pas considérable. Quand il eut été quelque temps auprès d'elle, il s'aperçut qu'elle était dans une tristesse si excessive qu'il en fut surpris.

"Qu'avez-vous, Madame?" lui dit-il. "Il me paraît que vous avez quelque autre douleur que celle dont vous vous plaignez?"

"J'ai la plus sensible affliction que je pouvais jamais avoir," répondit-elle. "Quel usage avez-vous fait de la confiance extraordinaire ou, pour mieux dire, folle que j'ai eue en vous? Ne méritais-je pas le secret, et quand je ne l'aurais pas mérité, votre propre intérêt ne vous y engageait-il pas? Fallait-il que la curiosité de savoir un nom que je ne dois pas vous dire vous obligeât à vous confier à quelqu'un pour tâcher de le découvrir? Ce ne peut être que cette seule curiosité qui vous ait fait faire une si cruelle imprudence, les suites en sont aussi fâcheuses qu'elles pouvaient l'être. Cette aventure est sue, et on me la vient de conter, ne sachant pas que j'y eusse le principal intérêt."

"Que me dites-vous, Madame?" lui répondit-il. "Vous m'accusez d'avoir conté ce qui s'est passé entre vous et moi, et vous m'apprenez que la chose est sue? Je ne me justifie pas de l'avoir redite; vous ne le sauriez croire, et il faut sans doute que vous ayez pris pour vous ce que l'on vous a dit de quelque autre."

"Ah! Monsieur," reprit-elle. "Il n'y a pas dans le monde une autre aventure ˙pareille à˚ la mienne; il n'y a point une autre femme capable de la même chose. Le hasard ne peut l'avoir fait inventer; on ne l'a jamais imaginée, et cette pensée n'est jamais tombée dans un autre esprit que le mien. Madame la dauphine vient de me conter toute cette aventure; elle l'a sue par le vidame de Chartres, qui la sait de monsieur de Nemours."

"Monsieur de Nemours!" s'écria monsieur de Clèves, avec une action qui marquait ˙du transport˚ et du désespoir. "Quoi! monsieur de Nemours sait que vous l'aimez, et que je le sais?"

like

frantic distress

"Vous voulez toujours choisir monsieur de Nemours plutôt
qu'un autre," répliqua-t-elle. "Je vous ai dit que je ne vous répondrai
jamais sur vos soupçons. J'ignore si monsieur de Nemours sait la
part que j'ai dans cette aventure et celle que vous lui avez donnée;
mais il l'a contée au vidame de Chartres et lui a dit qu'il la savait
d'un de ses amis, qui ne lui avait pas nommé la personne. Il faut
que cet ami de monsieur de Nemours soit des vôtres, et que vous
vous soyez fié° à lui pour tâcher° de vous éclaircir."   confided, attempt

"A-t-on un ami au monde à qui on voulût faire une telle
confidence," reprit monsieur de Clèves, "et voudrait-on éclaircir ses
soupçons au prix d'apprendre à quelqu'un ce que l'on souhaiterait
de se cacher à soi-même? Songez plutôt Madame, à qui vous avez
parlé. Il est plus vraisemblable que ce soit par vous que par moi
que ce secret soit échappé. Vous n'avez pu soutenir toute seule
l'embarras où vous vous êtes trouvée, et vous avez cherché le
soulagement° de vous plaindre avec quelque confidente qui vous   relief
a trahie."°   betrayed

"N'achevez point de m'accabler,"³² s'écria-t-elle, "et n'ayez
point la dureté de m'accuser d'une faute que vous avez faite.
Pouvez-vous m'en soupçonner, et puisque j'ai été capable de vous
parler, suis-je capable de parler à quelque autre?"

L'aveu que madame de Clèves avait fait à son mari était une
si grande marque de sa sincérité, et elle niait° si fortement de   denied
s'être confiée à personne, que monsieur de Clèves ne savait que
penser. D'un autre côté, il était assuré de n'avoir rien redit; c'était
une chose que l'on ne pouvait avoir devinée, elle était sue; ainsi
il fallait que ce fût par l'un des deux. Mais ce qui lui causait une
douleur violente, était de savoir que ce secret était entre les mains
de quelqu'un, et qu'apparemment il serait bientôt divulgué.

Madame de Clèves pensait à peu près les mêmes choses, elle
trouvait également impossible que son mari eût parlé, et qu'il n'eût
pas parlé. Ce qu'avait dit monsieur de Nemours que la curiosité
pouvait faire faire des imprudences à un mari, lui paraissait se
rapporter si juste à l'état de monsieur de Clèves, qu'elle ne pouvait

5

10

15

20

25

30

35

---

32 **N'achevez point...** *Do you seek my utter undoing?* (A more literal
translation would not capture the sense of her expression here.)

croire que ce fût une chose que le hasard eût fait dire; et cette vraisemblance la déterminait à croire que monsieur de Clèves avait abusé de la confiance qu'elle avait en lui. Ils étaient si occupés l'un et l'autre de leurs pensées, qu'ils furent longtemps sans parler, et ils ne sortirent de ce silence, que pour redire les mêmes choses qu'ils avaient déjà dites plusieurs fois, et demeurèrent le cœur et l'esprit plus éloignés et plus altérés qu'ils ne les avaient encore eus.

Il est aisé de s'imaginer en quel état ils passèrent la nuit. Monsieur de Clèves avait épuisé° toute sa constance° à soutenir ⟶ exhausted, constancy
le malheur de voir une femme qu'il adorait, touchée de passion pour un autre. Il ne lui restait plus de courage; il croyait même n'en devoir pas trouver dans une chose où sa gloire et son honneur étaient si vivement blessés.° Il ne savait plus que penser ⟶ wounded
de sa femme; il ne voyait plus quelle conduite il lui devait faire prendre,[33] ni comment il se devait conduire lui-même; et il ne trouvait de tous côtés que des précipices et des abîmes. Enfin, après une agitation et une incertitude très longues, voyant qu'il devait bientôt s'en aller en Espagne, il prit le parti de ne rien faire qui pût augmenter les soupçons ou la connaissance de son malheureux état. Il alla trouver madame de Clèves, et lui dit qu'il ne s'agissait pas de démêler entre eux qui avait manqué au secret;[34] mais qu'il s'agissait de faire voir que l'histoire que l'on avait contée était une fable où elle n'avait aucune part; qu'il dépendait d'elle de le persuader à monsieur de Nemours et aux autres; qu'elle n'avait qu'à agir avec lui, avec la sévérité et la froideur qu'elle devait avoir pour un homme qui lui témoignait de l'amour; que par ce procédé elle lui ôterait aisément l'opinion qu'elle eût de l'inclination pour lui; qu'ainsi, il ne fallait point s'affliger de tout ce qu'il aurait pu penser, parce que, si dans la suite elle ne faisait paraître aucune faiblesse, toutes ses pensées se détruiraient aisément, et que surtout il fallait qu'elle allât au Louvre et aux assemblées comme à l'ordinaire.

Après ces paroles, monsieur de Clèves quitta sa femme

---

33 **quelle conduite...** *what behavior he should require of her.*
34 **manqué au...** *failed to keep their secret.*

sans attendre sa réponse. Elle trouva beaucoup de raison dans
tout ce qu'il lui dit, et la colère où elle était contre monsieur de
Nemours lui fit croire qu'elle trouverait aussi beaucoup de facilité
à l'exécuter; mais il lui parut difficile de se trouver à toutes les
5   cérémonies du mariage, et d'y paraître avec un visage tranquille
et un esprit libre; néanmoins comme elle devait porter la robe
de madame la dauphine, et que c'était une chose où elle avait été
préférée à plusieurs autres princesses, il n'y avait pas moyen d'y
renoncer, sans faire beaucoup de bruit et sans en faire chercher des
10   raisons. Elle se résolut donc de faire un effort sur elle-même; mais
elle prit le reste du jour pour s'y préparer, et pour s'abandonner à
tous les sentiments dont elle était agitée. Elle s'enferma seule dans
son cabinet. De tous ses maux,° celui qui se présentait à elle avec   problems
le plus de violence, était d'avoir sujet de se plaindre de monsieur
15   de Nemours, et de ne trouver aucun moyen de le justifier. Elle
ne pouvait douter qu'il n'eût conté cette aventure au vidame de
Chartres; il l'avait avoué, et elle ne pouvait douter aussi, par la
manière dont il avait parlé, qu'il ne sût que l'aventure la regardait.
Comment excuser une si grande imprudence, et qu'était devenue
20   l'extrême discrétion de ce prince dont elle avait été si touchée?
    "Il a été discret," disait-elle, "tant qu'il a cru être malheureux;
mais une pensée d'un bonheur, même incertain, a fini sa discrétion.
Il n'a pu s'imaginer qu'il était aimé, sans vouloir qu'on le sût. Il a
dit tout ce qu'il pouvait dire; je n'ai pas avoué que c'était lui que
25   j'aimais, il l'a soupçonné, et il a laissé voir ses soupçons. S'il eût
eu des certitudes, il en aurait usé de la même sorte. J'ai eu tort
de croire qu'il y eût un homme capable de cacher ce qui flatte sa
gloire. C'est pourtant pour cet homme, que j'ai cru si différent
du reste des hommes, que je me trouve comme les autres femmes,
30   étant si éloignée de leur ressembler. J'ai perdu le cœur et l'estime
d'un mari qui devait faire ma félicité. Je serai bientôt regardée de
tout le monde comme une personne qui a une folle et violente
passion. Celui pour qui je l'ai ne l'ignore plus; et c'est pour éviter
ces malheurs que j'ai hasardé tout mon repos et même ma vie."
35   Ces tristes réflexions étaient suivies d'un torrent de larmes;
mais quelque douleur dont elle se trouvât accablée, elle sentait
bien qu'elle aurait eu la force de les supporter, si elle avait été

satisfaite de monsieur de Nemours.

Ce prince n'était pas dans un état plus tranquille. L'imprudence, qu'il avait faite d'avoir parlé au vidame de Chartres, et les cruelles suites de cette imprudence lui donnaient un déplaisir mortel. Il ne pouvait se représenter, sans être accablé, l'embarras, le trouble et l'affliction où il avait vu madame de Clèves. Il était inconsolable de lui avoir dit des choses sur cette aventure, qui bien que galantes par elles-mêmes, lui paraissaient, dans ce moment, grossières° et peu polies, puisqu'elles avaient fait entendre à madame de Clèves qu'il n'ignorait pas qu'elle était cette femme qui avait une passion violente et qu'il était celui pour qui elle l'avait. Tout ce qu'il eût pu souhaiter, eût été une conversation avec elle; mais il trouvait qu'il la devait craindre plutôt que de la désirer.

"Qu'aurais-je à lui dire?" s'écriait-il. "Irai-je encore lui montrer ce que je ne lui ai déjà que trop fait connaître? Lui ferai-je voir que je sais qu'elle m'aime, moi qui n'ai jamais seulement osé lui dire que je l'aimais? Commencerai-je à lui parler ouvertement de ma passion, afin de lui paraître un homme devenu hardi par des espérances? Puis-je penser seulement à l'approcher, et oserais-je lui donner l'embarras de soutenir ma vue? Par où pourrais-je me justifier? Je n'ai point d'excuse, je suis indigne° d'être regardé de madame de Clèves, et je n'espère pas aussi qu'elle me regarde jamais. Je ne lui ai donné par ma faute de meilleurs moyens pour se défendre contre moi que tous ceux qu'elle cherchait et qu'elle eût peut-être cherchés inutilement. Je perds par mon imprudence le bonheur et la gloire d'être aimé de la plus aimable et de la plus estimable personne du monde; mais si j'avais perdu ce bonheur, sans qu'elle en eût souffert, et sans lui avoir donné une douleur mortelle, ce me serait une consolation; et je sens plus dans ce moment le mal que je lui ai fait que celui que je me suis fait auprès d'elle."

Monsieur de Nemours fut longtemps à s'affliger et à penser les mêmes choses. L'envie de parler à madame de Clèves lui venait toujours dans l'esprit. Il songea à en trouver les moyens, il pensa à lui écrire; mais enfin, il trouva qu'après la faute qu'il avait faite, et de l'humeur dont elle était, le mieux qu'il pût faire était de lui témoigner un profond respect par son affliction et par son

coarse

unworthy

silence, de lui faire voir même qu'il n'osait se présenter devant
elle, et d'attendre ce que le temps, le hasard et l'inclination qu'elle
avait pour lui, pourraient faire en sa faveur. Il résolut aussi de ne
point faire de reproches au vidame de Chartres de l'infidélité qu'il
lui avait faite, de peur de fortifier ses soupçons.

Les fiançailles de Madame, qui se faisaient le lendemain, et le
mariage qui se faisait le jour suivant, occupaient tellement toute
la cour que madame de Clèves et monsieur de Nemours cachèrent
aisément au public leur tristesse et leur trouble. Madame la
dauphine ne parla même qu'en passant à madame de Clèves de la
conversation qu'elles avaient eue avec monsieur de Nemours, et
monsieur de Clèves affecta³⁵ de ne plus parler à sa femme de tout
ce qui s'était passé: de sorte qu'elle ne se trouva pas dans un aussi
grand embarras qu'elle l'avait imaginé.

Les fiançailles se firent au Louvre, et, après le festin° et le bal,   banquet
toute la maison royale alla coucher à l'évêché° comme c'était la   bishop's palace
coutume. Le matin, le duc d'Albe, qui n'était jamais vêtu que
fort simplement, mit un habit de drap d'or mêlé de couleur de
feu, de jaune et de noir, tout couvert de pierreries, et il avait une
couronne fermée sur la tête. Le prince d'Orange, habillé aussi
magnifiquement avec ses livrées, et tous les Espagnols suivis
des leurs, vinrent prendre le duc d'Albe à l'hôtel de Villeroi, où
il était logé, et partirent, marchant quatre à quatre, pour venir
à l'évêché. Sitôt qu'il fut arrivé, on alla par ordre à l'église: le roi
menait Madame, qui avait aussi une couronne fermée, et sa robe
portée par mesdemoiselles de Montpensier et de Longueville. La
reine marchait ensuite, mais sans couronne. Après elle, venait la
reine dauphine, Madame sœur du roi, madame de Lorraine, et
la reine de Navarre, leurs robes portées par des princesses. Les
reines et les princesses avaient toutes leurs filles magnifiquement
habillées des mêmes couleurs qu'elles étaient vêtues: en sorte
que l'on connaissait à qui étaient les filles par la couleur de leurs
habits. On monta sur l'échafaud qui était préparé dans l'église, et
l'on fit la cérémonie des mariages. On retourna ensuite dîner à

---

35 **affecta** *made a concerted effort.*

l'évêché et, sur les cinq heures, on en partit pour aller au palais,[36]
où se faisait le festin, et où le parlement, les cours souveraines
et la maison de ville étaient priés d'assister. Le roi, les reines, les
princes et princesses mangèrent sur la table de marbre dans la
5   grande salle du palais, le duc d'Albe assis auprès de la nouvelle
reine d'Espagne. Au-dessous des degrés° de la table de marbre et   steps (leading to)
à la main droite du roi, était une table pour les ambassadeurs, les
archevêques et les chevaliers de l'ordre,[37] et de l'autre côté, une
table pour messieurs du parlement.
10   Le duc de Guise, vêtu d'une robe de drap ˙d'or frisé,°   fringed with gold
servait le Roi de grand-maître,° monsieur le prince de Condé,   majordomo
de panetier,° et le duc de Nemours, d'échanson.°[38] Après que les   head butler, cup bearer
tables furent levées, le bal commença: il fut interrompu par des
ballets et par des machines[39] extraordinaires. On le reprit ensuite;
15   et enfin, après minuit, le roi et toute la cour s'en retournèrent[40]
au Louvre. Quelque triste que fût madame de Clèves, elle ne
laissa pas de paraître aux yeux de tout le monde, et surtout aux
yeux de monsieur de Nemours, d'une beauté incomparable. Il
n'osa lui parler, quoique l'embarras de cette cérémonie lui en
20   donnât plusieurs moyens; mais il lui fit voir tant de tristesse et
une crainte si respectueuse de l'approcher qu'elle ne le trouva plus
si coupable, quoiqu'il ne lui eût rien dit pour se justifier. Il eut la
même conduite les jours suivants, et cette conduite fit aussi le
même effet sur le cœur de madame de Clèves.
25   Enfin, le jour du tournoi arriva. Les reines se rendirent dans
les galeries et sur les échafauds qui leur avaient été destinés. Les

---

36 Le Palais de Justice.

37 The Order of the Knights of Malta. See note 21, page 7.

38 Honorific titles granted only for the duration of the ceremonial occasion. Cave indicates that they are the equivalent of the "head waiter, waiter,
and wine waiter" (*The Princesse de Clèves* 218).

39 Mechanical devices used for the stage scenery and special effects of
theatrical performances. Astor notes that this detail is anachronistic, since this
type of machine had not been imported from Italy until the beginning of the
seventeenth century (*La Princesse de Clèves* 141, n. 3).

40 The correction made here is similar to the one on page 118, note 29.
The verb has been changed from "retourna" to "retournèrent" to force the
agreement with the compound (and therefore plural) subject.

quatre tenants parurent au bout de la lice, avec une quantité de
chevaux et de livrées qui faisaient le plus magnifique spectacle qui
eût jamais paru en France.

    Le roi n'avait point d'autres couleurs que le blanc et le noir,
5   qu'il portait toujours à cause de madame de Valentinois qui était
veuve. Monsieur de Ferrare et toute sa suite avaient du jaune et du
rouge; monsieur de Guise parut avec de l'incarnat° et du blanc.   pink
On ne savait d'abord par quelle raison il avait ces couleurs; mais
on se souvint que c'étaient celles d'une belle personne qu'il avait
10 aimée pendant qu'elle était fille, et qu'il aimait encore, quoiqu'il
n'osât plus le lui faire paraître. Monsieur de Nemours avait du
jaune et du noir; on en chercha inutilement la raison. Madame
de Clèves n'eut pas de peine à le deviner: elle se souvint d'avoir
dit devant lui qu'elle aimait le jaune, et qu'elle était fâchée d'être
15 blonde, parce qu'elle n'en pouvait mettre. Ce prince crut pouvoir
paraître avec cette couleur, sans indiscrétion, puisque madame de
Clèves n'en mettant point, on ne pouvait soupçonner que ce fût
la sienne.

    Jamais on n'a fait voir tant d'adresse que les quatre tenants en
20 firent paraître. Quoique le roi fût le meilleur homme de cheval de
son royaume, on ne savait à qui donner l'avantage.[41] Monsieur de
Nemours avait un agrément dans toutes ses actions qui pouvait
faire pencher° en sa faveur des personnes moins intéressées que   lean
madame de Clèves. Sitôt qu'elle le vit paraître au bout de la lice,
25 elle sentit une émotion extraordinaire et à toutes les courses de
ce prince, elle avait de la peine à cacher sa joie, lorsqu'il avait
heureusement fourni sa carrière.[42]

    Sur le soir, comme tout était presque fini et que l'on était près
de ˙se retirer,° le malheur de l'État fit que[43] le roi voulut encore   withdraw
30 rompre une lance. Il manda au comte de Montgomery[44] qui était
extrêmement adroit, qu'il se mît sur la lice. Le comte supplia le

---

41 **donner l'avantage** *to grant the victory.*

42 **heureusement fourni...** *deftly completed his round.*

43 **Le malheur...** *To the great misfortune of his country.*

44 Gabriel de Lorges (c. 1530-1574), count of Montgomery, captain of
the Scottish Guards of Henri II, son of Jacques de Lorges, married to Elisabeth
de la Touche.

roi de 'l'en dispenser,° et allégua° toutes les excuses dont il put   excuse him, put forth
s'aviser,[45] mais le roi quasi en colère, lui fit dire qu'il le voulait
absolument. La reine manda au roi qu'elle le conjurait de ne plus
courir; qu'il avait si bien fait, qu'il devait être content, et qu'elle
5   le suppliait de revenir auprès d'elle. Il répondit que c'était pour
l'amour d'elle qu'il allait courir encore, et entra dans la barrière.[46]
Elle lui renvoya monsieur de Savoie[47] pour le prier une seconde fois
de revenir; mais tout fut inutile. Il courut, les lances se brisèrent,
et un éclat° de celle du comte de Montgomery lui donna dans   splinter
10 l'œil[48] et y demeura.

      Ce prince tomba du coup, ses écuyers et monsieur de
Montmorency, qui était un des maréchaux du camp, coururent
à lui. Ils furent étonnés de le voir si blessé; mais le roi ne s'étonna
point. Il dit que c'était peu de chose, et qu'il pardonnait au comte
15 de Montgomery. On peut juger quel trouble et quelle affliction
apporta un accident si funeste° dans une journée destinée à la joie.   ill-fated
Sitôt que l'on eut porté le roi dans son lit, et que les chirurgiens
eurent visité sa plaie,° ils la trouvèrent très considérable. Monsieur   wound
le connétable se souvint dans ce moment, de la prédiction que
20 l'on avait faite au roi,[49] qu'il serait tué dans un combat singulier;
et il ne douta point que la prédiction ne fût accomplie.[50]

      Le roi d'Espagne, qui était alors à Bruxelles, étant averti de cet
accident, envoya son médecin, qui était un homme d'une grande
réputation; mais il jugea le roi sans espérance.

25   Une cour aussi partagée° et aussi remplie d'intérêts opposés[51]   divided
n'était pas dans une médiocre agitation à la veille d'un si grand
événement; néanmoins, tous les mouvements étaient cachés, et
l'on ne paraissait occupé que de l'unique inquiétude de la santé
du roi. Les reines, les princes et les princesses ne sortaient presque

---

45 **dont il...** *he could come up with.*
46 **la barrière** *the playing field* (of the competition).
47 Emmanuel Philibert de Savoie. See note 60, page 13.
48 **lui donna...** *struck him in the eye.*
49 See note 30, page 67.
50 The tournament took place on June 30, 1559. The king died eleven
days after the accident.
51 **remplie d'intérêts...** *full of conflicting interests.*

point de son antichambre.

Madame de Clèves, sachant qu'elle était obligée d'y être, qu'elle
y verrait monsieur de Nemours, qu'elle ne pourrait cacher à son
mari l'embarras que lui causait cette vue, connaissant aussi que
la seule présence de ce prince le justifiait à ses yeux, et détruisait
toutes ses résolutions, prit le parti de feindre d'être malade. La
cour était trop occupée pour avoir de l'attention à sa conduite,
et pour démêler si son mal était faux ou véritable. Son mari seul
pouvait en connaître la vérité, mais elle n'était pas fâchée qu'il
la connût. Ainsi elle demeura chez elle, peu occupée du grand
changement qui se préparait; et, remplie de ses propres pensées,
elle avait toute la liberté de s'y abandonner. Tout le monde était
chez le roi. Monsieur de Clèves venait à de certaines heures lui
en dire des nouvelles. Il conservait avec elle le même procédé
qu'il avait toujours eu, ˈhors que,° quand ils étaient seuls, il y   except that
avait quelque chose d'un peu plus froid et de moins libre. Il ne lui
avait point reparlé de tout ce qui s'était passé; et elle n'avait pas
eu la force, et n'avait pas même jugé à propos de reprendre cette
conversation.

Monsieur de Nemours, qui s'était attendu à trouver quelques
moments à parler à madame de Clèves, fut bien surpris et bien
affligé de n'avoir pas seulement le plaisir de la voir. Le mal du
roi se trouva si considérable, que le septième jour il fut désespéré
des médecins. Il reçut la certitude de sa mort avec une fermeté
extraordinaire, et d'autant plus admirable qu'il perdait la vie
par un accident si malheureux, qu'il mourait à ˈla fleur de son
âge°, heureux, adoré de ses peuples, et aimé d'une maîtresse qu'il   the prime of his life
aimait éperdument. La veille de sa mort, il fit faire le mariage
de Madame, sa sœur, avec monsieur de Savoie, sans cérémonie.
L'on peut juger en quel état était la duchesse de Valentinois. La
reine ne permit point qu'elle vît le roi, et lui envoya demander les
cachets de ce prince et les pierreries de la couronne qu'elle avait en
garde. Cette duchesse s'enquit si le roi était mort; et comme on
lui eut répondu que non:

"Je n'ai donc point encore de maître," répondit-elle, "et
personne ne peut m'obliger à rendre ce que sa confiance m'a mis
entre les mains."

˙Sitôt qu'il fut expiré[52] au château des Tournelles,[53] le duc de Ferrare, le duc de Guise et le duc de Nemours conduisirent au Louvre la reine mère,[54] le roi et la reine sa femme.[55] Monsieur de Nemours menait la reine mère. Comme ils commençaient à marcher, elle se recula de quelques pas, et dit à la reine sa belle-fille, que c'était à elle à passer la première; mais il fut aisé de voir qu'il y avait plus d'aigreur que de bienséance dans ce compliment.

---

52 **sitôt qu'il...** *as soon as he had died.*

53 The death of the king prompted Catherine de Medici to have the Château des Tournelles destroyed. The Place des Vosges was constructed on that same site in the seventeenth century.

54 Catherine de Medici.

55 Francis II is the new king and his wife, the queen, is Mary Stuart, previously referred to as the "Reine Dauphine."

Quatrième Partie

LE CARDINAL DE LORRAINE s'était rendu maître absolu de
l'esprit de la reine mère; le vidame de Chartres n'avait plus aucune
part dans ses bonnes grâces, et l'amour qu'il avait pour madame
de Martigues et pour la liberté l'avait même empêché de sentir
5 cette perte, autant qu'elle méritait d'être sentie. Ce cardinal,
pendant les dix jours de la maladie du roi, avait eu le loisir de
former ses desseins et de faire prendre à la reine des résolutions
conformes à ce qu'il avait projeté; de sorte que sitôt que le roi fut
10 mort, la reine ordonna au connétable de demeurer aux Tournelles
auprès du corps du feu roi, pour faire les cérémonies ordinaires.
Cette commission l'éloignait de tout, et lui ôtait la liberté d'agir.
Il envoya un courrier au roi de Navarre pour le faire venir en
diligence, afin de s'opposer ensemble à la grande élévation où
15 il voyait que messieurs de Guise allaient parvenir. On donna le
commandement des armées au duc de Guise, et les finances au
cardinal de Lorraine. La duchesse de Valentinois fut chassée de
la cour; on fit revenir le cardinal de Tournon, ennemi déclaré du
connétable, et le chancelier Olivier, ennemi déclaré de la duchesse
20 de Valentinois.[1] Enfin, la cour changea entièrement de face. Le
duc de Guise prit le même rang que les princes du sang à porter
le manteau du roi aux cérémonies des funérailles: lui et ses frères
furent entièrement les maîtres, non seulement par le crédit du
cardinal sur l'esprit de la reine, mais parce que cette princesse crut
25 qu'elle pourrait les éloigner, s'ils lui donnaient de l'ombrage, et
qu'elle ne pourrait éloigner le connétable, qui était appuyé° des   supported
princes du sang.

---

1 François Olivier (1497-1560), chancellor of France from 1545 to 1560,
was exiled to his château in Leuville after his opposition to certain activities at
the Court resulted in his forced retirement.

Lorsque les cérémonies du deuil furent achevées, le connétable vint au Louvre et fut reçu du roi avec beaucoup de froideur. Il voulut lui parler en particulier; mais le roi appela messieurs de Guise, et lui dit devant eux, qu'il lui conseillait de se reposer; que les finances et le commandement des armées étaient donnés, et que lorsqu'il aurait besoin de ses conseils, il l'appellerait auprès de sa personne. Il fut reçu de la reine mère encore plus froidement que du roi, et elle lui fit même des reproches de ce qu'il avait dit au feu roi, que ses enfants ne lui ressemblaient point. Le roi de Navarre arriva, et ne fut pas mieux reçu. Le prince de Condé, moins endurant que son frère, se plaignit hautement; ses plaintes furent inutiles, on l'éloigna de la cour sous le prétexte de l'envoyer en Flandre signer la ratification de la paix. On fit voir au roi de Navarre une fausse lettre du roi d'Espagne, qui l'accusait de faire des entreprises sur ses places;² on lui fit craindre pour ses terres;°   lands enfin, on lui inspira le dessein de s'en aller en Béarn.³ La reine lui en fournit un moyen, en lui donnant la conduite⁴ de madame Élisabeth, et l'obligea même à partir devant cette princesse; et ainsi il ne demeura personne à la cour qui pût balancer le pouvoir de la maison de Guise.

Quoique ce fût une chose fâcheuse pour monsieur de Clèves de ne pas conduire madame Élisabeth, néanmoins il ne put s'en plaindre par la grandeur de celui qu'on lui préférait; mais il regrettait moins cet emploi par l'honneur qu'il en eût reçu, que parce que c'était une chose qui éloignait sa femme de la cour, sans qu'il parût qu'il eût dessein de l'en éloigner.

Peu de jours après la mort du roi, on résolut d'aller à Reims pour le sacre.⁵ Sitôt qu'on parla de ce voyage, madame de Clèves, qui avait toujours demeuré chez elle, feignant d'être malade, pria

---

2 **faire des...** *setting his sights on his territory.*

3 Henri III of Navarre (the future Henri IV) had inherited Béarn, territory located in the southwest of France.

4 **en lui...** *giving him the responsibility of escorting.*

5 The *sacre du roi* (the consecration of the king) was the ceremony during which the king was annoited and crowned, a priviledge held by the archbishop of Reims (a city in northern France). The consecration of Francis II took place on September 17, 1559. Charles de Lorraine, archbishop of Reims, performed the ceremony.

son mari de trouver bon qu'elle ne suivît point la cour, et qu'elle
s'en allât à Coulommiers prendre l'air et songer à sa santé. Il lui
répondit qu'il ne voulait point pénétrer si c'était la raison de sa
santé qui l'obligeait à ne pas faire le voyage, mais qu'il consentait
qu'elle ne le fît point. Il n'eut pas de peine à consentir à une chose
qu'il avait déjà résolue : quelque bonne opinion qu'il eût de la vertu
de sa femme, il voyait bien que la prudence ne voulait pas qu'il
l'exposât plus longtemps à la vue d'un homme qu'elle aimait.

Monsieur de Nemours sut bientôt que madame de Clèves ne
devait pas suivre la cour; il ne put se résoudre à partir sans la voir,
et la veille du départ, il alla chez elle aussi tard que la bienséance
le pouvait permettre, afin de la trouver seule. La fortune favorisa
son intention. Comme il entra dans la cour, il trouva madame
de Nevers[6] et madame de Martigues qui en sortaient, et qui lui
dirent qu'elles l'avaient laissée seule. Il monta avec une agitation
et un trouble qui ne se peut comparer qu'à celui qu'eut madame
de Clèves, quand on lui dit que monsieur de Nemours venait
pour la voir. La crainte qu'elle eut qu'il ne lui parlât de sa passion,
l'appréhension de lui répondre trop favorablement, l'inquiétude
que cette visite pouvait donner à son mari, la peine de lui en rendre
compte ou de lui cacher toutes ces choses, se présentèrent en un
moment à son esprit, et lui firent un si grand embarras, qu'elle
prit la résolution d'éviter la chose du monde qu'elle souhaitait
peut-être le plus. Elle envoya une de ses femmes à monsieur de
Nemours, qui était dans son antichambre, pour lui dire qu'elle
venait de se trouver mal, et qu'elle était bien fâchée de ne pouvoir
recevoir l'honneur qu'il lui voulait faire. Quelle douleur pour
ce prince de ne pas voir madame de Clèves, et de ne la pas voir
parce qu'elle ne voulait pas qu'il la vît! Il s'en allait le lendemain; il
n'avait plus rien à espérer du hasard. Il ne lui avait rien dit depuis
cette conversation de chez madame la dauphine, et il ˙avait lieu°   had reason
de croire que la faute d'avoir parlé au vidame avait détruit toutes
ses espérances; enfin il s'en allait avec tout ce qui peut aigrir une
vive douleur.

6 Marguerite de Bourbon, wife of François de Clèves, duke of Nevers. She
is the fictional mother-in-law to the fictional heroine of this tale.

Sitôt que madame de Clèves fut un peu remise du trouble que lui avait donné la pensée de la visite de ce prince, toutes les raisons qui la lui avaient fait refuser disparurent; elle trouva même qu'elle avait fait une faute, et si elle eût ôsé ou qu'il eût encore été
5   assez à temps, elle l'aurait fait rappeler.

Mesdames de Nevers et de Martigues, en sortant de chez elle, allèrent chez la reine dauphine; monsieur de Clèves y était. Cette princesse leur demanda d'où elles venaient; elles lui dirent qu'elles venaient de chez monsieur de Clèves, où elles avaient passé une
10   partie de l'après-dînée avec beaucoup de monde, et qu'elles n'y avaient laissé que monsieur de Nemours. Ces paroles, qu'elles croyaient si indifférentes, ne l'étaient pas pour monsieur de Clèves. Quoiqu'il dût bien s'imaginer que monsieur de Nemours pouvait trouver souvent des occasions de parler à sa femme,
15   néanmoins la pensée qu'il était chez elle, qu'il y était seul et qu'il lui pouvait parler de son amour, lui parut dans ce moment une chose si nouvelle et si insupportable, que la jalousie s'alluma dans son cœur avec plus de violence qu'elle n'avait encore fait. Il lui fut impossible de demeurer chez la reine; il s'en revint, ne sachant pas
20   même pourquoi il revenait, et s'il avait dessein d'aller interrompre monsieur de Nemours. Sitôt qu'il approcha de chez lui, il regarda s'il ne verrait rien qui lui pût faire juger si ce prince y était encore: il sentit du soulagement en voyant qu'il n'y était plus, et il trouva de la douceur à penser qu'il ne pouvait y avoir demeuré longtemps. Il
25   s'imagina que ce n'était peut-être pas monsieur de Nemours, dont il devait être jaloux: et quoiqu'il n'en doutât point, il cherchait à en douter; mais tant de choses l'en auraient persuadé, qu'il ne demeurait pas longtemps dans cette incertitude qu'il désirait. Il alla d'abord dans la chambre de sa femme, et après lui avoir parlé
30   quelque temps de choses indifférentes, il ne put s'empêcher de lui demander ce qu'elle avait fait et qui elle avait vu; elle lui en rendit compte. Comme il vit qu'elle ne lui nommait point monsieur de Nemours, il lui demanda, en tremblant, si c'était tout ce qu'elle avait vu, afin de lui donner lieu de nommer ce prince et de n'avoir
35   pas la douleur qu'elle lui en fît une finesse.[7] Comme elle ne l'avait

---

7 **lui en...** *might mislead him about it.*

point vu, elle ne le lui nomma point, et monsieur de Clèves reprenant la parole avec un ton qui marquait son affliction:

"Et monsieur de Nemours," lui dit-il, "ne l'avez-vous point vu, ou l'avez-vous oublié?"

"Je ne l'ai point vu, en effet," répondit-elle. "Je me trouvais mal, et j'ai envoyé une de mes femmes lui faire des excuses."

"Vous ne vous trouviez donc mal que pour lui," reprit monsieur de Clèves. "Puisque vous avez vu tout le monde, pourquoi des distinctions pour monsieur de Nemours? Pourquoi ne vous est-il pas comme un autre? Pourquoi faut-il que vous craigniez sa vue? Pourquoi lui laissez-vous voir que vous la craignez? Pourquoi lui faites-vous connaître que vous vous servez du pouvoir que sa passion vous donne sur lui? Oseriez-vous refuser de le voir, si vous ne saviez bien qu'il distingue vos rigueurs de l'incivilité? Mais pourquoi faut-il que vous ayez des rigueurs pour lui? D'une personne comme vous, Madame, tout est des faveurs hors l'indifférence."

"Je ne croyais pas," reprit madame de Clèves, "quelque soupçon que vous ayez sur monsieur de Nemours, que vous pussiez me faire des reproches de ne l'avoir pas vu."

"Je vous en fais pourtant, Madame," répliqua-t-il, "et ils sont bien fondés. Pourquoi ne le pas voir s'il ne vous a rien dit? Mais, Madame, il vous a parlé; si son silence seul vous avait témoigné sa passion, elle n'aurait pas fait en vous une si grande impression. Vous n'avez pu me dire la vérité tout entière; vous m'en avez caché la plus grande partie; vous vous êtes repentie même du peu que vous m'avez avoué et vous n'avez pas eu la force de continuer. Je suis plus malheureux que je ne l'ai cru, et je suis le plus malheureux de tous les hommes. Vous êtes ma femme, je vous aime comme ma maîtresse, et je vous en vois aimer un autre. Cet autre est le plus aimable de la cour, et il vous voit tous les jours, il sait que vous l'aimez. Eh! j'ai pu croire," s'écria-t-il, "que vous surmonteriez la passion que vous avez pour lui. Il faut que j'aie perdu la raison pour avoir cru qu'il fût possible."

"Je ne sais," reprit tristement madame de Clèves, "si vous avez eu tort de juger favorablement d'un procédé aussi extraordinaire que le mien; mais je ne sais si je ne me suis trompée d'avoir cru que vous me feriez justice?"

"N'en doutez pas, Madame," répliqua monsieur de Clèves, "vous vous êtes trompée; vous avez attendu de moi des choses aussi impossibles que celles que j'attendais de vous. Comment pouviez-vous espérer que je conservasse de la raison? Vous aviez donc oublié que je vous aimais éperdument et que j'étais votre mari? L'un des deux peut porter aux extrémités: que ne peuvent point les deux ensemble? Eh! que ne font-ils point aussi!" continua-t-il, "je n'ai que des sentiments violents et incertains dont je ne suis pas le maître. Je ne me trouve plus digne de vous; vous ne me paraissez plus digne de moi. Je vous adore, je vous hais; je vous offense, je vous demande pardon; je vous admire, j'ai honte de vous admirer. Enfin il n'y a plus en moi ni de calme ni de raison. Je ne sais comment j'ai pu vivre depuis que vous me parlâtes à Coulommiers, et depuis le jour que vous apprîtes de madame la dauphine que l'on savait votre aventure. Je ne saurais démêler par où elle a été sue, ni ce qui se passa entre monsieur de Nemours et vous sur ce sujet: vous ne me l'expliquerez jamais, et je ne vous demande point de me l'expliquer. Je vous demande seulement de vous souvenir que vous m'avez rendu le plus malheureux homme du monde."

Monsieur de Clèves sortit de chez sa femme après ces paroles et partit le lendemain sans la voir; mais il lui écrivit une lettre pleine d'affliction, d'honnêteté et de douceur. Elle y fit une réponse si touchante et si remplie d'assurances de sa conduite passée et de celle qu'elle aurait à l'avenir, que, comme ses assurances étaient fondées sur la vérité et que c'était en effet ses sentiments, cette lettre fit de l'impression sur monsieur de Clèves, et lui donna quelque calme; joint que monsieur de Nemours allant trouver le roi aussi bien que lui, il avait le repos de savoir qu'il ne serait pas au même lieu que madame de Clèves. Toutes les fois que cette princesse parlait à son mari, la passion qu'il lui témoignait, l'honnêteté de son procédé, l'amitié qu'elle avait pour lui, et ce qu'elle lui devait, faisaient des impressions dans son cœur qui affaiblissaient l'idée de monsieur de Nemours; mais ce n'était que pour quelque temps; et cette idée revenait bientôt plus vive et plus présente qu'auparavant.

Les premiers jours du départ de ce prince, elle ne sentit quasi pas son absence; ensuite elle lui parut cruelle. Depuis qu'elle l'aimait, il ne s'était point passé de jour qu'elle n'eût craint ou espéré de le rencontrer et elle trouva une grande peine à penser qu'il
5   n'était plus au pouvoir du hasard de faire qu'elle le rencontrât.

Elle s'en alla à Coulommiers; et en y allant, elle eut soin d'y faire porter de grands tableaux° qu'elle avait fait copier sur des   paintings originaux qu'avait fait faire madame de Valentinois pour sa belle maison d'Anet.[8] Toutes les actions remarquables qui s'étaient
10 passées du règne du roi étaient dans ces tableaux. Il y avait entre autres le siège de Metz,[9] et tous ceux qui s'y étaient distingués étaient peints fort ressemblants. Monsieur de Nemours était de ce nombre, et c'était peut-être ce qui avait donné envie à madame de Clèves d'avoir ces tableaux.

15 Madame de Martigues, qui n'avait pu partir avec la cour, lui promit d'aller passer quelques jours à Coulommiers. La faveur de la reine qu'elles partageaient ne leur avait point donné d'envie ni d'éloignement l'une de l'autre; elles étaient amies, sans néanmoins se confier leurs sentiments. Madame de Clèves savait
20 que madame de Martigues aimait le vidame; mais madame de Martigues ne savait pas que madame de Clèves aimât monsieur de Nemours, ni qu'elle en fût aimée. La qualité de nièce du vidame rendait madame de Clèves plus chère à madame de Martigues; et madame de Clèves l'aimait aussi comme une personne qui avait
25 une passion aussi bien qu'elle, et qui l'avait pour l'ami intime de son amant.

Madame de Martigues vint à Coulommiers, comme elle l'avait promis à madame de Clèves; elle la trouva dans une vie fort solitaire. Cette princesse avait même cherché le moyen
30 d'être dans une solitude entière, et de passer les soirs dans les jardins, sans être accompagnée de ses domestiques. Elle venait dans ce pavillon où monsieur de Nemours l'avait écoutée; elle

---

8 The Château d'Anet, located near Dreux, was built from 1548 to 1552 by the French architect Philibert Delorme for Diane de Poitiers, as a gift from King Henri II.

9 François de Guise had successfully defended Metz against the forces of Charles V.

entrait dans le cabinet^{10} qui était ouvert sur le jardin. Ses femmes
et ses domestiques demeuraient dans l'autre cabinet, ou sous le
pavillon, et ne venaient point à elle qu'elle ne les appelât. Madame
de Martigues n'avait jamais vu Coulommiers; elle fut surprise de
5 toutes les beautés qu'elle y trouva et surtout de l'agrément de ce
pavillon. Madame de Clèves et elle y passaient tous les soirs. La
liberté de se trouver seules, la nuit, dans le plus beau lieu du monde,
ne laissait pas finir la conversation entre deux jeunes personnes,
qui avaient des passions violentes dans le cœur; et quoiqu'elles ne
10 s'en fissent point de confidence, elles trouvaient un grand plaisir
à se parler. Madame de Martigues aurait eu de la peine à quitter
Coulommiers, si, en le quittant, elle n'eût dû aller dans un lieu
où était le vidame. Elle partit pour aller à Chambord,^{11} où la cour
était alors.

15 Le sacre avait été fait à Reims par le cardinal de Lorraine, et
l'on devait passer le reste de l'été dans le château de Chambord,
qui était nouvellement bâti. La reine témoigna une grande joie
de revoir madame de Martigues; et après lui en avoir donné
plusieurs marques,° elle lui demanda des nouvelles de madame   indications
20 de Clèves, et de ce qu'elle faisait à la campagne. Monsieur de
Nemours et monsieur de Clèves étaient alors chez cette reine.
Madame de Martigues, qui avait trouvé Coulommiers admirable,
en conta toutes les beautés, et elle s'étendit extrêmement sur la
description^{12} de ce pavillon de la forêt et sur le plaisir qu'avait
25 madame de Clèves de s'y promener seule une partie de la nuit.
Monsieur de Nemours, qui connaissait assez le lieu pour
entendre ce qu'en disait madame de Martigues, pensa qu'il n'était
pas impossible qu'il y pût voir madame de Clèves, sans être vu
que d'elle. Il fit quelques questions à madame de Martigues pour
30 s'en éclaircir encore; et monsieur de Clèves qui l'avait toujours
regardé pendant que madame de Martigues avait parlé, crut voir
dans ce moment ce qui lui passait dans l'esprit. Les questions que

---

10 As it is used here, **cabinet** refers to a covered stone structure in the
form of a small room connected to a garden.

11 The plans for Chambord had been decided upon by Francis I and work
began in 1519. The Château was completed in 1537.

12 **s'étendit extrêmement...** *described in great detail.*

fit ce prince le confirmèrent encore dans cette pensée; en sorte
qu'il ne douta point qu'il n'eût dessein d'aller voir sa femme. Il ne
se trompait pas dans ses soupçons. Ce dessein entra si fortement
dans l'eſprit de monsieur de Nemours, qu'après avoir passé la
nuit à songer aux moyens de l'exécuter, dès le lendemain matin,
il demanda congé au roi pour aller à Paris, sur quelque prétexte
qu'il inventa.

Monsieur de Clèves ne douta point du sujet de ce voyage;
mais il résolut de s'éclaircir de la conduite de sa femme, et de ne
pas demeurer dans une cruelle incertitude. Il eut envie de partir
en même temps que monsieur de Nemours, et de venir lui-même
caché découvrir quel succès aurait ce voyage; mais craignant
que son départ ne parût extraordinaire, et que monsieur de
Nemours, en étant averti, ne prît d'autres mesures, il résolut de
se fier à un gentilhomme qui était à lui, dont il connaissait la
fidélité et l'eſprit. Il lui conta dans quel embarras il se trouvait. Il
lui dit quelle avait été jusqu'alors la vertu de madame de Clèves,
et lui ordonna de partir sur les pas de monsieur de Nemours, de
l'observer exaɔtement, de voir s'il n'irait point à Coulommiers, et
s'il n'entrerait point la nuit dans le jardin.

Le gentilhomme qui était très capable d'une telle commission,
s'en acquitta avec toute l'exaɔtitude imaginable. Il suivit monsieur
de Nemours jusqu'à un village, à une demi-lieue de Coulommiers,
où ce prince s'arrêta, et le gentilhomme devina aisément que
c'était pour y attendre la nuit. Il ne crut pas à propos de l'y
attendre aussi; il passa le village et alla dans la forêt, à l'endroit
par où il jugeait que monsieur de Nemours pouvait passer; il ne
se trompa point dans tout ce qu'il avait pensé. Sitôt que la nuit
fut venue, il entendit marcher, et quoiqu'il fît obscur, il reconnut
aisément monsieur de Nemours. Il le vit faire le tour du jardin,
comme pour écouter s'il n'y entendrait personne, et pour choisir
le lieu par où il pourrait passer le plus aisément. Les palissades
étaient fort hautes, et il y en avait encore derrière, pour empêcher
qu'on ne pût entrer; en sorte qu'il était assez difficile de se faire
passage. Monsieur de Nemours ˙en vint à bout° néanmoins; sitôt   succeeded
qu'il fut dans ce jardin, il n'eut pas de peine à démêler où était
madame de Clèves. Il vit beaucoup de lumières dans le cabinet,

toutes les fenêtres en étaient ouvertes; et, en se glissant le long des palissades, il s'en approcha avec un trouble et une émotion qu'il est aisé de se représenter. Il se rangea derrière une des fenêtres, qui servait de porte, pour voir ce que faisait madame de Clèves.

5   Il vit qu'elle était seule; mais il la vit d'une si admirable beauté, qu'à peine fut-il maître du transport° que lui donna cette vue. Il   rapture
faisait chaud, et elle n'avait rien sur sa tête et sur sa gorge, que ses cheveux confusément rattachés. Elle était sur un lit de repos, avec une table devant elle, où il y avait plusieurs corbeilles° pleines de   baskets

10   rubans;° elle en choisit quelques-uns, et monsieur de Nemours   ribbons
remarqua que c'étaient des mêmes couleurs qu'il avait portées au tournoi. Il vit qu'elle en faisait des nœuds° à une canne des   knots
Indes,[13] fort extraordinaire, qu'il avait portée quelque temps, et qu'il avait donnée à sa sœur, à qui madame de Clèves l'avait prise

15   sans faire semblant de la reconnaître pour avoir été à monsieur de Nemours. Après qu'elle eut achevé son ouvrage avec une grâce et une douceur que répandaient° sur son visage les sentiments qu'elle   reflected
avait dans le cœur, elle prit un flambeau et s'en alla proche d'une grande table, vis-à-vis du tableau du siège de Metz, où était le

20   portrait de monsieur de Nemours; elle s'assit, et se mit à regarder ce portrait avec une attention et une rêverie que la passion seule peut donner.

On ne peut exprimer ce que sentit monsieur de Nemours dans ce moment. Voir au milieu de la nuit, dans le plus beau lieu

25   du monde, une personne qu'il adorait; la voir sans qu'elle sût qu'il la voyait, et la voir tout occupée de choses qui avaient du rapport à lui et à la passion qu'elle lui cachait, c'est ce qui n'a jamais été goûté ni imaginé par nul autre amant.

Ce prince était aussi tellement hors de lui-même, qu'il

30   demeurait immobile à regarder madame de Clèves, sans songer que les moments lui étaient précieux. Quand il fut un peu remis, il pensa qu'il devait attendre à lui parler qu'elle allât dans le jardin; il crut qu'il le pourrait faire avec plus de sûreté, parce qu'elle serait

---

13 Lyon's editor suggests that the cane referred to here is a walking stick imported from the East Indies and was a fashionable item at the time. It was perhaps a "'Malacca Cane,' of a mottled dark brown, made from a palm stem" (*The Princesse de Clèves* 89, n. 1).

plus éloignée de ses femmes; mais voyant qu'elle demeurait dans le cabinet, il prit la résolution d'y entrer. Quand il voulut l'exécuter, quel trouble n'eut-il point! Quelle crainte de lui déplaire! Quelle peur de faire changer ce visage où il y avait tant de douceur, et de
5 le voir devenir plein de sévérité et de colère!

    Il trouva qu'il y avait eu de la folie, non pas à venir voir madame de Clèves sans être vu, mais à penser de s'en faire voir; il vit tout ce qu'il n'avait point encore envisagé. Il lui parut de l'extravagance dans sa hardiesse de venir surprendre au milieu de la nuit, une
10 personne à qui il n'avait encore jamais parlé de son amour. Il pensa qu'il ne devait pas prétendre qu'elle le voulût écouter, et qu'elle aurait une juste colère du péril où il l'exposait, par les accidents qui pouvaient arriver. Tout son courage l'abandonna, et il fut prêt plusieurs fois à prendre la résolution de s'en retourner sans se
15 faire voir. Poussé néanmoins par le désir de lui parler, et rassuré par les espérances que lui donnait tout ce qu'il avait vu, il avança quelques pas, mais avec tant de trouble qu'une écharpe qu'il avait s'embarrassa dans la fenêtre, en sorte qu'il fit du bruit. Madame de Clèves tourna la tête, et, soit qu'elle eût l'esprit rempli de ce
20 prince, ou qu'il fût dans un lieu où la lumière donnait assez pour qu'elle le pût distinguer, elle crut le reconnaître et sans balancer ni se retourner du côté où il était, elle entra dans le lieu où étaient ses femmes. Elle y entra avec tant de trouble qu'elle fut contrainte, pour le cacher, de dire qu'elle se trouvait mal; et elle le dit aussi
25 pour occuper tous ses gens, et pour donner le temps à monsieur de Nemours de se retirer. Quand elle eut fait quelque réflexion, elle pensa qu'elle s'était trompée, et que c'était un effet de son imagination d'avoir cru voir monsieur de Nemours. Elle savait qu'il était à Chambord, elle ne trouvait nulle apparence qu'il eût
30 entrepris une chose si hasardeuse; elle eut envie plusieurs fois de rentrer dans le cabinet, et d'aller voir dans le jardin s'il y avait quelqu'un. Peut-être souhaitait-elle, autant qu'elle le craignait, d'y trouver monsieur de Nemours; mais enfin la raison et la prudence l'emportèrent° sur tous ses autres sentiments, et elle trouva qu'il   prevailed
35 valait mieux demeurer dans le doute où elle était, que de prendre le hasard de s'en éclaircir. Elle fut longtemps à se résoudre à sortir d'un lieu dont elle pensait que ce prince était peut-être si proche,

et il était quasi jour quand elle revint au château.

Monsieur de Nemours était demeuré dans le jardin, tant qu'il avait vu de la lumière; il n'avait pu perdre l'espérance de revoir madame de Clèves, quoiqu'il fût persuadé qu'elle l'avait reconnu, et qu'elle n'était sortie que pour l'éviter; mais, voyant qu'on fermait les portes, il jugea bien qu'il n'avait plus rien à espérer. Il vint reprendre son cheval tout proche du lieu où attendait le gentilhomme de monsieur de Clèves. Ce gentilhomme le suivit jusqu'au même village, d'où il était parti le soir. Monsieur de Nemours se résolut d'y passer tout le jour, afin de retourner la nuit à Coulommiers, pour voir si madame de Clèves aurait encore la cruauté de le fuir, ou celle de ne se pas exposer à être vue; quoiqu'il eût une joie sensible de l'avoir trouvée si remplie de son idée,[14] il était néanmoins très affligé de lui avoir vu un mouvement si naturel de le fuir.

La passion n'a jamais été si tendre et si violente qu'elle l'était alors en ce prince. Il s'en alla sous des saules,° le long d'un petit ruisseau qui coulait derrière la maison où il était caché. Il s'éloigna le plus qu'il lui fut possible, pour n'être vu ni entendu de personne; il s'abandonna aux transports de son amour, et son cœur en fut tellement pressé° qu'il fut contraint de laisser couler quelques larmes; mais ces larmes n'étaient pas de celles que la douleur seule fait répandre, elles étaient mêlées de douceur et de ce charme qui ne se trouve que dans l'amour.

Il se mit à repasser toutes les actions de madame de Clèves depuis qu'il en était amoureux; quelle rigueur honnête et modeste elle avait toujours eue pour lui, quoiqu'elle l'aimât. "Car, enfin, elle m'aime," disait-il, "elle m'aime, je n'en saurais douter; les plus grands engagements° et les plus grandes faveurs ne sont pas des marques si assurées que celles que j'en ai eues. Cependant je suis traité avec la même rigueur que si j'étais haï; j'ai espéré au temps,[15] je n'en dois plus rien attendre; je la vois toujours se défendre également contre moi et contre elle-même. Si je n'étais point aimé, je songerais à plaire; mais je plais, on m'aime, et on

willows

full

promises

---

14 **si remplie...** *so occupied with thoughts of him.*
15 **j'ai espéré...** *I hoped that time would turn things around.*

me le cache. Que puis-je donc espérer, et quel changement dois-je
attendre dans ma destinée? Quoi! je serai aimé de la plus aimable
personne du monde, et je n'aurai cet excès d'amour que donnent
les premières certitudes d'être aimé, que pour mieux sentir la
douleur d'être maltraité! Laissez-moi voir que vous m'aimez, belle
princesse," s'écria-t-il, "laissez-moi voir vos sentiments; pourvu
que je les connaisse par vous une fois en ma vie, je consens que
vous repreniez pour toujours ces rigueurs dont vous m'accablez.
Regardez-moi du moins avec ces mêmes yeux dont je vous ai vue
cette nuit regarder mon portrait; pouvez-vous l'avoir regardé avec
tant de douceur, et m'avoir fui moi-même si cruellement? Que
craignez-vous? Pourquoi mon amour vous est-il si redoutable?
Vous m'aimez, vous me le cachez inutilement; vous-même m'en
avez donné des marques involontaires. Je sais mon bonheur;
laissez-m'en jouir, et cessez de me rendre malheureux. Est-il
possible," reprenait-il, "que je sois aimé de madame de Clèves, et
que je sois malheureux? Qu'elle était belle cette nuit! Comment
ai-je pu résister à l'envie de me jeter à ses pieds? Si je l'avais fait,
je l'aurais peut-être empêchée de me fuir, mon respect l'aurait
rassurée; mais peut-être elle ne m'a pas reconnu; je m'afflige plus
que je ne dois, et la vue d'un homme, à une heure si extraordinaire,
l'a effrayée."

Ces mêmes pensées occupèrent tout le jour monsieur de
Nemours; il attendit la nuit avec impatience; et quand elle fut
venue, il reprit le chemin de Coulommiers. Le gentilhomme de
monsieur de Clèves, qui s'était déguisé afin d'être moins remarqué,
le suivit jusqu'au lieu où il l'avait suivi le soir d'auparavant, et le
vit entrer dans le même jardin. Ce prince connut bientôt que
madame de Clèves n'avait pas voulu hasarder qu'il essayât encore
de la voir; toutes les portes étaient fermées. Il tourna de tous les
côtés pour découvrir s'il ne verrait point de lumières; mais ce fut
inutilement.

Madame de Clèves s'étant doutée que monsieur de Nemours
pourrait revenir, était demeurée dans sa chambre; elle avait
appréhendé de n'avoir pas toujours la force de le fuir, et elle n'avait

pas voulu se mettre au hasard[16] de lui parler d'une manière si peu conforme à la conduite qu'elle avait eue jusqu'alors.

Quoique monsieur de Nemours n'eût aucune espérance de la voir, il ne put se résoudre à sortir si tôt d'un lieu où elle était si souvent. Il passa la nuit entière dans le jardin, et trouva quelque consolation à voir du moins les mêmes objets qu'elle voyait tous les jours. Le soleil était levé devant qu'il pensât à se retirer; mais enfin la crainte d'être découvert l'obligea à s'en aller.

Il lui fut impossible de s'éloigner sans voir madame de Clèves; et il alla chez madame de Mercœur, qui était alors dans cette maison qu'elle avait proche de Coulommiers. Elle fut extrêmement surprise de l'arrivée de son frère. Il inventa une cause de son voyage, assez vraisemblable pour la tromper, et enfin il conduisit si habilement° son dessein, qu'il l'obligea à lui proposer   cleverly
d'elle-même d'aller chez madame de Clèves. Cette proposition fut exécutée dès le même jour, et monsieur de Nemours dit à sa sœur qu'il la quitterait à Coulommiers, pour s'en retourner en diligence trouver le roi. Il fit ce dessein de la quitter à Coulommiers, dans la pensée de l'en laisser partir la première; et il crut avoir trouvé un moyen infaillible de parler à madame de Clèves.

Comme ils arrivèrent, elle se promenait dans une grande allée qui borde le parterre.° La vue de monsieur de Nemours ne lui   flowerbeds
causa pas un médiocre trouble, et ne lui laissa plus douter que ce ne fût lui qu'elle avait vu la nuit précédente. Cette certitude lui donna quelque mouvement de colère, par la hardiesse et l'imprudence qu'elle trouvait dans ce qu'il avait entrepris. Ce prince remarqua une impression de froideur sur son visage qui lui donna une sensible douleur. La conversation fut de choses indifférentes; et néanmoins, il trouva l'art d'y faire paraître tant d'esprit, tant de complaisance et tant d'admiration pour madame de Clèves, qu'il dissipa malgré elle une partie de la froideur qu'elle avait eue d'abord.

Lorsqu'il se sentit rassuré de sa première crainte, il témoigna une extrême curiosité d'aller voir le pavillon de la forêt. Il en parla comme du plus agréable lieu du monde et en fit même une

---

16 **se mettre...** *to run the risk.*

description si particulière,° que madame de Mercœur lui dit qu'il   detailed
fallait qu'il y eût été plusieurs fois pour en connaître si bien toutes
les beautés.

"Je ne crois pourtant pas," reprit madame de Clèves, "que
5 monsieur de Nemours y ait jamais entré;[17] c'eſt un lieu qui n'eſt
achevé que depuis peu."

"Il n'y a pas longtemps aussi que j'y ai été," reprit monsieur de
Nemours en la regardant, "et je ne sais si je ne dois point être bien
aise que vous ayez oublié de m'y avoir vu."

10 Madame de Mercœur, qui regardait la beauté des jardins,
n'avait point d'attention à ce que disait son frère. Madame de
Clèves rougit, et baissant les yeux sans regarder monsieur de
Nemours:

"Je ne me souviens point," lui dit-elle, "de vous y avoir vu; et
15 si vous y avez été, c'eſt sans que je l'aie su."

"Il eſt vrai, Madame," répliqua monsieur de Nemours, "que
j'y ai été sans vos ordres, et j'y ai passé les plus doux et les plus
cruels moments de ma vie."

Madame de Clèves entendait trop bien tout ce que disait
20 ce prince, mais elle n'y répondit point; elle songea à empêcher
madame de Mercœur d'aller dans ce cabinet, parce que le portrait
de monsieur de Nemours y était, et qu'elle ne voulait pas qu'elle
l'y vît. Elle fit si bien que le temps se passa insensiblement, et
madame de Mercœur parla de s'en retourner. Mais quand madame
25 de Clèves vit que monsieur de Nemours et sa sœur ne s'en allaient
pas ensemble, elle jugea bien à quoi elle allait être exposée; elle se
trouva dans le même embarras où elle s'était trouvée à Paris et elle
prit aussi le même parti. La crainte que cette visite ne fût encore
une confirmation des soupçons qu'avait son mari ne contribua
30 pas peu à la déterminer; et pour éviter que monsieur de Nemours
ne demeurât seul avec elle, elle dit à madame de Mercœur qu'elle
l'allait conduire jusqu'au bord de la forêt, et elle ordonna que son
carrosse la suivît. La douleur qu'eut ce prince de trouver toujours
cette même continuation des rigueurs en madame de Clèves

---

17 Note the use of *avoir* here as the auxiliary verb for *entrer*. Some verbs
that are usually used with *être* in modern French were sometimes conjugated
with *avoir* in the seventeenth century.

fut si violente qu'il en pâlit dans le même moment. Madame de Mercœur lui demanda s'il se trouvait mal ; mais il regarda madame de Clèves, sans que personne s'en aperçût, et il lui fit juger par ses regards qu'il n'avait d'autre mal que son désespoir. Cependant il fallut qu'il les laissât partir sans oser les suivre, et après ce qu'il avait dit, il ne pouvait plus retourner avec sa sœur ; ainsi, il revint à Paris, et en partit le lendemain.

Le gentilhomme de monsieur de Clèves l'avait toujours observé : il revint aussi à Paris, et, comme il vit monsieur de Nemours parti pour Chambord, il prit la poste afin d'y arriver devant lui, et de rendre compte de son voyage. Son maître attendait son retour, comme ce qui allait décider du malheur de toute sa vie.

Sitôt qu'il le vit, il jugea, par son visage et par son silence, qu'il n'avait que des choses fâcheuses à lui apprendre. Il demeura quelque temps saisi d'affliction, la tête baissée sans pouvoir parler ; enfin, il lui fit signe de la main de se retirer :

"Allez," dit-il, "je vois ce que vous avez à me dire ; mais je n'ai pas la force de l'écouter.

"Je n'ai rien à vous apprendre," répondit le gentilhomme, "sur quoi on puisse faire de jugement assuré. Il est vrai que monsieur de Nemours a entré[18] deux nuits de suite dans le jardin de la forêt, et qu'il a été le jour d'après à Coulommiers avec madame de Mercœur."

"C'est assez," répliqua monsieur de Clèves, "c'est assez," en lui faisant encore signe de se retirer, "et je n'ai pas besoin d'un plus grand éclaircissement."

Le gentilhomme fut contraint de laisser son maître abandonné à son désespoir. Il n'y en a peut-être jamais eu un plus violent, et peu d'hommes d'un aussi grand courage et d'un cœur aussi passionné que monsieur de Clèves ont ressenti en même temps la douleur que cause l'infidélité d'une maîtresse et la honte d'être trompé par une femme.

Monsieur de Clèves ne put résister à l'accablement[19] où il se

---

18 See note 17 page 147.
19 **l'accablement** *the overwhelming despair.*

trouva. La fièvre lui prit dès la nuit même, et avec de si grands accidents, que dès ce moment sa maladie parut très dangereuse. On en donna avis à madame de Clèves; elle vint en diligence. Quand elle arriva, il était encore plus mal, elle lui trouva quelque
5 chose de si froid et de si glacé pour elle, qu'elle en fut extrêmement surprise et affligée. Il lui parut même qu'il recevait avec peine les services qu'elle lui rendait; mais enfin, elle pensa que c'était peut-être un effet de sa maladie.

D'abord° qu'elle fut à Blois, où la cour était alors, monsieur = dès
10 de Nemours ne put s'empêcher d'avoir de la joie de savoir qu'elle était dans le même lieu que lui. Il essaya de la voir, et alla tous les jours chez monsieur de Clèves, sur le prétexte de savoir de ses nouvelles; mais ce fut inutilement. Elle ne sortait point de la chambre de son mari, et avait une douleur violente de l'état où
15 elle le voyait. Monsieur de Nemours était désespéré qu'elle fût si affligée; il jugeait aisément combien cette affliction renouvelait l'amitié qu'elle avait pour monsieur de Clèves, et combien cette amitié faisait une diversion dangereuse à la passion qu'elle avait dans le cœur. Ce sentiment lui donna un chagrin mortel pendant
20 quelque temps; mais l'extrémité du mal de monsieur de Clèves lui ouvrit de nouvelles espérances. Il vit que madame de Clèves serait peut-être en liberté de suivre son inclination, et qu'il pourrait trouver dans l'avenir une suite de bonheur et de plaisirs durables. Il ne pouvait soutenir cette pensée, tant elle lui donnait de trouble
25 et de transports, et il en éloignait son esprit par la crainte de se trouver trop malheureux, s'il venait à perdre ses espérances.

Cependant monsieur de Clèves était presque abandonné des médecins. Un des derniers jours de son mal, après avoir passé une nuit très fâcheuse, il dit sur le matin qu'il voulait
30 reposer. Madame de Clèves demeura seule dans sa chambre; il lui parut qu'au lieu de reposer, il avait beaucoup d'inquiétude. Elle s'approcha et se vint mettre à genoux devant son lit le visage tout couvert de larmes. Monsieur de Clèves avait résolu de ne lui point témoigner° le violent chagrin qu'il avait contre elle; mais reveal
35 les soins qu'elle lui rendait, et son affliction, qui lui paraissait quelquefois véritable, et qu'il regardait aussi quelquefois comme des marques de dissimulation et de perfidie,° lui causaient des treachery

sentiments si opposés et si douloureux, qu'il ne les put renfermer
en lui-même.

    "Vous versez bien des pleurs, Madame," lui dit-il, "pour une
mort que vous causez, et qui ne vous peut donner la douleur
5   que vous faites paraître. Je ne suis plus en état de vous faire des
reproches, continua-t-il avec une voix affaiblie par la maladie et
par la douleur, "mais je meurs du cruel déplaisir que vous m'avez
donné. Fallait-il qu'une action aussi extraordinaire que celle que
vous aviez faite de me parler à Coulommiers eût si peu de suite?
10   Pourquoi m'éclairer sur la passion que vous aviez pour monsieur de
Nemours, si votre vertu n'avait pas plus d'étendue° pour y résister?   force
Je vous aimais jusqu'à être bien aise d'être trompé, je l'avoue à ma
honte; j'ai regretté ce faux repos dont vous m'avez tiré. Que ne me
laissiez-vous dans cet aveuglement° tranquille dont jouissent tant   blindness
15   de maris? J'eusse, peut-être, ignoré toute ma vie que vous aimiez
monsieur de Nemours. Je mourrai," ajouta-t-il, "mais sachez que
vous me rendez la mort agréable, et qu'après m'avoir ôté l'estime
et la tendresse que j'avais pour vous, la vie me ferait horreur. Que
ferais-je de la vie," reprit-il, "pour la passer avec une personne que
20   j'ai tant aimée, et dont j'ai été si cruellement trompé, ou pour
vivre séparé de cette même personne, et en venir à un éclat et à
des violences si opposées à mon humeur et à la passion que j'avais
pour vous? Elle a été au-delà de ce que vous en avez vu, Madame;
je vous en ai caché la plus grande partie, par la crainte de vous
25   importuner, ou de perdre quelque chose de votre estime, par
des manières qui ne convenaient pas à un mari. Enfin je méritais
votre cœur; encore une fois, je meurs sans regret, puisque je n'ai
pu l'avoir, et que je ne puis plus le désirer. Adieu, Madame, vous
regretterez quelque jour un homme qui vous aimait d'une passion
30   véritable et légitime. Vous sentirez le chagrin que trouvent les
personnes raisonnables dans ces engagements, et vous connaîtrez
la différence d'être aimée comme je vous aimais, à l'être par des gens
qui, en vous témoignant de l'amour, ne cherchent que l'honneur
de vous séduire. Mais ma mort vous laissera en liberté," ajouta-t-il,
35   "et vous pourrez rendre monsieur de Nemours heureux, sans qu'il
vous en coûte des crimes. Qu'importe," reprit-il, "ce qui arrivera
quand je ne serai plus, et faut-il que j'aie la faiblesse d'y jeter les

yeux!"[20]

Madame de Clèves était si éloignée de s'imaginer que son mari pût avoir des soupçons contre elle, qu'elle écouta toutes ces paroles sans les comprendre, et sans avoir d'autre idée, sinon qu'il lui reprochait son inclination pour monsieur de Nemours; enfin, sortant tout d'un coup de son aveuglement:

"Moi, des crimes!" s'écria-t-elle. "La pensée même m'en est inconnue. La vertu la plus austère ne peut inspirer d'autre conduite que celle que j'ai eue; et je n'ai jamais fait d'action dont je n'eusse souhaité que vous eussiez été témoin.°" *witness*

"Eussiez-vous souhaité," répliqua monsieur de Clèves, en la regardant avec dédain, "que je l'eusse été des nuits que vous avez passées avec monsieur de Nemours? Ah! Madame, est-ce de vous dont je parle, quand je parle d'une femme qui a passé des nuits avec un homme?"

"Non, Monsieur," reprit-elle, "non, ce n'est pas de moi dont vous parlez. Je n'ai jamais passé ni de nuits ni de moments avec monsieur de Nemours. Il ne m'a jamais vue en particulier; je ne l'ai jamais souffert, ni écouté, et j'en ferais tous les serments..."[21]

"N'en dites pas davantage," interrompit monsieur de Clèves. "De faux serments ou un aveu me feraient peut-être une égale peine."

Madame de Clèves ne pouvait répondre; ses larmes et sa douleur lui ôtaient la parole; enfin, faisant un effort:

"Regardez-moi du moins; écoutez-moi," lui dit-elle. "S'il n'y allait que de mon intérêt,[22] je souffrirais ces reproches; mais il y va de votre vie.[23] Écoutez-moi, pour l'amour de vous-même: il est impossible qu'avec tant de vérité, je ne vous persuade mon innocence."

"Plût à Dieu que vous me la puissiez persuader!!" s'écria-t-il. "Mais que me pouvez-vous dire? Monsieur de Nemours n'a-t-il pas été à Coulommiers avec sa sœur? Et n'avait-il pas passé les deux nuits précédentes avec vous dans le jardin de la forêt?"

---

20 **faut-il que...** *I must be very weak even to consider it.*
21 **j'en ferais...** *I would swear to it.*
22 **s'il n'y...** *if this just concerned me.*
23 **il y...** *your life is at stake.*

"Si c'est là mon crime," répliqua-t-elle, "il m'est aisé de me justifier. Je ne vous demande point de me croire; mais croyez tous vos domestiques, et sachez si j'allai dans le jardin de la forêt la veille° que monsieur de Nemours vint à Coulommiers, et si je n'en   *evening before*
5 sortis pas le soir d'auparavant deux heures plus tôt que je n'avais accoutumé."

Elle lui conta ensuite comme elle avait cru voir quelqu'un dans ce jardin. Elle lui avoua qu'elle avait cru que c'était monsieur de Nemours. Elle lui parla avec tant d'assurance, et la vérité se
10 persuade si aisément lors même qu'elle n'est pas vraisemblable, que monsieur de Clèves fut presque convaincu de son innocence.

"Je ne sais," lui dit-il, "si je me dois laisser aller à vous croire. Je me sens si proche de la mort, que je ne veux rien voir de ce qui me pourrait faire regretter la vie. Vous m'avez éclairci trop tard;
15 mais ce me sera toujours un soulagement d'emporter la pensée que vous êtes digne de l'estime que j'aie eue pour vous. Je vous prie que je puisse encore avoir la consolation de croire que ma mémoire vous sera chère, et que, s'il eût dépendu de vous, vous eussiez eu pour moi les sentiments que vous avez pour un autre."

20 Il voulut continuer; mais une faiblesse lui ôta la parole. Madame de Clèves fit venir les médecins; ils le trouvèrent presque sans vie. Il languit° néanmoins encore quelques jours, et mourut   *languished* enfin avec une constance° admirable.[24] *death of M. de Clèves* *fortitude*

Madame de Clèves demeura dans une affliction si violente,
25 qu'elle perdit quasi l'usage de la raison. La reine la vint voir avec soin, et la mena dans un couvent, sans qu'elle sût où on la conduisait. Ses belles-sœurs la ramenèrent à Paris, qu'elle n'était pas encore en état de sentir distinctement sa douleur. Quand elle commença d'avoir la force de l'envisager, et qu'elle vit quel
30 mari elle avait perdu, qu'elle considéra qu'elle était la cause de sa mort, et que c'était par la passion qu'elle avait eue pour un autre qu'elle en était cause, l'horreur qu'elle eut pour elle-même et pour monsieur de Nemours ne se peut représenter.

Ce prince n'osa ˙ dans ces commencements° lui rendre d'autres   *early on*

---

24 The real Prince of Clèves (Jacques de Clèves) died on September 6, 1564.

soins que ceux que lui ordonnait la bienséance. Il connaissait assez madame de Clèves, pour croire qu'un plus grand empressement lui serait désagréable; mais ce qu'il apprit ensuite lui fit bien voir qu'il devait avoir longtemps la même conduite.

Un écuyer qu'il avait lui conta que le gentilhomme de monsieur de Clèves, qui était son ami intime, lui avait dit, dans sa douleur de la perte de son maître, que le voyage de monsieur de Nemours à Coulommiers était cause de sa mort. Monsieur de Nemours fut extrêmement surpris de ce discours; mais après y avoir fait réflexion, il devina une partie de la vérité, et il jugea bien quels seraient d'abord les sentiments de madame de Clèves et quel éloignement elle aurait de lui, si elle croyait que le mal de son mari eût été causé par la jalousie. Il crut qu'il ne fallait pas même la faire sitôt souvenir de son nom; et il suivit cette conduite, quelque pénible qu'elle lui parût.

Il fit un voyage à Paris, et ne put s'empêcher néanmoins d'aller à sa porte pour apprendre de ses nouvelles. On lui dit que personne ne la voyait, et qu'elle avait même défendu qu'on lui rendît compte de ceux qui l'iraient chercher. Peut-être que ces ordres si exacts étaient donnés en vue de ce prince, et pour ne point entendre parler de lui. Monsieur de Nemours était trop amoureux pour pouvoir vivre si absolument privé de la vue de madame de Clèves. Il résolut de trouver des moyens, quelque difficiles qu'ils pussent être, de sortir d'un état qui lui paraissait si insupportable.

La douleur de cette princesse passait les bornes de la raison. Ce mari mourant, et mourant à cause d'elle et avec tant de tendresse pour elle, ne lui sortait point de l'esprit. Elle repassait incessamment tout ce qu'elle lui devait, et elle se faisait un crime de n'avoir pas eu de la passion pour lui, comme si c'eût été une chose qui eût été en son pouvoir. Elle ne trouvait de consolation qu'à penser qu'elle le regrettait autant qu'il méritait d'être regretté, et qu'elle ne ferait dans le reste de sa vie que ce qu'il aurait été bien aise qu'elle eût fait s'il avait vécu.

Elle avait pensé plusieurs fois comment il avait su que monsieur de Nemours était venu à Coulommiers; elle ne soupçonnait pas ce prince de l'avoir conté, et il lui paraissait même indifférent

qu'il l'eût redit, tant elle se croyait guérie° et éloignée de la passion   cured
qu'elle avait eue pour lui. Elle sentait néanmoins une douleur vive
de s'imaginer qu'il était cause de la mort de son mari, et elle se
souvenait avec peine de la crainte que monsieur de Clèves lui
5   avait témoignée en mourant qu'elle ne l'épousât; mais toutes ces
douleurs se confondaient dans celle de la perte de son mari, et elle
croyait n'en avoir point d'autre.

Après que plusieurs mois furent passés, elle sortit de cette
violente affliction où elle était, et passa dans un état de tristesse
10 et de langueur. Madame de Martigues fit un voyage à Paris, et la
vit avec soin pendant le séjour qu'elle y fit. Elle l'entretint° de la   talked about
cour et de tout ce qui s'y passait; et quoique madame de Clèves ne
parût pas y prendre intérêt, madame de Martigues ne laissait pas²⁵
de lui en parler pour la divertir.

15 Elle lui conta des nouvelles du vidame, de monsieur de Guise,
et de tous les autres qui étaient distingués par leur personne ou
par leur mérite.

"Pour monsieur de Nemours," dit-elle, "je ne sais si les affaires
ont pris dans son cœur la place de la galanterie; mais il a bien
20 moins de joie qu'il n'avait accoutumé d'en avoir, il paraît fort retiré
du commerce des femmes. Il fait souvent des voyages à Paris, et je
crois même qu'il y est présentement."

Le nom de monsieur de Nemours surprit madame de Clèves
et la fit rougir. Elle changea de discours, et madame de Martigues
25 ne s'aperçut point de son trouble.

Le lendemain, cette princesse, qui cherchait des occupations
conformes à l'état où elle était, alla proche de chez elle voir un
homme qui faisait des ouvrages de soie° d'une façon particulière;   silk
et elle y fut dans le dessein d'en faire faire de semblables. Après
30 qu'on les lui eut montrés, elle vit la porte d'une chambre où elle
crut qu'il y en avait encore; elle dit qu'on la lui ouvrît. Le maître
répondit qu'il n'en avait pas la clef, et qu'elle était occupée par un
homme qui y venait quelquefois pendant le jour pour dessiner de
belles maisons et des jardins que l'on voyait de ses fenêtres.

35 "C'est l'homme du monde le mieux fait," ajouta-t-il. "Il n'a

---

25 **ne laissait...** *nonetheless continued.*

guère la mine° d'être réduit à gagner sa vie. Toutes les fois qu'il   appearance
vient céans,° je le vois toujours regarder les maisons et les jardins;   here
mais je ne le vois jamais travailler."

    Madame de Clèves écoutait ce discours avec une grande
5 attention. Ce que lui avait dit madame de Martigues, que
monsieur de Nemours était quelquefois à Paris, se joignit dans
son imagination à cet homme bien fait qui venait proche de chez
elle, et lui fit une idée de monsieur de Nemours, et de monsieur
de Nemours ˙appliqué à° la voir, qui lui donna un trouble confus,   intent on
10 dont elle ne savait pas même la cause. Elle alla vers les fenêtres
pour voir où elles donnaient; elle trouva qu'elles voyaient tout
son jardin et la face de son appartement. Et, lorsqu'elle fut dans sa
chambre, elle remarqua aisément cette même fenêtre où l'on lui
avait dit que venait cet homme. La pensée que c'était monsieur de
15 Nemours changea entièrement la situation de son esprit; elle ne
se trouva plus dans un certain triste repos qu'elle commençait à
goûter, elle se sentit inquiète et agitée. Enfin ne pouvant demeurer
avec elle-même, elle sortit, et alla prendre l'air dans un jardin hors
des faubourgs,° où elle pensait être seule. Elle crut en y arrivant   (inner) suburbs
20 qu'elle ne s'était pas trompée; elle ne vit aucune apparence qu'il y
eût quelqu'un, et elle se promena assez longtemps.

    Après avoir traversé un petit bois, elle aperçut, au bout
d'une allée, dans l'endroit le plus reculé° du jardin, une manière   remote
de cabinet ouvert de tous côtés, où elle adressa ses pas. Comme
25 elle en fut proche, elle vit un homme couché sur des bancs, qui
paraissait enseveli° dans une rêverie profonde, et elle reconnut   engrossed
que c'était monsieur de Nemours. Cette vue l'arrêta tout court.
Mais ses gens qui la suivaient firent quelque bruit, qui tira
monsieur de Nemours de sa rêverie. Sans regarder qui avait causé
30 le bruit qu'il avait entendu, il se leva de sa place pour éviter la
compagnie qui venait vers lui, et tourna dans une autre allée, en
faisant ˙une révérence fort basse,° qui l'empêcha même de voir   a very low bow
ceux qu'il saluait.

    S'il eût su ce qu'il évitait, avec quelle ardeur serait-il retourné
35 sur ses pas! Mais il continua à suivre l'allée, et madame de Clèves le
vit sortir par une porte de derrière où l'attendait son carrosse. Quel
effet produisit cette vue d'un moment dans le cœur de madame

de Clèves! Quelle passion endormie se ralluma dans son cœur, et
avec quelle violence! Elle s'alla asseoir dans le même endroit d'où
venait de sortir monsieur de Nemours; elle y demeura comme
accablée. Ce prince se présenta à son esprit, aimable au-dessus de
tout ce qui était au monde, l'aimant depuis longtemps avec une
passion pleine de respect jusqu'à sa douleur, songeant à la voir
sans songer à en être vu, quittant la cour, dont il faisait les délices,
pour aller regarder les murailles° qui la refermaient, pour venir   walls
rêver dans des lieux où il ne pouvait prétendre de la rencontrer;
enfin un homme digne d'être aimé par son seul attachement, et
pour qui elle avait une inclination si violente, qu'elle l'aurait aimé,
quand il ne l'aurait pas aimée; mais de plus, un homme d'une
qualité élevée et convenable° à la sienne. Plus de devoir, plus de   suited
vertu qui s'opposassent à ses sentiments; tous les obstacles étaient
levés, et il ne restait de leur état passé que la passion de monsieur
de Nemours pour elle, et que celle qu'elle avait pour lui.

Toutes ces idées furent nouvelles à cette princesse. L'affliction
de la mort de monsieur de Clèves l'avait assez occupée, pour avoir
empêché qu'elle n'y eût jeté les yeux. La présence de monsieur de
Nemours les amena en foule dans son esprit; mais, quand il en
eut été pleinement rempli, et qu'elle se souvint aussi que ce même
homme, qu'elle regardait comme pouvant l'épouser, était celui
qu'elle avait aimé du vivant de son mari, et qui était la cause de sa
mort, que même en mourant, il lui avait témoigné de la crainte
qu'elle ne l'épousât, son austère vertu était si blessée de cette
imagination,° qu'elle ne trouvait guère moins de crime à épouser   notion
monsieur de Nemours qu'elle en avait trouvé à l'aimer pendant
la vie de son mari. Elle s'abandonna à ces réflexions si contraires
à son bonheur; elle les fortifia encore de plusieurs raisons qui
regardaient son repos et les maux qu'elle prévoyait en épousant
ce prince. Enfin, après avoir demeuré deux heures dans le lieu où
elle était, elle s'en revint chez elle, persuadée qu'elle devait fuir sa
vue comme une chose entièrement opposée à son devoir.

Mais cette persuasion, qui était un effet de sa raison et de sa
vertu, n'entraînait pas son cœur. Il demeurait attaché à monsieur
de Nemours avec une violence qui la mettait dans un état digne
de compassion, et qui ne lui laissa plus de repos; elle passa une des

plus cruelles nuits qu'elle eût jamais passées. Le matin, son premier
mouvement fut d'aller voir s'il n'y aurait personne à la fenêtre qui
donnait chez elle; elle y alla, elle y vit monsieur de Nemours.
Cette vue la surprit, et elle se retira avec une promptitude qui
fit juger à ce prince qu'il avait été reconnu. Il avait souvent désiré
de l'être, depuis que sa passion lui avait fait trouver ces moyens
de voir madame de Clèves; et lorsqu'il n'espérait pas d'avoir ce
plaisir, il allait rêver dans le même jardin où elle l'avait trouvé.

Lassé° enfin d'un état si malheureux et si incertain, il résolut de   *weary*
tenter quelque voie d'éclaircir sa destinée. "Que veux-je attendre?
disait-il; il y a longtemps que je sais que j'en suis aimé; elle est libre,
elle n'a plus de devoir à m'opposer. Pourquoi ˙me réduire° à la voir   *reduce myself*
sans en être vu, et sans lui parler? Est-il possible que l'amour m'ait
si absolument ôté la raison et la hardiesse, et qu'il m'ait rendu si
différent de ce que j'ai été dans les autres passions de ma vie? J'ai
dû respecter la douleur de madame de Clèves; mais je la respecte
trop longtemps, et je lui donne ˙le loisir d'éteindre° l'inclination   *time to extinguish*
qu'elle a pour moi."

Après ces réflexions, il songea aux moyens dont il devait se
servir pour la voir. Il crut qu'il n'y avait plus rien qui l'obligeât
à cacher sa passion au vidame de Chartres; il résolut de lui en
parler, et de lui dire le dessein qu'il avait pour sa nièce.

Le vidame était alors à Paris: tout le monde y était venu
donner ordre à son équipage et à ses habits, pour suivre le roi, qui
devait conduire la reine d'Espagne. Monsieur de Nemours alla
donc chez le vidame, et lui fit un aveu sincère de tout ce qu'il lui
avait caché jusqu'alors, à la réserve des sentiments de madame de
Clèves dont il ne voulut pas paraître instruit.

Le vidame reçut tout ce qu'il lui dit avec beaucoup de joie,
et l'assura que sans savoir ses sentiments, il avait souvent pensé,
depuis que madame de Clèves était veuve, qu'elle était la seule
personne digne de lui. Monsieur de Nemours le pria de lui
donner les moyens de lui parler, et de savoir quelles étaient ses
dispositions.

Le vidame lui proposa de le mener chez elle; mais monsieur
de Nemours crut qu'elle en serait choquée parce qu'elle ne voyait
encore personne. Ils trouvèrent qu'il fallait que monsieur le

vidame la priât de venir chez lui, sur quelque prétexte, et que
monsieur de Nemours y vînt par un escalier dérobé,° afin de   hidden
n'être vu de personne. Cela s'exécuta comme ils l'avaient résolu:
madame de Clèves vint; le vidame l'alla recevoir, et la conduisit
5   dans un grand cabinet, au bout de son appartement. Quelque
temps après, monsieur de Nemours entra, comme si le hasard
l'eût conduit. Madame de Clèves fut extrêmement surprise de le
voir: elle rougit, et essaya de cacher sa rougeur. Le vidame parla
d'abord de choses différentes, et sortit, supposant° qu'il avait   pretending
10   quelque ordre à donner. Il dit à madame de Clèves qu'il la priait
de faire les honneurs de chez lui, et qu'il allait rentrer dans un
moment.

   L'on ne peut exprimer ce que sentirent monsieur de Nemours
et madame de Clèves, de se trouver seuls et en état de se parler
15   pour la première fois. Ils demeurèrent quelque temps sans rien
dire; enfin, monsieur de Nemours rompant le silence:

   "Pardonnerez-vous à monsieur de Chartres, Madame," lui dit-
il, "de m'avoir donné l'occasion de vous voir, et de vous entretenir,
que vous m'avez toujours si cruellement ôtée?"

20   "Je ne lui dois pas pardonner," répondit-elle, "d'avoir oublié
l'état où je suis, et à quoi il expose ma réputation."

   En prononçant ces paroles, elle voulut s'en aller; et monsieur
de Nemours, la retenant:

   "Ne craignez rien, Madame," répliqua-t-il, "personne ne
25   sait que je suis ici, et aucun hasard n'est à craindre. Écoutez-
moi, Madame, écoutez-moi; si ce n'est par bonté, que ce soit du
moins pour l'amour de vous-même, et pour vous délivrer des
extravagances° où m'emporterait infailliblement° une passion   excesses, unavoidably
dont je ne suis plus le maître."

30   Madame de Clèves céda pour la première fois au penchant
qu'elle avait pour monsieur de Nemours, et le regardant avec des
yeux pleins de douceur et de charmes:

   "Mais qu'espérez-vous," lui dit-elle, "de la complaisance°   indulgence
que vous me demandez? Vous vous repentirez, peut-être, de
35   l'avoir obtenue, et je me repentirai infailliblement de vous l'avoir
accordée. Vous méritez une destinée plus heureuse que celle que
vous avez eue jusqu'ici, et que celle que vous pouvez trouver à

l'avenir, à moins que vous ne la cherchiez ailleurs!"

"Moi, Madame," lui dit-il, "chercher du bonheur ailleurs! Et y en a-t-il d'autre que d'être aimé de vous? Quoique je ne vous aie jamais parlé, je ne saurais croire, Madame, que vous ignoriez ma passion, et que vous ne la connaissiez pour la plus véritable et la plus violente qui sera jamais. A quelle épreuve a-t-elle été par des choses qui vous sont inconnues? Et à quelle épreuve l'avez-vous mise par vos rigueurs?"

"Puisque vous voulez que je vous parle, et que je m'y résous," répondit madame de Clèves en s'asseyant, "je le ferai avec une sincérité que vous trouverez malaisément dans les personnes de mon sexe. Je ne vous dirai point que je n'ai pas vu l'attachement que vous avez eu pour moi; peut-être ne me croiriez-vous pas quand je vous le dirais. Je vous avoue donc, non seulement que je l'ai vu, mais que je l'ai vu tel que vous pouvez souhaiter qu'il m'ait paru."

"Et si vous l'avez vu, Madame," interrompit-il, "est-il possible que vous n'en ayez point été touchée? Et oserais-je vous demander s'il n'a fait aucune impression dans votre cœur?"

"Vous en avez dû juger par ma conduite," lui répliqua-t-elle, "mais je voudrais bien savoir ce que vous en avez pensé."

"Il faudrait que je fusse dans un état plus heureux pour vous l'oser dire," répondit-il; et ma destinée a trop peu de rapport à ce que je vous dirais. Tout ce que je puis vous apprendre, Madame, c'est que j'ai souhaité ardemment que vous n'eussiez pas avoué à monsieur de Clèves ce que vous me cachiez, et que vous lui eussiez caché ce que vous m'eussiez laissé voir."

"Comment avez-vous pu découvrir," reprit-elle en rougissant, "que j'aie avoué quelque chose à monsieur de Clèves?"

"Je l'ai su par vous-même, Madame," répondit-il, "mais, pour me pardonner la hardiesse que j'ai eue de vous écouter, souvenez-vous si j'ai abusé de ce que j'ai entendu, si mes espérances en ont augmenté, et si j'ai eu plus de hardiesse à vous parler."

Il commença à lui conter comme il avait entendu sa conversation avec monsieur de Clèves; mais elle l'interrompit avant qu'il eût achevé.

"Ne m'en dites pas davantage," lui dit-elle. "Je vois

présentement par où vous avez été si bien instruit. Vous ne me le parûtes déjà que trop chez madame la dauphine, qui avait su cette aventure par ceux à qui vous l'aviez confiée."

Monsieur de Nemours lui apprit alors de quelle sorte la chose était arrivée.

"Ne vous excusez point," reprit-elle. "Il y a longtemps que je vous ai pardonné, sans que vous m'ayez dit de raison. Mais puisque vous avez appris par moi-même ce que j'avais eu dessein de vous cacher toute ma vie, je vous avoue que vous m'avez inspiré des sentiments qui m'étaient inconnus devant que de vous avoir vu, et dont j'avais même si peu d'idée, qu'ils me donnèrent d'abord une surprise qui augmentait encore le trouble qui les suit toujours. Je vous fais cet aveu avec moins de honte, parce que je le fais dans un temps où je le puis faire sans crime, et que vous avez vu que ma conduite n'a pas été réglée par mes sentiments."

"Croyez-vous, Madame," lui dit monsieur de Nemours, en se jetant à ses genoux, "que je n'expire pas à vos pieds de joie et de transport?"

"Je ne vous apprends," lui répondit-elle en souriant, "que ce que vous ne saviez déjà que trop."

"Ah! Madame," répliqua-t-il, "quelle différence de le savoir par un effet du hasard, ou de l'apprendre par vous-même, et de voir que vous voulez bien que je le sache!"

"Il est vrai," lui dit-elle, "que je veux bien que vous le sachiez, et que je trouve de la douceur à vous le dire. Je ne sais même si je ne vous le dis point, plus pour l'amour de moi que pour l'amour de vous. Car enfin cet aveu n'aura point de suite, et je suivrai les règles austères que mon devoir m'impose."

"Vous n'y songez pas, Madame," répondit monsieur de Nemours. "Il n'y a plus de devoir qui vous lie, vous êtes en liberté; et si j'osais, je vous dirais même qu'il dépend de vous de faire en sorte que votre devoir vous oblige un jour à conserver les sentiments que vous avez pour moi."

"Mon devoir," répliqua-t-elle, "me défend de penser jamais à personne, et moins à vous qu'à qui que ce soit au monde, par des raisons qui vous sont inconnues."

"Elles ne me le sont peut-être pas, Madame," reprit-il, "mais

ce ne sont point de véritables raisons. Je crois savoir que monsieur
de Clèves m'a cru plus heureux que je n'étais, et qu'il s'est imaginé
que vous aviez approuvé des extravagances que la passion m'a fait
entreprendre sans votre aveu."

5 "Ne parlons point de cette aventure," lui dit-elle, "je n'en
saurais soutenir la pensée; elle me fait honte, et elle m'est aussi
trop douloureuse par les suites qu'elle a eues. Il n'est que trop
véritable que vous êtes cause de la mort de monsieur de Clèves;
les soupçons que lui a donnés votre conduite inconsidérée lui ont
10 coûté la vie, comme si vous la lui aviez ôtée de vos propres mains.
Voyez ce que je devrais faire, si vous en étiez venus ensemble à ces
extrémités, et que le même malheur en fût arrivé. Je sais bien que
ce n'est pas la même chose `à l'égard du° monde; mais au mien il
n'y a aucune différence, puisque je sais que c'est par vous qu'il est
15 mort, et que c'est à cause de moi."

"Ah! Madame," lui dit monsieur de Nemours, "quel fantôme
de devoir opposez-vous à mon bonheur? Quoi! Madame, une
pensée vaine et sans fondement vous empêchera de rendre
heureux un homme que vous ne haïssez pas? Quoi! j'aurais pu
20 concevoir l'espérance de passer ma vie avec vous; ma destinée
m'aurait conduit à aimer la plus estimable personne du monde;
j'aurais vu en elle tout ce qui peut faire une adorable maîtresse; elle
ne m'aurait pas haï, et je n'aurais trouvé dans sa conduite que tout
ce qui peut être à désirer dans une femme? Car enfin, Madame,
25 vous êtes peut-être la seule personne en qui ces deux choses se
soient jamais trouvées au degré qu'elles sont en vous. Tous ceux
qui épousent des maîtresses dont ils sont aimés, tremblent en
les épousant, et regardent avec crainte, par rapport aux autres,
la conduite qu'elles ont eue avec eux; mais en vous, Madame,
30 rien n'est à craindre, et on ne trouve que des sujets d'admiration.
N'aurais-je envisagé, dis-je, une si grande félicité, que pour vous
y voir apporter vous-même des obstacles? Ah! Madame, vous
oubliez que vous m'avez distingué du reste des hommes, ou plutôt
vous ne m'en avez jamais distingué: vous vous êtes trompée, et je
35 me suis flatté."

"Vous ne vous êtes point flatté," lui répondit-elle. "Les raisons
de mon devoir ne me paraîtraient peut-être pas si fortes sans

° in the eyes of

cette distinction dont vous vous doutez, et c'est elle qui me fait envisager des malheurs à m'attacher à vous."

"Je n'ai rien à répondre, Madame," reprit-il, "quand vous me faites voir que vous craignez des malheurs; mais je vous avoue qu'après tout ce que vous avez bien voulu me dire, je ne m'attendais pas à trouver une si cruelle raison."

"Elle est si peu offensante pour vous," reprit madame de Clèves, "que j'ai même beaucoup de peine à vous l'apprendre."

"Hélas! Madame," répliqua-t-il, "que pouvez-vous craindre qui me flatte trop, après ce que vous venez de me dire?"

"Je veux vous parler encore avec la même sincérité que j'ai déjà commencé," reprit-elle, "et je vais ˙passer par-dessus ° toute la retenue° et toutes les délicatesses que je devrais avoir dans une première conversation, mais je vous conjure de m'écouter sans m'interrompre."

"Je crois devoir à votre attachement la faible récompense de ne vous cacher aucun de mes sentiments, et de vous les laisser voir tels qu'ils sont. Ce sera apparemment la seule fois de ma vie que je me donnerai la liberté de vous les faire paraître; néanmoins je ne saurais vous avouer, sans honte, que la certitude de n'être plus aimée de vous, comme je le suis, me paraît un si horrible malheur, que, quand je n'aurais point des raisons de devoir insurmontables, je doute si je pourrais me résoudre à m'exposer à ce malheur. Je sais que vous êtes libre, que je le suis, et que les choses sont d'une sorte que le public n'aurait peut-être pas sujet de vous blâmer, ni moi non plus, quand nous nous engagerions ensemble pour jamais. Mais les hommes conservent-ils de la passion dans ces engagements éternels? Dois-je espérer un miracle en ma faveur et puis-je me mettre en état de voir certainement finir cette passion dont je ferais toute ma félicité? Monsieur de Clèves était peut-être l'unique homme du monde capable de conserver de l'amour dans le mariage. Ma destinée n'a pas voulu que j'aie pu profiter de ce bonheur; peut-être aussi que sa passion n'avait subsisté que parce qu'il n'en aurait pas trouvé en moi. Mais je n'aurais pas le même moyen de conserver la vôtre: je crois même que les obstacles ont fait votre constance. Vous en avez assez trouvé pour vous animer à vaincre; et mes actions involontaires, ou les choses que le hasard

(margin notes) put aside / reserve

vous a apprises, vous ont donné assez d'espérance pour ˙ne vous
pas rebuter."°   *not be discouraged*

"Ah! Madame," reprit monsieur de Nemours, "je ne saurais
garder le silence que vous m'imposez: vous me faites trop
5   d'injustice, et vous me faites trop voir combien vous êtes éloignée
d'être prévenue° en ma faveur."   *biased*

"J'avoue," répondit-elle, "que les passions peuvent me
conduire; mais elles ne sauraient m'aveugler. Rien ne me
peut empêcher de connaître que vous êtes né avec toutes les
10 dispositions pour la galanterie, et toutes les qualités qui sont
propres à y donner des succès heureux. Vous avez déjà eu plusieurs
passions, vous en auriez encore; je ne ferais plus votre bonheur; je
vous verrais pour une autre comme vous auriez été pour moi. J'en
aurais une douleur mortelle, et je ne serais pas même assurée de
15 n'avoir point le malheur de la jalousie. Je vous en ai trop dit pour
vous cacher que vous me l'avez fait connaître, et que je souffris
de si cruelles peines le soir que la reine me donna cette lettre de
madame de Thémines, que l'on disait qui s'adressait à vous, qu'il
m'en est demeuré une idée qui me fait croire que c'est le plus
20 grand de tous les maux."

"Par vanité ou par goût, toutes les femmes souhaitent de vous
attacher. Il y en a peu à qui vous ne plaisiez; mon expérience me
ferait croire qu'il n'y en a point à qui vous ne puissiez plaire. Je
vous croirais toujours amoureux et aimé, et je ne me tromperais
25 pas souvent. Dans cet état néanmoins, je n'aurais d'autre parti à
prendre que celui de la souffrance; je ne sais même si j'oserais me
plaindre. On fait des reproches à un amant; mais en fait-on à un
mari, quand on n'a à lui reprocher que de n'avoir plus d'amour?
Quand je pourrais m'accoutumer à cette sorte de malheur,
30 pourrais-je m'accoutumer à celui de croire voir toujours monsieur
de Clèves vous accuser de sa mort, me reprocher de vous avoir
aimé, de vous avoir épousé et me faire sentir la différence de son
attachement au vôtre? Il est impossible," continua-t-elle, "de
passer par-dessus des raisons si fortes: il faut que je demeure dans
35 l'état où je suis, et dans les résolution que j'ai prises de n'en sortir
jamais."

"Hé! croyez-vous le pouvoir, Madame?" s'écria monsieur de

Nemours. "Pensez-vous que vos résolutions tiennent contre un homme qui vous adore, et qui est assez heureux pour vous plaire? Il est plus difficile que vous ne pensez, Madame, de résister à ce qui nous plaît et à ce qui nous aime. Vous l'avez fait par une vertu austère, qui n'a presque point d'exemple; mais cette vertu ne s'oppose plus à vos sentiments, et j'espère que vous les suivrez malgré vous."

"Je sais bien qu'il n'y a rien de plus difficile que ce que j'entreprends," répliqua madame de Clèves. "Je me défie de mes forces au milieu de mes raisons. Ce que je crois devoir à la mémoire de monsieur de Clèves serait faible, s'il n'était soutenu par l'intérêt de mon repos; et les raisons de mon repos ont besoin d'être soutenues de celles de mon devoir. Mais quoique je me défie de moi-même, je crois que je ne vaincrai jamais mes scrupules, et je n'espère pas aussi de surmonter l'inclination que j'ai pour vous. Elle me rendra malheureuse, et je me priverai de votre vue, quelque violence qu'il m'en coûte. Je vous conjure, par tout le pouvoir que j'ai sur vous, de ne chercher aucune occasion de me voir. Je suis dans un état qui me fait des crimes de tout ce qui pourrait être permis dans un autre temps, et la seule bienséance interdit tout commerce entre nous."

Monsieur de Nemours se jeta à ses pieds, et s'abandonna à tous les divers mouvements dont il était agité. Il lui fit voir, et par ses paroles et par ses pleurs, la plus vive et la plus tendre passion dont un cœur ait jamais été touché. Celui de madame de Clèves n'était pas insensible, et, regardant ce prince avec des yeux un peu grossis par les larmes:

"Pourquoi faut-il," s'écria-t-elle, "que je vous puisse accuser de la mort de monsieur de Clèves? Que n'ai-je commencé à vous connaître depuis que je suis libre, ou pourquoi ne vous ai-je pas connu devant que d'être engagée? Pourquoi la destinée nous sépare-t-elle par un obstacle si invincible?"

"Il n'y a point d'obstacle, Madame," reprit monsieur de Nemours. "Vous seule vous opposez à mon bonheur; vous seule vous imposez une loi que la vertu et la raison ne vous sauraient imposer."

"Il est vrai," répliqua-t-elle, "que je sacrifie beaucoup à un

devoir qui ne subsiste que dans mon imagination. Attendez ce
que le temps pourra faire. Monsieur de Clèves ne fait encore
que d'expirer, et cet objet funeste est trop proche pour me laisser
des vues claires et distinctes. Ayez cependant le plaisir de vous
être fait aimer d'une personne qui n'aurait rien aimé, si elle ne
vous avait jamais vu; croyez que les sentiments que j'ai pour vous
seront éternels, et qu'ils subsisteront également, quoi que je fasse.
Adieu," lui dit-elle, "voici une conversation qui me fait honte:
rendez-en compte à monsieur le vidame; j'y consens, et je vous en
prie."

Elle sortit en disant ces paroles, sans que monsieur de Nemours
pût la retenir. Elle trouva monsieur le vidame dans la chambre la
plus proche. Il la vit si troublée qu'il n'osa lui parler, et il la remit
en son carrosse sans lui rien dire. Il revint trouver monsieur de
Nemours, qui était si plein de joie, de tristesse, d'étonnement
et d'admiration, enfin, de tous les sentiments que peut donner
une passion pleine de crainte et d'espérance, qu'il n'avait pas
l'usage de la raison. Le vidame fut longtemps à obtenir qu'il lui
rendit compte de²⁶ sa conversation. Il le fit enfin; et monsieur
de Chartres, sans être amoureux, n'eut pas moins d'admiration
pour la vertu, l'esprit et le mérite de madame de Clèves, que
monsieur de Nemours en avait lui-même. Ils examinèrent ce que
ce prince devait espérer de sa destinée; et, quelques craintes que
son amour lui pût donner, il demeura d'accord avec monsieur le
vidame qu'il était impossible que madame de Clèves demeurât
dans les résolutions où elle était. Ils convinrent néanmoins qu'il
fallait suivre ses ordres, de crainte que, si le public s'apercevait de
l'attachement qu'il avait pour elle, elle ne fit des déclarations et ne
prît engagements vers le monde, qu'elle soutiendrait dans la suite,
par la peur qu'on ne crût qu'elle l'eût aimé du vivant de son mari.

Monsieur de Nemours se détermina à suivre le roi. C'était
un voyage dont il ne pouvait aussi bien se dispenser, et il résolut
à s'en aller, sans tenter même de revoir madame de Clèves du lieu
où il l'avait vue quelquefois. Il pria monsieur le vidame de lui
parler. Que ne lui dit-il point pour lui dire? Quel nombre infini

---

26 **Le vidame...** *It took a while for the vidame to convince him to report.*

de raisons pour la persuader de vaincre ses scrupules! Enfin, une partie de la nuit était passée devant que monsieur de Nemours songeât à le laisser en repos.

Madame de Clèves n'était pas en état d'en trouver: ce lui était une chose si nouvelle d'être sortie de cette contrainte qu'elle s'était imposée, d'avoir souffert, pour la première fois de sa vie, qu'on lui dît qu'on était amoureux d'elle, et d'avoir dit elle-même qu'elle aimait, qu'elle ne se connaissait plus. Elle fut étonnée de ce qu'elle avait fait; elle s'en repentit; elle en eut de la joie: tous ses sentiments étaient pleins de trouble et de passion. Elle examina encore les raisons de son devoir qui s'opposaient à son bonheur; elle sentit de la douleur de les trouver si fortes, et elle se repentit de les avoir si bien montrées à monsieur de Nemours. Quoique la pensée de l'épouser lui fût venue dans l'esprit sitôt qu'elle l'avait revu dans ce jardin, elle ne lui avait pas fait la même impression que venait de faire la conversation qu'elle avait eue avec lui; et il y avait des moments où elle avait de la peine à comprendre qu'elle pût être malheureuse en l'épousant. Elle eût bien voulu se pouvoir dire qu'elle était mal fondée, et dans ses scrupules du passé, et dans ses craintes de l'avenir. La raison et son devoir lui montraient, dans d'autres moments, des choses tout opposées, qui l'emportaient rapidement à la résolution de ne se point remarier et de ne voir jamais monsieur de Nemours. Mais c'était une résolution bien violente à établir dans un cœur aussi touché que le sien, et aussi nouvellement abandonné aux charmes de l'amour. Enfin, pour se donner quelque calme, elle pensa qu'il n'était point encore nécessaire qu'elle se fît la violence de prendre des résolutions; la bienséance lui donnait un temps considérable[27] à se déterminer; mais elle résolut de demeurer ferme à n'avoir aucun commerce avec monsieur de Nemours. Le vidame la vint voir, et servit ce prince avec tout l'esprit et l'application imaginables. Il ne la put faire changer sur sa conduite, ni sur celle qu'elle avait imposée à monsieur de Nemours. Elle lui dit que son dessein était de demeurer dans l'état où elle se trouvait; qu'elle connaissait que ce dessein était difficile à exécuter; mais qu'elle espérait d'en avoir

---

27 A widow was expected to be in mourning for at least one year.

la force. Elle lui fit si bien voir à quel point elle était touchée de l'opinion que monsieur de Nemours avait causé la mort à son mari, et combien elle était persuadée qu'elle ferait une action contre son devoir en l'épousant, que le vidame craignit qu'il ne
5 fût malaisé de lui ôter cette impression. Il ne dit pas à ce prince ce qu'il pensait, et en lui rendant compte de sa conversation, il lui laissa toute l'espérance que la raison doit donner à un homme qui est aimé.

Ils partirent le lendemain, et allèrent joindre le roi. Monsieur
10 le vidame écrivit à madame de Clèves, à la prière de monsieur de Nemours, pour lui parler de ce prince; et, dans une seconde lettre qui suivit bientôt la première, monsieur de Nemours y mit quelques lignes de sa main. Mais madame de Clèves, qui ne voulait pas sortir des règles qu'elle s'était imposées, et qui
15 craignait les accidents qui peuvent arriver par les lettres, manda au vidame qu'elle ne recevrait plus les siennes, s'il continuait à lui parler de monsieur de Nemours; et elle lui manda si fortement, que ce prince le pria même de ne le plus nommer.

La cour alla conduire la reine d'Espagne jusqu'en Poitou.[28]
20 Pendant cette absence, madame de Clèves demeura à elle-même, et, à mesure qu'elle était éloignée de monsieur de Nemours et de tout ce qui l'en pouvait faire souvenir, elle rappelait la mémoire de monsieur de Clèves, qu'elle se faisait un honneur de conserver. Les raisons qu'elle avait de ne point épouser monsieur de Nemours
25 lui paraissaient fortes du côté de son devoir, et insurmontables du côté de son repos. La fin de l'amour de ce prince, et les maux de la jalousie qu'elle croyait infaillibles° dans un mariage, lui   inevitable
montraient un malheur certain où elle s'allait jeter; mais elle voyait aussi qu'elle entreprenait une chose impossible, que de
30 résister en présence au plus aimable homme du monde, qu'elle aimait et dont elle était aimée, et de lui résister sur une chose qui ne choquait ni la vertu, ni la bienséance. Elle jugea que l'absence seule et l'éloignement pouvaient lui donner quelque force; elle trouva qu'elle en avait besoin, non seulement pour soutenir la

---

28 Poitou, a region in central France and former province of which Poitiers was the capital.

résolution de ne se pas engager, mais même pour se défendre de voir monsieur de Nemours; et elle résolut de faire un assez long voyage, pour passer tout le temps que la bienséance l'obligeait à vivre dans la retraite. De grandes terres qu'elle avait vers les Pyrénées lui parurent le lieu le plus propre qu'elle pût choisir. Elle partit peu de jours avant que la cour revînt; et, en partant, elle écrivit à monsieur le vidame, pour le conjurer que l'on ne songeât point à avoir de ses nouvelles, ni à lui écrire.

Monsieur de Nemours fut affligé de ce voyage, comme un autre l'aurait été de la mort de sa maîtresse. La pensée d'être privé pour longtemps de la vue de madame de Clèves lui était une douleur sensible, et surtout dans un temps où il avait senti le plaisir de la voir, et de la voir touchée de sa passion. Cependant il ne pouvait faire autre chose que s'affliger, mais son affliction augmenta considérablement. Madame de Clèves, dont l'esprit avait été si agité, tomba dans une maladie violente sitôt qu'elle fut arrivée chez elle; cette nouvelle vint à la cour. Monsieur de Nemours était inconsolable; sa douleur allait au désespoir et à l'extravagance. Le vidame eut beaucoup de peine à l'empêcher de faire voir sa passion au public; il en eut beaucoup aussi à le retenir, et à lui ôter le dessein d'aller lui-même apprendre de ses nouvelles. La parenté et l'amitié de monsieur le vidame[29] fut un prétexte à y envoyer plusieurs courriers; on sut enfin qu'elle était hors de cet extrême péril où elle avait été; mais elle demeura dans une maladie de langueur, qui ne laissait guère d'espérance de sa vie.

Cette vue si longue et si prochaine de la mort fit paraître à madame de Clèves les choses de cette vie de cet œil si différent dont on les voit dans la santé. La nécessité de mourir, dont elle se voyait si proche, l'accoutuma à se détacher de toutes choses, et la longueur de sa maladie lui en fit une habitude. Lorsqu'elle revint de cet état, elle trouva néanmoins que monsieur de Nemours n'était pas effacé de son cœur, mais elle appela à son secours, pour se défendre contre lui, toutes les raisons qu'elle croyait avoir pour ne l'épouser jamais. Il se passa un assez grand combat en elle-

---

29 **La parenté...** *The vidame's relationship and friendship with her.*

même. Enfin, elle surmonta les restes° de cette passion qui était   what remained
affaiblie par les sentiments que sa maladie lui avait donnés. Les
pensées de la mort lui avaient reproché la mémoire de monsieur
de Clèves. Ce souvenir, qui s'accordait à son devoir, s'imprima
5   fortement dans son cœur. Les passions et les engagements du
monde lui parurent tels qu'ils paraissent aux personnes qui ont
des vues plus grandes et plus éloignées. Sa santé, qui demeura
considérablement affaiblie, lui aida à conserver ses sentiments;
mais comme elle connaissait ce que peuvent les occasions sur les
10   résolutions les plus sages, elle ne voulut pas s'exposer à détruire
les siennes, ni revenir dans les lieux où était ce qu'elle avait aimé.
Elle se retira, sur le prétexte de changer d'air, dans une maison
religieuse, sans faire paraître un dessein arrêté° de renoncer à la   firm
cour.

15   A la première nouvelle qu'en eut monsieur de Nemours, il
sentit le poids de cette retraite, et il en vit l'importance. Il crut,
dans ce moment, qu'il n'avait plus rien à espérer; la perte de ses
espérances ne l'empêcha pas de mettre tout en usage pour faire
revenir madame de Clèves. Il fit écrire la reine, il fit écrire le
20   vidame, il l'y fit aller; mais tout fut inutile. Le vidame la vit: elle
ne lui dit point qu'elle eût pris de résolution. Il jugea néanmoins
qu'elle ne reviendrait jamais. Enfin monsieur de Nemours y alla
lui-même, sur le prétexte d'aller à des bains. Elle fut extrêmement
troublée et surprise d'apprendre sa venue. Elle lui fit dire par une
25   personne de mérite qu'elle aimait et qu'elle avait alors auprès d'elle,
qu'elle le priait de ne pas trouver étrange si elle ne s'exposait point
au péril de le voir, et de détruire par sa présence des sentiments
qu'elle devait conserver; qu'elle voulait bien qu'il sût, qu'ayant
trouvé que son devoir et son repos s'opposaient au penchant
30   qu'elle avait d'être à lui, les autres choses du monde lui avaient
paru si indifférentes qu'elle y avait renoncé pour jamais; qu'elle ne
pensait plus qu'à celles de l'autre vie, et qu'il ne lui restait aucun
sentiment que le désir de le voir dans les mêmes dispositions où
elle était.

35   Monsieur de Nemours pensa expirer de douleur en présence
de celle qui lui parlait. Il la pria vingt fois de retourner à madame
de Clèves, afin de faire en sorte qu'il la vît; mais cette personne

lui dit que madame de Clèves lui avait non seulement défendu de lui aller redire aucune chose de sa part, mais même de lui rendre compte de leur conversation. Il fallut enfin que ce prince repartît, aussi accablé de douleur que le pouvait être un homme qui perdait toutes sortes d'espérances de revoir jamais une personne qu'il aimait d'une passion la plus violente, la plus naturelle et la mieux fondée qui ait jamais été. Néanmoins il ne se rebuta point[30] encore, et il fit tout ce qu'il put imaginer de capable de la faire changer de dessein. Enfin, des années entières s'étant passées, le temps et l'absence ralentirent sa douleur et éteignirent sa passion.[31] Madame de Clèves vécut d'une sorte qui ne laissa pas d'apparence qu'elle pût jamais revenir. Elle passait une partie de l'année dans cette maison religieuse, et l'autre chez elle; mais dans une retraite et dans des occupations plus saintes que celles des couvents les plus austères; et sa vie, qui fut assez courte, laissa des exemples de vertu inimitables.

---

30 **il ne…** *he refused to give up.*

31 Jacques de Savoie, duke of Nemours, married Anne d'Este in 1566. See note 28, page 8.

Appendix

Seventeenth-Century Reactions to
La Princesse de Clèves

MADAME DE LAFAYETTE'S NOVEL stirred up one of the most famous and impassioned debates in literary history. The author herself captures the fervency of opinions expressed about the novel in a letter she wrote to the Chevalier de Lescheraine in April 1678: "On est partagé, sur ce livre-là, à se manger" (*Correspondance II* 63). Questions of the novel's plausibility and historical accuracy, and reactions to the heroine's confession and final retreat, inspired many readers to seize the opportunity to share their views in a forum created specifically for such a purpose in the literary magazine *Le Mercure Galant*. Valincour and Charnes entered the debate in a much more voluminous and rhetorical fashion, inventing epistolary exchanges and dialogues with various characters as a means of presenting the perceived flaws and merits of the text. Excerpts from these publications are provided below, offering readers an invaluable glimpse into the varied reactions of Madame de Lafayette's contemporaries.[1]

---

1 In the interest of offering texts readily available to readers who may wish to pursue further the question of seventeenth-century reactions to the novel, selected passages from *Le Mercure Galant* and from Charnes's *Conversations sur la critique de* La Princesse de Clèves have been taken from Laugaa's invaluable collection of readers' responses to the work in *Lectures de Madame de Lafayette*.

171

(1) Letter (from the May 1678 issue of *Le Mercure Galant*) attributed
to the author and mathematician Bernard le Bovier de Fontenelle
(1657-1757):

Je sors présentement, monsieur, d'une quatrième lecture de *La
Princesse de Clèves,* et c'est le seul ouvrage de cette nature que j'aie
pu lire quatre fois. Vous m'obligeriez fort, si vous vouliez bien que
ce que je viens de vous en dire passât pour son éloge, sans qu'il fût
besoin de m'engager dans le détail des beautés que j'y ai trouvées.
Il vous serait aisé de juger qu'un géomètre comme moi, l'esprit tout
rempli de mesures et de proportion, ne quitte point son Euclide
pour lire quatre fois une nouvelle galante, à moins qu'elle n'ait
des charmes assez forts pour se faire sentir à des mathématiciens
mêmes, qui sont peut-être les gens du monde sur lesquels ces sortes
de beautés trop fines et trop délicates font le moins d'effet. Mais
vous ne vous contentez point que j'admire en gros en général *La
Princesse de Clèves*; vous voulez une admiration plus particulière,
et qui examine l'une après l'autre les parties de l'ouvrage. J'y consens, puisque vous exigez cela de moi si impitoyablement; mais
souvenez-vous toujours que c'est un géomètre qui parle de galanterie. Sachez d'abord que j'ai attendu *La Princesse de Clèves* dans
cette belle neutralité que je garde pour tous les ouvrages dont je
n'ai point jugé par moi-même. Elle avait fait grand bruit par les
lectures; la Renommée publiait son mérite dans nos provinces
longtemps avant qu'on l'y vît paraître; et, en prévenant les uns en
sa faveur, elle en avait donné des impressions désavantageuses aux
autres, car il y a toujours des gens qui se préparent avec une maligne joie à critiquer ces ouvrages que l'on a tant vantés par avance,
et qui veulent y trouver des défauts à quelque prix que ce soit, pour
n'être pas confondus dans la foule de ceux qui les admirent. Pour
moi, j'ai attendu à juger de *La Princesse de Clèves* que je l'eusse lue,
et sa lecture m'a entièrement déterminé à suivre le parti de ses ap-

probateurs.

Le dessein m'en a paru très beau. Une femme qui a pour son mari tout l'estime que peut mériter un très honnête homme, mais qui n'a que de l'estime, et qui se sent entraînée d'un autre côté par un penchant qu'elle s'attache sans cesse à combattre et à surmonter en prenant les plus étranges résolutions que la plus austère vertu puisse inspirer, voilà assurément un fort beau plan. Il n'y a rien qui soit ménagé avec plus d'art que la naissance et les progrès de sa passion pour le duc de Nemours. On se plaît à voir cet amour croître insensiblement par degrés, et à le conduire des yeux jusqu'au plus haut point où il puisse monter dans une si belle âme. Le lecteur est si intéressé pour Monsieur de Nemours et pour Madame de Clèves qu'il voudrait les voir toujours l'un et l'autre. Il semble qu'on lui fait violence pour lui faire tourner ses regards ailleurs; et, pour moi, la mort de Madame de Tournon m'a extrêmement fâché. Voilà le malheur de ces actions principales qui sont si belles. On n'y voudrait point d'épisodes. Je veux dire là-dessus que j'ai toujours été fort obligé à Virgile des digressions qu'il a pratiquées dans ses Géorgiques; mais que, pour celles qu'Ovide a mêlées dans l'*Art d'aimer*, je n'ai pu les lui pardonner.

Les plaintes que fait Monsieur de Clèves à Mademoiselle de Chartres, lorsqu'il est sur le point de l'épouser, sont si belles qu'il me souvient encore qu'à ma seconde lecture je brûlais d'impatience d'en être là, et que je pouvais m'empêcher de vouloir un peu de mal à ce plan de la cour de Henri II à tous ces mariages proposés et rompus, qui reculaient si loin ces plaintes qui me charmaient. Bien des gens ont été pris à ce plan. Ils croyaient que tous les personnages dont on y fait le portrait, et tous les divers intérêts qu'on y explique, dussent entrer dans le corps de l'ouvrage, et se lier nécessairement avec ce qui suivait; mais je m'aperçus bien d'abord que l'auteur n'avait eu dessein que de nous donner une vue ramassée de l'histoire de ce temps-là.

L'aventure du bal m'a semblé la plus jolie et la plus galante du monde, et l'on prend, dans ce moment-là, pour Monsieur de Nemours et pour Madame de Clèves, l'amour qu'ils prennent l'un pour l'autre. Y a-t-il rien de plus fin que la raison qui empêche Madame de Clèves d'aller au bal du maréchal de Saint-André, que la manière dont le duc de Nemours s'aperçoit de cette raison, que la honte qu'a Madame de Clèves qu'il s'en aperçoive, et la crainte qu'elle avait qu'il ne s'en apeçut pas? L'adresse dont Madame de Chartres se sert pour tâcher à guérir sa fille de sa passion naissante est encore très délicate, et la jalousie dont Madame de Clèves est piquée en ce moment-là fait un effet admirable. Enfin, Monsieur, si je voulais vous faire remarquer tout ce que j'ai trouvé de délicat dans cet ouvrage, il faudrait que je copiasse ici tous les sentiments de Monsieur de Nemours et de Madame de Clèves.

Nous voici à ce trait nouveau et si singulier, qui est l'aveu que Madame de Clèves fait à son mari de l'amour qu'elle a pour le duc de Nemours. Qu'on raisonne tant qu'on voudra là-dessus, je trouve le trait admirable et très bien préparé: c'est la plus vertueuse femme du monde, qui croit avoir sujet de se défier d'elle-même, parce qu'elle sent son cœur prévenu malgré elle en faveur d'un autre que de son mari. Elle se fait un crime de ce penchant, tout involontaire et tout innocent qu'il soit; elle cherche du secours pour le vaincre. Elle doute qu'elle eût la force d'en venir à bout si elle s'en fiait à elle seule; et, pour s'imposer encore une conduite plus austère que celle que sa propre vertu lui imposerait, elle fait à son mari la confidence de ce qu'elle sent pour un autre. Je ne vois rien à cela que de beau et d'héroïque. Je suis ravi que Monsieur de Nemours sache la conversation qu'elle a avec son mari, mais je suis au désespoir qu'il l'écoute. Cela sent un peu les traits de l'*Astrée*.

L'auteur a fait jouer un resort bien plus délicat pour faire répandre dans la cour une aventure si extraordinaire. Il n'y a rien de plus spirituellement imaginé que le duc de Nemours qui conte au vidame son histoire particulière en termes généraux. Tous les embarras que cela produit sont merveilleux.

A dire vrai, Monsieur, il me semble que Monsieur de Nemours a un peu de tort de faire un voyage à Coulommiers de la nature de celui qu'il y fit, et Monsieur de Clèves a également tort d'en mourir de chagrin. On admire la sincérité qu'eut Madame de Clèves d'avouer à son mari son amour pour Monsieur de Nemours; mais quand Monsieur de Nemours, qui doit croire tout au moins qu'il est extrêmement suspect à Monsieur de Clèves, s'informe devant lui, et assez particulièrement, de la disposition de Coulommiers, j'admire avec quelle sincérité il lui avoue le dessein qu'il a d'aller voir sa femme. D'ailleurs, entrer de nuit chez Madame de Clèves, en sautant les palissades, c'est faire une entrée un peu triomphante chez une femme qui n'en est pas encore à souffrir de pareilles entrées. Enfin, Monsieur de Clèves tire des conséquences un peu trop fortes de ce voyage. Il devait s'éclaircir de toutes choses plus particulièrement, et je trouve qu'en cette rencontre, ni l'amant, ni le mari n'ont assez bonne opinion de la vertu de Madame de Clèves, dont ils avaient pourtant l'un et l'autre des preuves assez extraordinaires.

Ce qui suit la mort de Monsieur de Clèves, la conduite de Madame de Clèves, sa conversation avec Monsieur de Nemours, sa retraite, tout m'a paru très juste. Il y a je ne sais quoi qui m'empêche de mettre au même rang le peintre et l'apparition de Monsieur de Nemours dans le jardin. Il me reste à vous proposer un petit scrupule d'histoire. Tout ce que Madame de Chartres apprend à sa fille de la cour de François 1er et tout ce que la Reine Dauphine apprend à Madame de Clèves de celle d'Henri VIII, était-ce des particularités assez cachées, dans ce temps-là, pour n'être pas sues de tout le monde ? Car il est certain que, depuis, toutes les histoire en ont été pleines, jusque-là que moi-même, je les savais.

Adieu, Monsieur, tenez-moi compte de l'effort que je viens de faire pour vous contenter. (22-25)

(2) A question posed by the editor (Donneau de Visé) asking readers for their reactions to the idea of a woman confessing to her
husband the passion she feels for another man, followed by replies
from three contributors, and then finally the editor's own reflec-
tions on the Princesse de Clèves's dilemma..

Question galante d'avril: Comme je ne doute point que les spi-
rituelles Réponses qu'on a faites sur la Question galante ne vous
ayent donné beaucoup de plaisir, j'en vay proposer une autre que la
Princesse de Clèves a peut-estre déjà fait agiter. Ce livre continuë
à faire bruit, et c'est avec beaucoup de justice. Madame de Clèves
découvre à son Mary la passion qu'elle a pour Monsieur le Duc de
Nemours. Le trait est singulier, et partage les Esprits. Les uns prétendent qu'elle ne devoit point faire une confidence si dangereuse,
et les autres admirent la vertu qui la fait aller jusque-là; mais on ne
nous dit point les raisons sur lesquelles les unes et les autres se fon-
dent pour soûtenir leur Opinion. Elles ne peuvent estre que belles
et agréables à savoir. Ainsi:

Question proposée: Je demande si une Femme de vertu, qui a toute
l'estime possible pour un Mary parfaitement honneste Homme, et
qui ne laisse pas d'estre combatuë pour un Amant d'une tres-forte
passion qu'elle tâche d'étouffer par toute sorte de moyens; je demande, dis-je, si cette Femme voulant se retirer dans un lieu où elle
ne soit point exposée à la veuë de cet Amant qu'elle sçait qui l'aime
sans qu'il sçache qu'il soit aimé d'elle, et ne pouvant obliger son
mary de consentir à cette retraite sans luy découvrir ce qu'elle sent
pour l'Amant qu'elle cherche à fuir, fait mieux de faire confidence
de sa passion à ce Mary, que de la taire au péril des combats qu'elle
sera continuellement obligée de rendre par les indispensables occasions de voir cet amant, dont elle n'a aucun moyen de s'éloigner
que celuy de la confidence dont il s'agit. (27)

[Answers]

La question que vous propose l'Extraordinaire du Mercure, fust dernièrement agitée dans une Compagnie où je me trouvay. Chacun y dit son consentement; mais de cinq ou six aimables Personnes qui y estoient, il n'y en eust pas une qui fust de vostre avis. Elles plaignirent toutes le malheur de cette Femme qui se voyoit exposée à la veüe d'un amant pour qui elle sentoit en secret une passion violent qu'elle vouloit étouffer; mais elles soûtinrent que puis qu'il n'y avoit pour cette malheureuse aucun moyen de s'éloigner de ce qu'elle aimoit, qu'en confiant son secret à son Mary, il valoit mieux éternellement combattre, et mourir mesme dans les combats, que d'aller faire une confidence si dangereuse à une Personne dont elle devoit toûjours dépendre. *L'Insensible de Beauvais* (32-3)

Il est à propos de vous dire que la Princesse de Clèves n'y est pas inconnuë, mesme chez les bergers. Quoy qu'une déclaration pareille à celle de cette Princesse ne se soit jamais faite parmy eux, ils demeurent d'accord qu'elle a pu le faire dans un temps où les Marys n'esoitent pas si délicats et si raffinez qu'aujourd'huy; mais ils prétendent que si Madame de Clèves avoit autant d'esprit que cette Histoire luy en donne, elle en a peu manqué quand elle a pû se résoudre d'en venir à cette déclaration. Pour moi, je sais bien que par toutes le Rives de Juïne, où l'on n'est pas plus beste qu'ailleurs, elle ne sera imitée d'aucune Bergere. Mais c'est aussi ce qui fait le mérite de la Princesse de Clèves, que de s'estre renduë inimitable. *Stedroc*, berger des rives de Juïne (33)

Je finis par la Question proposée: Quoy qu'une Femme ait pour son Mary toute l'estime imaginable, et qu'elle soit assurée qu'il a bonne opinion de sa vertu, c'est toûjours une imprudence de luy confier une chose qui peut luy donner de grandes inquiétudes, et qui eſt capable de changer les sentiments de tendresse qu'il avoit pour elle. C'eſt le rendre jaloux de gayete de cœur. Car s'il croit sa Femme si vertueuse, il eſt impossible qu'il n'ait du chagrin de n'en eſtre pas aimé, et cette jalousie le peut faire tomber dans une autre plus cruelle qui eſt de soupçonner cette conduite d'une fausse confidence pour le tromper plus aisément, et comme on n'eſt que trop ingénieux à se tourmenter sur ce chapitre, il peut croire encor que c'eſt l'effet d'un dépit qui se vange en prévenant la médisance d'un Favory mécontent. Il y a cent autres moyens d'éloigner un Homme dangereux. La Princesse de Cleves eſt excusable parce qu'elle ne seroit plus l'héroïne d'un Roman si elle n'avoit un caractere extraordinaire. Je croy qu'elle devoit plutoſt se laisser tenter, que de s'exposer à la mauvaise humeur continuelle d'un Mary, parce qu'un Homme eſt plus heureux d'eſtre trahy sans le sçavoir, que d'eſtre le Confident d'une Femme qui le haït le plus vertueusement du monde. Je suis, Monsieur, voſtre, etc. *De Merville* (33-4)

[Editor's thoughts]

Il eſt seur que prenant le party du Silence, une Femme s'expose à perdre le plus grand de tous les biens; puisqu'elle hazarde sa vertu, qu'elle doit préférer à toutes choses. La certitude de cette circonſtance eſt posée par l'état de la Queſtion, qui par là se décide presque d'elle-mesme du coſtés des inconvéniens qu'il peut y avoir à se taire; car ils sont certains, en grand nombre, les plus grands qu'on se puisse imaginer, et ils seroient sans remède et sans fin pour une Femme de vertu telle que la Princesse de Clèves, qui n'a pû se consoler d'avoir eu seulement la pensée d'y pouvoir tomber, et qui s'en eſt voulu punir toute sa vie, en refusant d'épouser celuy qu'elle aimoit, quand elle l'a pû... A dire vray, il eſt si difficile qu'on puisse prendre une forte passion pour un Amant, quand on a une parfaite estime pour un Mary, que je suis persuadé que peu de Femmes se recontreront dans l'embarras où Madame de Clèves s'est trouvée. L'Autheur de son Histoire a eu le champ libre, pour luy donner tous les degrez de vertu qui pouvoient rendre compatibles des sentiments si contraires. Rien ne peut estre ny plus finement, ny plus délicatement traité; et quoy qu'il nous ait fait une Héroïne, qui ne sera peut estre jamais imitée de personne, on ne laisse pas de luy estre fort obligé de la charmante peinture qu'il nous en a faite. (38)

(3) Letter from Bussy-Rabutin to Madame de Sévigné [June 29, 1678]:

... Mais j'oubliois de vous dire que j'ai enfin lu *La Princesse de Clèves* avec un esprit d'équité, et point du tout prévenu du bien et du mal qu'on en a écrit. J'ai trouvé la première partie admirable; la seconde ne m'a pas paru de même. Dans le premier volume, hormis quelques mots trop souvent répétés, qui sont pourtant en petit nombre, tout est agréable, tout est naturel. Dans le second, l'aveu de Mme de Clèves à son mari est extravagant, et ne se peut dire que dans une histoire véritable; mais quand on en fait une à plaisir, il est ridicule de donner à son héroïne un sentiment si extraordinaire. L'auteur, en le faisant, a plus songé à ne pas ressembler aux autres romans qu'à suivre le bons sens. Une femme dit rarement à son mari qu'on est amoureux d'elle, mais jamais qu'elle ait de l'amour pour un autre que pour lui; et d'autant moins qu'en se jetant à ses genoux, comme fait la princesse, elle peut faire croire à son mari qu'elle n'a gardé aucunes bornes dans l'outrage qu'elle lui a fait. D'ailleurs il n'est pas vraisemblable qu'une passion d'amour soit longtemps, dans un cœur, de même force que la vertu. Depuis qu'à la cour, en quinze jours, trois semaines ou un mois, une femme attaquée n'a pas pris le parti de la rigueur, elle ne songe plus qu'à disputer le terrain pour se faire valoir. Et si, contre toute apparence et contre l'usage, ce combat de l'amour et de la vertu duroit dans son cœur jusqu'à la mort de son mari, alors elle seroit ravie de les pouvoir accorder ensemble, en épousant un homme de sa qualité, le mieux fait, et le plus joli cavalier de son temps. La première aventure des jardins de Coulommiers n'est pas vraisemblable, et sent le roman. C'est une grande justesse, que la première fois que la princesse fait à son mari l'aveu de sa passion pour un autre, M. de Nemours soit, à point nommé, derrière une palissade, d'où il l'entend: je ne vois pas même la nécessité qu'il sût cela, et en tout cas il falloit le lui faire savoir par d'autres voies. Cela sent encore bien le roman, de faire parler les gens tout seuls; car outre que ce n'est pas l'usage de se parler à soi-même, c'est qu'on ne pourroit savoir ce qu'une personne se seroit dit, à moins qu'elle n'eût écrit son histoire; encore diroit-elle seulement ce qu'elle auroit pensé. La lettre écrite au vidame de Chartres est encore du style des lettres de roman, obscure, trop longue, et point du tout naturelle. Cependant, dans ce second tome, tout y est aussi bien conté, et les expressions en sont aussi belles que dans le premier. (462-63)

(4)　　　An excerpt from the beginning of the first letter in Valincour's *Lettres à Madame la Marquise*** sur* La Princesse de Clèves[2]

Puisque vous voulez absoluement que je vous rende compte de *La Princesse de Clèves*, et que je ne puis m'empêcher de faire ce que vous voulez, je vous dirai de bonne fois ce que j'en pense.

Jamais ouvrage ne m'a donné plus de curiosité. On l'avait annoncé longtemps avant sa naissance; des personnes très éclairées, et très

---

2 Valincour's and Charne's book-length commentaries entail long and involved arguments. Despite the brevity of the excerpts provided here, both passages give a sense of the tone and intent of the authors in their analysis of Madame de Lafayette's novel.

capables d'en juger, l'avaient loué comme un chef-d'oeuvre en ce genre-là; en fin l'on peut dire qu'il eſt peu de livres qui aient, après l'impression, une approbation aussi générale que l'a eue celui-ci, avant même que d'avoir été vu du public.

Ce me fut une très grande mortification de me voir éloigné de Paris dans le temps qu'on le publia, et de ne l'avoir que des derniers; mais enfin je trouvai moyen de l'avoir, et je le lus avec toute l'avidité et l'attention possible.

Je vous avoue que j'y trouvai de très belles choses, et qu'en général il me parut admirable, tant j'étais déterminé à l'admirer. Comme on ne se contente pas de lire pour une fois les pièces excellentes, j'ai relu celle-ci; et je vous confesse, avec la même sincérité, que je l'ai un peu moins admirée la seconde fois que la première, soit que je me sois laissé emporter au plaisir de critiquer un ouvrage générale-ment eſtimé, soit qu'en effet ce livre ait quelques légers défauts, et qu'il suive en cela la deſtinée des choses les plus parfaites de ce monde, qui ne laissent pas d'avoir les leurs.

J'y ai trouvé mille difficultés en le relisant: peut-être ne sont-elles pas raisonnables, mais il suffit qu'elles me soient venues dans l'es-prit, pour m'obliger à ne vous les pas cacher. (33-4)

(5) An excerpt from the preface to Charne's *Conversations sur la cri-tique* de la Princesse de Clèves

L'Hiſtoire de la Princesse de Clèves sortoit à peine des mains de son Auteur, quand le hazard la mit entre les miennes. Je la lûs, et je souhaitai avec impatience, après l'avoir lûë, que le public ne fuſt pas privé longtemps d'un Ouvrage, qui lui devoit donner tant de plaisir, et qui devoit faire tant d'honneur à noſtre langue. Les applaudissements, avec lesquels cét Ouvrage fut receu dans quelques lectures qui s'en firent, pendant qu'il n'estoit encore qu'en manuscrit, et le bruit qu'il fit dans le monde, aprés qu'il fut imprimé, m'apprirent que je ne m'estois pas trompé dans mon jugement. Tout le monde demeura d'accord qu'il estoit d'une beauté singulière, et que la science de la Cour et du monde y paroissoit par tout jointe à celle des belles Lettres, d'une maniere nouvelle et extrémement agréable. Il est vrai qu'il se trouva des Gens qui voulurent s'opposer à ce torrent de la voix publique, et qui tâcherent de faire remarquer quelques legers defauts dans la Princesse de Clèves: Mais comme leurs sentiments ne furent pas suivis, ils furent obligés de se taire, pour ne passer pas pour envieux, ou pour malhabiles.

Il sembloit aprés cela que celui qui en estoit l'Auteur devoit se découvrir, pour jouïr de la gloire que cette production de son esprit lui avoit acquise. Cependant par des raisons que je n'ai peu comprendre, il se tint toûjours caché derriere la toile, et quatre mois s'écoulerent, sans qu'il voulust se montrer. On attribua cét Ouvrage à des personnes d'un grand merite, qui n'en voulurent pas convenir, quoique le public s'obstinast à le leur donner. Ce qui faisoit à mon gré le plus bel éloge de la Princesse de Cleves. (43)

French-English Glossary

A

abaissement lowering of social status

abîme difficult situation, pit

abord, d' at first; **d' — que** as soon as

abuser to take advantage of

accablé,-e overwhelmed

accablement overwhelming despair

accabler to overwhelm

accorder, s' to be compatible with

accoucher to give birth

accoutumer to be accustomed to

achevé,-e over (finished)

achever to finish, to succeed; **s' —** to take place

acquérir to acquire

acquis acquired

acquitter, s' to carry out, to take care of

admiration wonder

adresse cleverness, cunning

adroit skillful

adroitement adroitly

affaiblir, s' to weaken

affecter to make a concerted effort

affliction bereavement

affligé afflicted, distressed

affliger to afflict; **s' —** to torment oneself

afin de in order to, so

agir to act; **s' —** to concern, to involve

agréable pleasant

agrément charm, courtesy

aïeule grandmother

aigreur bitterness

aigri embittered

aigrir to embitter

aimassiez *imp subj* of **aimer**

aimât *imp subj* of **aimer**

aimer to love

aîné, l' the eldest son

aise happy, pleased

aisément easily, without difficulty

ajouter to add; **— foi à** to believe

ajustements finery

alla *ps* of **aller**

aller to go

allèrent *ps* of **aller**

allée avenue

alléguer to put forth

altéré,-e altered

amener to bring; **faire —** to have brought out

animer to prompt

apercevoir, s' to realize

aperçut, s' *ps* of **s'apercevoir**

apparence appearance, plausibility

appartenir to belong

application effort, zeal

appliqué intent on

apporter to bring

appréhender to fear

apprendre to learn

apprîtes *ps* of **apprendre**

approbation praise

approuver to approve

appuyé secure, supported

après-dînée afternoon

archevêque archbishop
arracher, s' to tear oneself
arrêté firm
arrêter to arrest
articles clauses (of a treaty or contract)
artifice cleverness
asseoir, s' to sit down
asseyant, s' sitting down
assiduité assiduity
assiéger to besiege
assis,-e seated
assit, s' *ps* of **s'asseoir**
assortir to match
assurément surely
assurer, s' to be certain
atteindre to touch, to reach
attendit *ps* of **attendre**
attendre to wait for
attendre to wait, to expect
attendrir to upset
attirer to draw, to attract; **s' —** to bring upon oneself
attribuer, s' to apply to oneself
augure sign
auparavant before
auprès de next to
aussi indeed
autant que as much as
autrefois at one time
autrement otherwise
avancé precocious
avènement à la couronne succession
aventure accident, affair, chance
averti informed
avertir to inform
aveu confession
aveuglement blindness
aveugler to blind
avis opinion

avoir to have
avouer to confess
ayant having

B
badiner to joke
bain bath; **aller à des —s** to take waters
baissé lowered
bal ball
balancer to hesitate
banc bench
bande group
barrière playing field (of a competition)
bas quietly
bas, basse low
bâtir to construct
bien wealth
bienséance convention, decorum
bizarrerie capriciousness
blâmer to object to,
blancheur whiteness
blessé offended, wounded
blesser to wound
bois wood
boîte box
bonté goodness
bord edge
border to border
borne limit
borner, se to be limited
bout end
bride bridle; **à toute —** at full gallop
brouillerie quarrel
bruit noise, rumor; **— courait que** rumor had it that
brusquement sharply, suddenly

C

cabale faction

cabinet room, ante-room, private chamber

cacher to hide, to conceal

cadets, les younger sons

canne cane

carrière round

carrosse carriage

cause reason

céans here

céder to yield

cependant meanwhile, however

cerf stag; **à la chasse à courir le — ** stag-hunting

cesser to cease

chaleur fervor

chamarré laid out

chanceler to lose balance

changement change of heart

charge appointment to an office

chasse, parties de hunting

chassé,-e driven out

chef-d'œuvre masterpiece

chemin path

cheminée fireplace

cher dear

chevet bedside

chiffre monogram

chimérique fanciful

choqué,-e shocked

chrétien, -ienne Christian

clef key

coiffure hairstyle

combattre to argue against

comédie theater

commerce company, relationship, relations

commission duty, mission

compère term of endearment for a close friend

complaisance indulgence; **—s** attentions

compliments condolences

concevoir to conceive

conçut *imp subj* of **concevoir**

conduire to lead, to escort

conduite behavior; **sous la — de** in the care of

confier to entrust

confusément loosely

congé permission

conjuration conspiracy

conjurer to beg

connaissance knowledge

connétable constable

connu understood

conquérir to conquer

conquête conquest

conquis conquered

conseil advice

conseiller to advise

consentir to consent, to give permission

conservasse *imp subj* of **conserver**

conserver to retain

considération esteem, importance

constance constancy, fortitude

contenir to hold

conter to tell about

contraigner to force

contraindre, se to restrain oneself

convaincre to convince

convenable suited

convenir to admit, to agree, to be intended for

convinrent *ps* of **convenir**

corbeille basket

couler to flow
coup blow
couronne crown
courrier messenger
courses de bagues tilting at the ring
courut *ps* of **courir**
courir to run
coutume usual
couvent convent
couvert,-e covered
craindre to fear
cramoisi crimson
crédit influence
creuser to dig
croire to believe
croyance belief
crut *ps* of **croire**
cuisant,-e sharp

D

daigner to deign
dame d'honneur lady-in-waiting
davantage more, most of all
debout standing
découvrir to reveal
décrier to disparage
dédaigner to disdain
dédain contempt
défaire to rid; **se —** to get rid of
défaut weakness
défendre to forbid, to defend; **s'en
— ** to refrain from
défendu forbidden
défiance distrust
défier, se to distrust
défit *ps* of **défaire**
degré degree; **—s** steps
déguisement deception
déguiser to disguise

délicatesse refinement
délices delight
démarier, se to divorce
démêlé quarrel
démêler to figure out, to sort out; **se
— ** to handle
démesurée uninhibited
demeurer to stay
demi-lieue half a league
dépeindre to describe
dépendre de to depend on
dépens expense
dépense expenditure
dépit resentment
déplaire to displease
déplu displeased
depuis since; **— peu** recently
député delegate
député deputy **se faire députer** to
have oneself sent
dérobé hidden, secret
dérober to steal; **se —** to slip away
désespoir despair; **au —** in despair
dessein plan; **y être dans le —** to have
the idea
dessiner to sketch
détacher to release
détourner to distract
détrompé,-e disabused
détromper to disabuse
détruire to destroy
deuil morning
devant in front of; **— que** before
devenir to become
deviner to guess
devins *ps* of **devenir**
devise motto
devoir duty
différends disagreements

digne worthy
dignement justly
diligence, en immediately, right away
discours words
disgracié disgraced
dispenser, se to avoid
disposé inclined toward, disposed to
disposer to handle
dissimulation dissembling
dissimuler to disguise
dissiper to dissipate
distinguer, se to distinguish oneself
dit *ps* of **dire**
dît *imp subj* of **dire**
dire to say, to tell
divertissements diversions
divulguer to divulge (to make public)
donner to give, to strike; — **lieu** to permit
douairière dowager
douceur delight, gentleness, kindness
douleur pain
doux at ease
drap cloth
dressé broken in (relating to horses)
droits rights

E
éblouir to be dazzled
éblouissement dizzy spell
échafaud scaffold, tiered wooden benches,
échanson cupbearer
écharpe scarf
éclaircir to discover; **s'** — to explain oneself, to enlighten one another
éclairer to enlighten
éclat brilliance
éclatant dazzling,

éclater burst
écrier, s' to exclaim
écu shield
écurie stable
écuyers equerry
effacé erased
effacer, s' to be erased
effrayer to terrify
égal,-e equal
également equally, also
égard consideration; **à l'** — **de** with regard to, in the eyes of; **à mon** — especially for me
égarer, s' to lose one's way
élevé,-e raised, elevated (lofty)
éloigné far, opposed
éloignement estrangement, exile
éloigner to protect; **s'** — to go away
embarquer, s' to embark
embarras embarrassment, quandary
embarrassé,-e compromised, embarrassed
embarrasser, s' to get caught
émouvoir to move
empêcher to prevent; **s'** — to prevent oneself
empirer to grow worse
emplois offices
emportement anger
emporta, s' *ps* of **s'emporter**
emporter to prevail; **s'** — to lose one's temper, to get angry
empressement eagerness
ému,-e moved
émulation rivalry
endormi,-e asleep, dormant
endroit place
endurant patient
endurci hardened

enfermer, s' to shut oneself in
enfoncer, s' to plunge oneself
engagement love affair, promise; **— s** love affairs; **prendre un —** to make a commitment
enjouement delight, gaiety, pleasing demeanor
ennui boredom
enquérant, s' inquiring
enquérir, s' to inquire
enquit, s' *ps* of **s'enquérir**
enrôler to enroll
enseveli engrossed
entraîner to drag
entreprendre to endeavor, to undertake
entrepris endeavored, undertook
entreprise undertaking; **faire des — sur** to set one's sights on
entrer to enter; **— dans** to consent to
entretenir to see, to speak with, to talk about
entrevoir to see; **faire —** to suggest
entrevue meeting
envier to envy
environ about
envisager to imagine
épargner to spare
épée sword
éperdument desperately, hopelessly
épouser to marry
épouvanté,-e horrified
épreuve test; **mettre à l' —** to put to the test
éprouver to suffer
épuisé exhausted
équipage retinue
équitable fair
escalier staircase

espèce kind (of), sort (of)
espérance hope
esprit wit
estimable estimable, worthy of esteem
étang pond
étant being
état state
éteignit *ps* of **éteindre**
éteindre to extinguish
éteint,-e extinguished
étendit, s' *ps* of **s'étendre**
étendre, s' to describe in detail
étendue force
étonné,-e amazed
étonnement amazement
étonner to astonish
étrangers foreign guests
étroite close
eurent *ps* of **avoir**
eusse *imp subj* of **avoir**
eussent *imp subj* of **avoir**
eussiez *imp subj* of **avoir**
eut *ps* of **avoir**
eût *imp subj* of **avoir**
évêché bishop's palace
éveillé awakened
événement outcome
éviter to avoid
exact,-e perfect
exceller to excel
excès excess
expédient plan
expirer to die
expressément expressly
exprimer to express
extravagances excesses

F
fâcheux,-euse unpleasant,

troublesome, upsetting
façon way
faiblesse weakness
faire to do, to make; **— la cour
à** to court; **— pitié** pitiable; **—
profession** to profess; **— une
finesse** to mislead; **— valoir** to
persuade
fait, bien well-built
faubourgs (inner) suburbs
faux false
favori a favorite (of the king)
favorisé favored
feignis *ps* of **feindre**
feignit *ps* of **feindre**
feindre to feign, to pretend
feinte feigned
festin banquet
feu exuberance
fier, se to trust, to confide in; **se — à**
to trust
fièvre fever
firent *ps* of **faire**
fis *ps* of **faire**
fisse *imp subj* of **faire**
fit *ps* of **faire**
fîtes *ps* of **faire**
flambeau torch, candlestick
flatté,-e flattered
flatter to flatter
fois time
folie madness
fondant bursting
fondé,-e founded; **mal fondé**
unfounded
fondre to melt; **— en larmes** to burst
into tears
force courage
fortement forcefully

fougueux,-euse fiery
foule crowd
fournir to supply; **— à** to provide for
frayeur fright
fuir to flee
fulminations denunciations
funérailles funeral
funeste fatal, ill-fated
furent *ps* of **être**
fureur madness
fusse *imp subj* of **être**
fussent *imp subj* of **être**
fut *ps* of **être**
fût *imp subj* of **être**
fûtes *ps* of **être**
fuyait *imp* of **fuir**

G

gagné convinced
galanterie gallantry, elegance, refined
manners
garantir to protect
garder to keep
gentilhomme gentleman; **—s servants**
gentlemen-in-waiting
glacé icy
glisser, se to slip
gloire glory, pride
glorieuse proud
gorge breast
goût taste
grand-maître major-domo
grosseur fatness
grossi swollen
grossier, -ère course
guère hardly, scarcely
guéri,-e cured
guérir to cure
guerre war; **faire la — à** to badger

H

habilement cleverly
habits clothes
haï,-e hated
haine hate
haïr to hate
hardi bold
hardiesse boldness
hasarder to risk
hasardeux,-euse risky
hâter, se hasten
hautaine noble
héritière heiress
heureusement deftly
heureux fortunate
honnête courteous, honorable
honteux shameful
hors except (for), outside; **hors que** except that; **mettre — des rangs** to put out of the lists
humeur temperament

I

idée image
ignorer to be unaware of
illustre illustrious
imagination notion
implacable implacable
importuner to bother
imprécations accusations
incarnat pink
incivilité incivility
inclination attraction,
inconnu,-e unknown
indigne unworthy
infaillible guaranteed
infailliblement unavoidably, without fail

infant infante
inquiétude anxiety, worry
insensiblement imperceptibly
instruire to instruct
instruite informed
insupportable unbearable
intelligence understanding
interdit,-e unable to speak, disconcerted
intérêt interest
interrompre to interrupt
interrompu interrupted
inutile in vain
inutilement needlessly, in vain
irrésolu undecided

J

jalousie jealousy
jeter to throw; — **dans l'esprit** to put in the mind
jeunesse youth
joindre to join; — **à** to add to
joug yoke; **du —** under the yoke
jouir to enjoy; **se —** to enjoy
jour day; **à la pointe du —** at the crack of dawn
jurer to swear

L

laisser to leave
languir to languish
languissant languid
larmes tears
lassé weary
lasser, se to grow weary
lecteur reader
lecture reading
léger, -ère slight
légèreté fickleness, inconstancy

légitimement legitimately
lendemain next day, day after
liaison relationship
libéral generous
libéralité generosity
libraire publisher
lice, en in the lists
lieu place; **— de croire** reason to believe
lire to read
livrées liveries (uniform)
loges seating, spectator boxes
loi law
loisir time
lors at the time; **— meme que** even when; **— à marier** eligible to be married
lorsque when
louange praise
louer to praise, **se —** to be pleased with
lut *ps* of **lire**

M
maître,-esse in control
maîtresse a woman beloved by a man (does not imply a sexual relationship)
maladie illness
malaisément rarely
malgré despite
maligne malicious
maltraiter mistreat
manda *ps* of **mander**
mander to tell, to inform
manège riding ring
manquement breach of agreement
manquer to lack; **ne pas — de** to not fail to

manteau mantle
marbre marble
marchand merchant
marque indication, sign
maux evils, problems
méconnaître unrecognizable
mêlé,-e entangled, embroiled
mêler to encode, **se — à** to get caught up in
ménager to arrange, to show consideration for
mener to take, to appoint
mépris contempt
méprise mistake
mépriser to despise, to disdain
mettre to put, to make; **se —** to put oneself; **se — à couvert de** to protect oneself
meubles furnishings
mine appearance, **de bonne —** handsome
moindres less, lesser; **— que** nothing compared to
monde people
mouvement impulse
moyen way
muraille wall
mûrir to mature

N
naissance birth
néanmoins nevertheless
négligé not properly or fully dressed
nier to deny
noces wedding ceremony
nœud knot
nombre, de ce among them
nuire to harm
nul, nulle no

O

obéissance obediance
obligeants satisfying, flattering
occupé preoccupied
offenser to offend
offices, mauvais disservice, problems
oisiveté idleness
ombrage offense
opiniâtrer, s' to persist, to be obstinate
opposassent, s' *imp subj* of **s'opposer**
opposé conflicting, opposite
opposer, s' to stand in the way of
or gold; **d' — frisé** fringed with gold
ordinaire, à son as usual
ordonner to command, to request
orgueil pride
osa *ps* of **oser**
oser to dare
ôta *ps* of **ôter**
ôter to take away, to take off
ouïr dire to hear
ouvrage literary work

P

paix peace, peace treaty
palais palace
pâlir to grow pale
palissades fence
panetier head butler
pape pope
paraître to appear
paré,-e dressed
pareil,-eille similar **de pareille(s)** of
  its kind
pareille à like
parenté relationship
parer, se
parla *ps* of **parler**

parlâtes *ps* of **parler**
parler to speak
parole word
partagé divided
partagée divided
partager to share
parterre flowerbeds
parti match, decision,
particulier, ière private, detailed,
  inadequate; **en —** privately
paru appeared
parure dress and jewels
parurent *ps* of **paraître**
parut *ps* of **paraître**
parûtes *ps* of **paraître**
parvenir to achieve,
passer to go beyond; **— par dessus** to
  put aside
paume a game similar to tennis
peintures descriptions
penché,-e leaning, bent over
pencher to lean
pendu hung
pénétrant perceptive
pénétrer to shed light on
pénible painful
pensée thought, feelings
perdre to lose
perdu lost
perfidie treachery
péri ruined
périlleux dangerous
permettre to permit
permirent *ps* of **permettre**
perron, au on the steps
perte loss, death
piège trap
pierreries precious stones
pilier pillar

piquant,-e piercing
piqué annoyed
pique pike
places territory
plaie wound
plaignit, se *ps* of **se plaindre**
plaignîtes *ps* of **plaindre**
plaindre to pity **à—** to be pitied,
　pitiful
plaindre, se to complain
plaire to please
plein full
pleinement fully
pleurs tears
plonger to bring about
plussent, se delighted by one another
plut *ps* of **plaire**
poche pocket
poids weight
point, ne... not at all (the literary
　equivalent of *pas* (as in *ne...pas*).
politesse civility, sophistication
pontificat papacy
pour peu provided
pourtant however
poussé influenced
pouvoir to be able to, can
précédent previous
précieux precious
précipitation haste; **avec —** without
　delay
préjudice damage
prendre to take; **— garde** to pay
　attention
présage omen
prescrire to prescribe
présentement now
pressé full
presser to hasten

prêt,-e on the verge
prétendre to aspire
prétention ambition
prévenu,-e influenced, biased; **avoir
　l'esprit prévenu** to have already
　decided
prévoir to foresee
priât *imp subj* of **prier**
prier to ask; **— de venir** to invite
prieur prior
prince de sang prince of royal blood
prit *ps* of **prendre**
priver, se to deprive
prix value
procédé manner, plea
procès trial; **faire le — à** to bring to
　trial
proche close
prodigalité extravagance
prodigieux prodigious
projeter to plan
promptitude suddenness
propre own
pussent *imp subj* of **pouvoir**
pussiez *imp subj* of **pouvoir**
pût *imp subj* of **pouvoir**
put *ps* of **pouvoir**
quérir to get, to send for
quitter to leave; **— la main** to dismiss
quoique although

R

raccommodement reconciliation
raccommoder to reconcile, correct
raison reason
ralentir, se to wane
rallumer to rekindle
ramasser to pick up
rang rank

rapport connection; — **d'humeur** temperament

rapprocher, se to approach

rassurer to reassure

rattaché tied

ravoir to get back

rebuter, se to be discouraged, to give up

récompensé,-e rewarded

reconnaissance gratitude

reconnaître to recognize

recours recourse

récrier, se to exclaim

reculé remote

reculer to back up

redoutable dreaded, formidable

réduire to reduce

réduire, se to reduce oneself

réduit,-e reduced

refroidir, se to cool

refroidissement cooling

regarder to look at, to watch, to concern

régler to guide

régner to reign, to rule

reine queen

rejeter to reject

réjouir, se to enjoy oneself

relégué banished

relever to raise again

relire to reread

relut *ps* of **relire**

remède remedy

remerciements thanks

remercier to thank

remettre to put back; **se** — to regain composure

remis,-e recovered

remit *ps* of **remettre**

remords remorse

remplacer to replace

rempli,-e full of

remplir to fill; — **la place de** to be a successor to, to succeed

rendre to render; **se** — to make oneself; — **compte** to report; **se** — **compte** to realize

renoncer to back out

répandre to spread, to reflect; **se** — to spread

réparer to make up for

repentir, se to regret

repentirs remorse

répliqua *ps* of **répliquer**

répliquer to reply

repos tranquillity of spirit

reposer, se to rest; **se** — **sur** to rely on

reprendre to reply, to continue

représenter to describe

reprit *ps* of **reprendre**

reproche reproach

repugnance reluctance

requérir to get

résolu decided, determined

résoudre to decide, to resolve; **se** — to make up one's mind

ressemblant lifelike

restes, les what remains

retarder to delay

retenue reserve

retirée retiring

retirer, se to withdraw

retomber to fall back

retour return

retourner to return; — **sur ses pas** to retrace one's steps

retraite seclusion

révérence bow

rêverie thoughts
rêveur,-euse preoccupied
rideau curtain
rigueur severity
roi king; **le feu —** the late king
rompre to break; **se —** to break up
rougir to blush
rougissant blushing
ruban ribbon
ruisseau stream

S
sachant knowing
sache *subj* of **savoir**
sacre consecration, coronation
saint,-e saintly, holy
saisissement shock
saluer to greet
santé health
s'apercevoir to notice, to realize
s'asseoir to sit down
saule willow
savoir to know
science knowledge
scrupule scruple, misgiving, qualm
secousse shock
secret secret; **manquer au —** to fail to
keep a secret
selon according to
semblable similar
sensibilité feeling
sensible intense, strongly felt
sensiblement deeply
sentiment feeling, sentiment; **dire son
—** to offer an opinion
serment promise; **faux —** false
promise
serré,-e tightly
service service

servir, se to use
siècle century
siège siege
sitôt que as soon as
soie silk
soin care, concern, desire; **—s** gallant
attentions
soldat soldier
sommeil sleep
songe dream
songer to think; **— à** to think about
soucier, se to care, to worry
souffert suffered
souffrir to endure, to suffer
souffrît *imp subj* of **souffrir**
souhaiter to wish for
soulagement relief
soumettre, se to submit
soumission submission, obedience
soupçon suspicion
soupçonner to suspect
souper to have supper
souriant smiling
soutenir to bear, to support, to
maintain, to sustain, to uphold
soutenu,-e supported, to be sustained,
to be complimented by
soutint *ps* of **soutenir**
souvenir, se to remember
subsister to survive
succès victories; **mauvais —** failure
suffire to be sufficient
suffisant,-e sufficient
suffit *ps* of **suffire**
supplia *ps* of **supplier**
supplier to beg
supposant pretending
supposé,-e untrue
sûreté safety

surmonté,-e overcome
surmonter to surmount, to overcome
susse *imp subj* of **savoir**
sut *ps* of **savoir**
sût *imp subj* of **savoir**

T
tableau painting
tâcher to try, to attempt
taire to withhold; **se —** to remain silent
tant so, so much
tantôt before
teint skin, complexion
teintures acquaintance
témoignage proof, token, expression
témoigner to show, to give sign of
témoin witness; **sans —** alone
tenants champions
tendant holding out
tendre to hold out; **— un piège** to set a trap
tenter to try
terres land
tiède half-hearted
tirer to pull
titre title
tôt early, soon
touché de interested in, touched by
tournoi tournament
tout à tour each taking turns
trafic trade
trafiquer to trade
trahi,-e betrayed
trahison betrayal
train entourage
trait feature
traiter to handle, to treat

trancher to behead
transport distress, rapture
trompant deceiving
tromper to deceive; **se —** to be mistaken
tromperie deception
trône throne
trouble confusion; **— confus** uneasiness
tut, se *ps* of **se taire**

U
unique only
user, en to treat
orgueil pride

V
vaillant brave
vaincre to overcome
vaincu,-e conquered
valeur valor
valoir mieux to be better
vanter, se boast
veille day before, evening before
venants comers
venger, se to avenge oneself
venir to come; **faire —** to send for; **— à bout de** to succeed
verser des pleurs to shed tears
vêtu dressed
veuf widow
vif, -ive lively, sharp
vint *ps* of **venir**
visage face
visionnaire a person suffering from delusions
vissent *imp subj* of **voir**
vissiez *imp subj* of **voir**
vit *ps* of **voir**

vîtes *ps* of **voir**
vivement fervently
vivres supplies
voie *subj* of **voir**
voir to see
volontés wishes

volontiers willingly
vouloir to want
voulut *ps* of **vouloir**
vraisemblance plausibility, likelihood
vue sight, look

CPSIA information can be obtained at www.ICGtesting.com
Printed in the USA
BVOW031948160113

310716BV00002B/44/A

9 781589 770355